原典講読セミナー 6

阿仏尼とその時代

『うたたね』が語る中世

田渕 句美子

国文学研究資料館 編

臨川書店

本書は平成十一年八月に国文学研究資料館で行われた「原典講読セミナー」を活字化したものである。

大学院生を対象として毎夏行われている本セミナーは、数人の教官がそれぞれのテーマに基づき三回にわたって講義をするものであり、刊行にあたって大幅な加筆修正を施している。

目次

第一講　『うたたね』を読む

はじめに

『うたたね』は鎌倉期の歌人阿仏尼《あぶつに》によって書かれた散文作品ですが、これは現在日記文学として捉えるのが普通です。しかしこの「日記文学」あるいは「日記」ということばが示す領域は非常に広く、多種多様な書物を含んでいます。『うたたね』は鎌倉中期の作品ですが、この鎌倉時代の女性による日記においても、内容や形態、執筆目的が多岐に渡ります。例えば、相前後する宮廷女房の日記でも、公的な職掌を持つ内侍《ないし》の日記である『弁内侍《べんのないし》日記』『中務内侍《なかつかさのないし》日記』と、上皇の愛人であった上臈女房の『とはずがたり』とは、構想も文学的達成もまことに異質です。また、勅撰集の撰集資料として編まれた『建礼門院右京大夫集《けんれいもんいんうきょうのだいぶしゅう》』は形態上は私家集ですが物語的ですし、勅撰集の世界と深く関わる『十六夜《いざよい》日記』は記録的意識が濃厚です。また貴族の男性の日記もたくさんありますが、それも一様ではなく、例を挙げれば『玉葉』『源家長《みなもとのいえなが》日記』『明月記』『信生《しんしょう》法師《ほうし》日記』『飛鳥井雅有《あすかいまさあり》日記』は、それぞれに全く異なった性格・形態・執筆姿勢を持っていて、ひとつの領域として括るのがためらわれるほどに多様性に富んでいると言えましょう。日記文学そのものの概念規定や特質などについては、すでに先学の多くのご論がありますので、ここでは改めて述べることはいたしませんが、今日私たちが言うところの「日記」という概念とは大きく異なるものが多いこと、またこの鎌倉時代の「日記文学」にも多種多様な性格があることを、再確認しておきたいと思います。

ところで、日記文学というのは、人生のある部分を記しつつ総括するという、極めて個人的な営みではありますが、一方では、多くの文学作品がそうであるように、多かれ少なかれ時代性を含まざるを得ません。時代性が刻印されるところ、作品が時代を指し示すところ、これもまた作者・作品によって多様極まりないのですが、『うたたね』の場合、勅撰集を頂点とする和歌世界、そして『源氏物語』を原質とする物語文化、この二つへの志向とその反映とが内在すると思います。そして『うたたね』が成立した時代は、この二つが共に大きな隆盛をみた時にほぼ重なるように思われます。特に、この時代の文学に基幹的な役割を果たした和歌の存在は重要です。ご存じのように和歌というのは、上代から現代に至るまで滅びずに、しかも形式を動かすことなく詠まれ続けてきました。文学の枠の中で、常に何らかの権力・権威と直接結びつき、文化的、もしくは政治的権威を持ち、勅撰集を頂点とする人的文化的構造体を形成しました。しかも和歌は、表現上、システム上、眼に見えないものも含めて共同性・規範性と多くのルールを持ち、むしろ制度としての枠組みを強固に持っています。鎌倉期は特に勅撰集の時代と言っても良いほどで、勅撰集を中心に、こうしたシステムの確立とそこからの解放とが同時に進行した時代でもあります。この勅撰集を撰進する勅撰集撰者の家、この鎌倉期にはそれは御子左家《みこひだりけ》に固定されていくわけですが、このいわゆる和歌の家の女性として、阿仏尼はその確立とゆらぎとに立ち会うこととなりました。そして言うまでもなく阿仏尼自身、著名な歌人でもあります。

このような勅撰集をひとつの基軸とする文学集団では、和歌だけではなくて、多くの作品が生み出されました。この時代、和歌とまったく触れ合っていない作家・作品は、ほとんどないのではないでしょうか。意識としての共同性を背景に、こうした文学空間は、ある表現、ある存在が喚起する意味性に満ちていたと思われます。他のジャンルの作品でも、勅撰集に対する意識が非常に鮮明で、別の角度から勅撰集を囲む場と意識を明確に浮かび上がらせているものも多いのです。和歌はひとつの道標として、あるいは磁場として、その特質、価値観やエネルギーが、多様に姿を変え、多彩に周辺分野に触手を伸ばしながら、さまざまな領域の文学の成立に関与していったように思います。『うたたね』はこのような時代性に色濃く染められた日記文学であり、こうした中に置いて見ると、『うたたね』やその作者阿仏尼をまた別の角度から眺めてみることも可能かもしれません。

特に『うたたね』のように、作者の個我の内実・文学的個性の表現を模索すると言うよりも、むしろ先行する文学の表現や枠組みを自作品に溶解してしまおうとしている作品の場合、ある作品にある表現が選択されたことの背景や、その表現の機微を探ることによって、かなり明確に、作者自身の同時代や前代の文学への意識を読みとることができるでしょう。と同時に、そのような表現形成を促した時代思潮・時代のうねり、作者と読者の文学空間も、そこに感じることができるのではないでしょうか。特に阿仏尼は、全く伝が知られない無名の作者ではありません。阿仏尼は、今日知られない部分も多いのですが、ある程度はその伝や軌跡を知ることができます。そこから、同時代文学の生成と享受の彼方へ、眼を転ずることができないでしょうか。

このセミナーでは、まず『うたたね』を虚心に読むことから始め、次にその作者阿仏尼と時代背景を併せ考えながらこの作品の位置づけを試み、同時にこの時代と文化について考え、そしてこの時代を生きた阿仏尼という存在について考える、というように、末広がりに論を拡げていきたいと思います。

第一節　『うたたね』とその伝本

『うたたね』という作品と作者

『うたたね』は、いわゆる日記文学としては、どのように位置づけられるのでしょうか。『うたたね』は、これまで、鎌倉時代の代表的な女性文学者である阿仏尼が、自分の若き頃の恋とその破綻とを自伝文学として描いたものであるとされ、しばしば阿仏尼の伝記資料として用いられてきました。しかしそれで良いのでしょうか。また、『うたたね』は、表現の上で『源氏物語』などの王朝の古典から強い影響を受けていて、その色彩があまりに強いために、この阿仏尼の生きた時代や社会、勅撰集を軸とする歌壇など、同時代の動向とは、一見無関係な作品に見えます。しかしそうなのでしょうか。こうしたことを視野に入れながら、まずは、阿仏尼の若き日の自伝作品としてではなく、この時代の一作品として読んでいきたいと思います。

最近は若い方々に卒論などで取り上げられることが多いようで、論文も少なくありません。論文のリストを作ってみましたら、研究文献として参照すべきものは六十九点にのぼりました。そのリストに番号を付してこの本の巻末に挙げましたので、ご参照ください。なお『うたたね』以外の、この講義内容に関わる先行論文については、随時講義の中でご紹介していくこととしますが、その方はリストに入れてありませんので、ご注意ください。なお、内容に直接関わる部分ではできるだけそれらの論を挙げるように努めましたが、煩を避けて記さなかったものもあることをお断りしておきます。

『うたたね』の作者については、近世前期書写とされる東山御文庫本の巻首に「うたゝね　安嘉《あんか》門院四条《もんいんしじょう》」と記してありますが、安嘉門院四条は阿仏の女房名です。また『扶桑拾葉集』所収本に「うたゝね　阿仏」、『群書類従』所収本に「うたゝねの記　阿仏」とあり、古来阿仏尼作と見なされてきました。これに対して、近代に入ってから、大正六年に吉川秀雄氏（巻末の『うたたね』参考文献の⑩。以下このように番号で示す）が、『十六夜日記』との文体の違いや、鎌倉後期に編纂された厖大な私撰集『夫木《ふぼく》和歌抄』に『うたたね』から歌が採られていないことから、後人の偽作との説を唱えました。それに対して、池田亀鑑氏（⑪）は、『十六夜日記』との共通部分があることを指摘し、また『うたたね』の作中歌一首が為家らによって撰進された勅撰集『続古今集』に採られていることから、この二作品の作者は同一であることを述べました。玉井幸助氏（⑫⑭⑮）・比留間喬介氏（②）は更に詳細にこの説を論証し、次田香澄氏（⑤⑦）は『うたたね』と『十六夜日記』の、用語の特徴の共通性からも補強しました。以後、渡辺静子氏・簗瀬一雄氏・福田秀一氏・長崎健氏ほかの先学諸氏すべて阿仏尼説を踏襲していて、特に反証も認められないことから、現在では作者が安嘉門院四条、即ち阿仏尼であることは定説となっています。古典文学の作品の作者については、有名な作品であってもわからない場合も多いし、また、意外に思われるかもしれませんが、誤って比定されていたのが訂正されたり新たに推定されたりする、ということも時々ありますけれども、『うたたね』は阿仏作として良いのではないでしょうか。

作者の阿仏尼について、また『うたたね』の成立、その時代背景については、第二・三講でまた詳しく検討したいと思いますが、まず今日は、この『うたたね』という作品を、ご一緒に読んでいきたいと思います。その前に、この『うたたね』の伝本について、触れておきましょう。

『うたたね』の伝本

『うたたね』の主な伝本には、Ⅰ東山御文庫本（以下、東本と略称）、Ⅱ伊東章次氏蔵本（伊東本）、Ⅲ尊経閣文庫本（尊本）、Ⅳ松平文庫本（松本）があり、この他『扶桑拾葉集』所収本（扶本）、『群書類従』所収本（群本）、『鶯宿雑記』所収本があります。これらの諸本については、玉井幸助氏（⑮）、次田香澄・渡辺静子氏（⑤）、次田香澄・酒井憲二氏（⑥）、及び次田氏（⑦）の諸書において詳しく考察されていますので、諸本それぞれの書誌や特徴等についてはこれらの先行文献をご覧ください。この講義ではⅡの伊東本を使って読んでいきますので、ここでは、これまでの研究史について、及びⅡの伊東本とⅢの尊経閣文庫本との関係について、申し上げておきたいと思います。

尊経閣文庫本は、玉井幸助氏により当時の『うたたね』の孤本として紹介され（⑮）、元禄二年（一六八九）に白仙《はくせん》所持本を原形を忠実に写したものとされました。これ以前に比留間喬介氏が尊

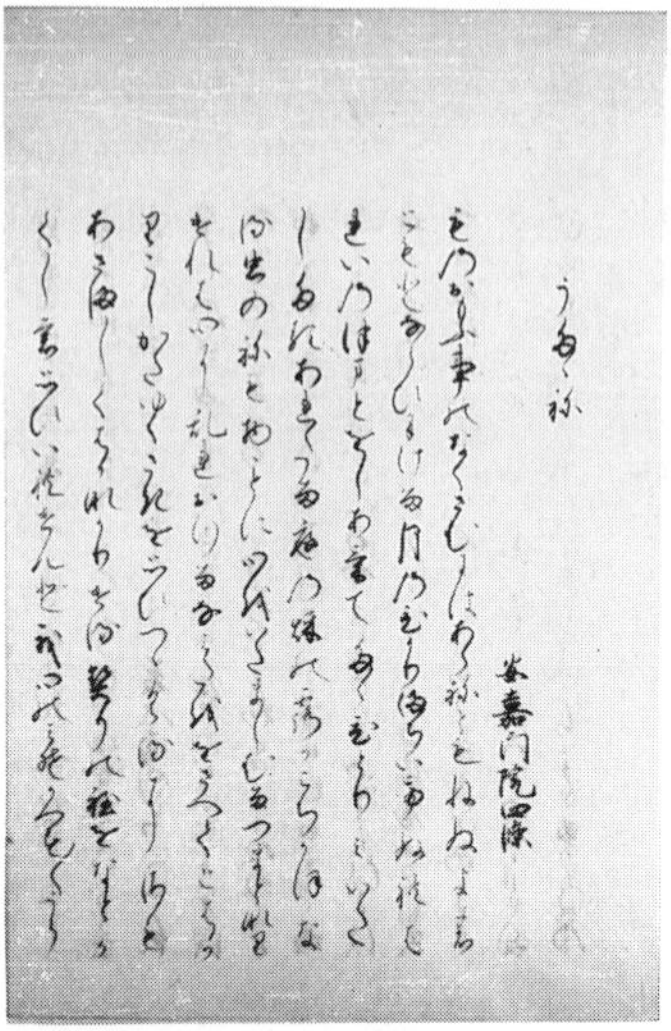

『うたゝね』本文冒頭（第一丁表）
（東山御文庫蔵）

本を底本として注釈を刊行されましたが㉒、扶本・群本による校訂などが多く見られますので、尊本の忠実な翻刻ではありません。

この後、次田香澄氏がIの東山御文庫本を発見して紹介し、それ以来、東本は最も信頼すべき本文であるとして、『うたゝね本文および索引』⑥に影印・翻刻が載せられ、『うたゝね・竹むきが記』⑤及び『うたたね全訳注』⑦でも東本を底本とされました。次田氏は、『うたゝね本文および索引』において、東本が最善本であり、他本は尊本・松本と、扶本・群本の二系統に分類され、松本は尊本の、群本は扶本の後出本であると主張しています。新日本古典文学大系『うたたね』（福田秀一氏⑨）でも、東本が底本とされています。これまでのところ東山御文庫本を使ったテキストが圧倒的に多いのです。

それに対して、本文の検討から、尊経閣文庫本が最善本であることを説いたのが三角洋一氏㉒であり、同氏は尊本が最善本で、松本と兄弟関係にあり、東本・扶本は松本の系統を引き次位に並び、群本の親本は扶本の末流本文である、とし、「古筆了任《こひつりょうにん》・黄門俊景《こうもんとしかげ》の後醍醐天皇宸筆という鑑定をひとまず信用して、白仙所持本そのままの副本を慎重に作成したものである、と考えられる。おそらくは、親本の影写本ないし精巧な臨写本といってよいのではなかろうか」と指摘しました。この後、Ⅱ伊東章次氏蔵本を紹介したのが永井義憲氏であり（⑧）、影印・翻刻を刊行しています。なお、Ⅳ松平文庫本は、伊東本・尊経閣本と極めて密接な関係を持つ同系統の本文ですが、松本あるいはその親本は、綴じ違えの本を書写したものであるために、錯簡が生じてしまっています。なお永井氏はこの綴じ違えの本を伊東本と推測しています。

尊経閣本と伊東本

では、この尊経閣本とはどのような本でしょうか。尊経閣文庫本は、紙は薄様、装丁は袋綴ですが、こよりで仮綴にされています。横二十五・六センチ、縦十七・五センチの、横長の横本です。本文は三十八丁で、前に遊紙一丁があります。表紙左端に外題として「うたゝね」と書かれています。同じ表紙の右下隅に大変小さな字で「己巳八月七日書写初校相済　半藤元右衛門　己巳八月十四日再校相済　大村五郎左衛門」と書かれています。これは、この二人が書写・校正したことを記録したメモのようなものでしょう。その左に、大きな字で、「白仙所持之古筆ニて写之　但牛庵

了任極札ニて　後醍醐天皇宸筆と証ス　又黄門俊景証文ヲ奥ニ被加之　然共書体宸翰と難究　乍去又是様偽書ニ繕ヒタルトも難究　仍令書写　書品樵ニ於為真可入手揖也　己巳八月十五日再校了」という識語があります。なお「文庫」と書いたのを傍線で消して「手揖」と右傍に書いています。

玉井氏によればこの識語は前田綱紀《つなのり》自筆であり、己巳は元禄二年にあたります。この本は加賀藩主前田綱紀公が元禄二年に書写させたものであり、綱紀は識語で、白仙所持の古写本でこの本を写した、その本には畠山牛庵と古筆了任による後醍醐天皇宸筆であるという極札が付され、それを証する黄門俊景の奥書がある、宸翰とも偽書とも極めがたいので書写させた等々と言っているのです。

本文は十一行、墨付部分は横十一センチ、縦八・五センチです。少し変わっているのは本文の書き方です。次の図をご覧ください（次頁下）。各丁の表は一面の左半分やや下方に、各丁裏は一面の右半分やや下方に小さく寄せて書くという形態です。紙面の四分の一ほどしか使っていない書き方です。巻末の中務歌だけはやや大きく散らし書きにしています。奥書は「此うたゝね一冊後醍醐天皇宸筆無疑者也　三月中旬　黄門俊景」とあります。これは、表紙の綱紀識語でいうところの親本にあった奥書を、そのまま写したものと考えられます。

それでは、Ⅱの伊東本とはどのような本でしょうか。この本は伊東章次氏という方の個人蔵で、私は原本を見ておりませんので、この本を紹介した永井義憲氏の解説や、この本の影印によって、

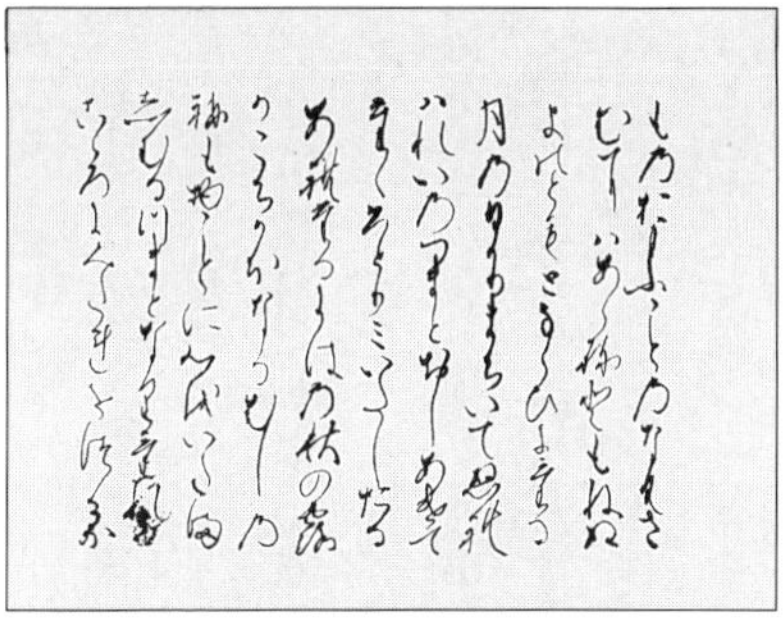

『うたゝね』本文冒頭（伊東章次氏蔵）
（新典社影印校注古典叢書23『うたゝね』より）

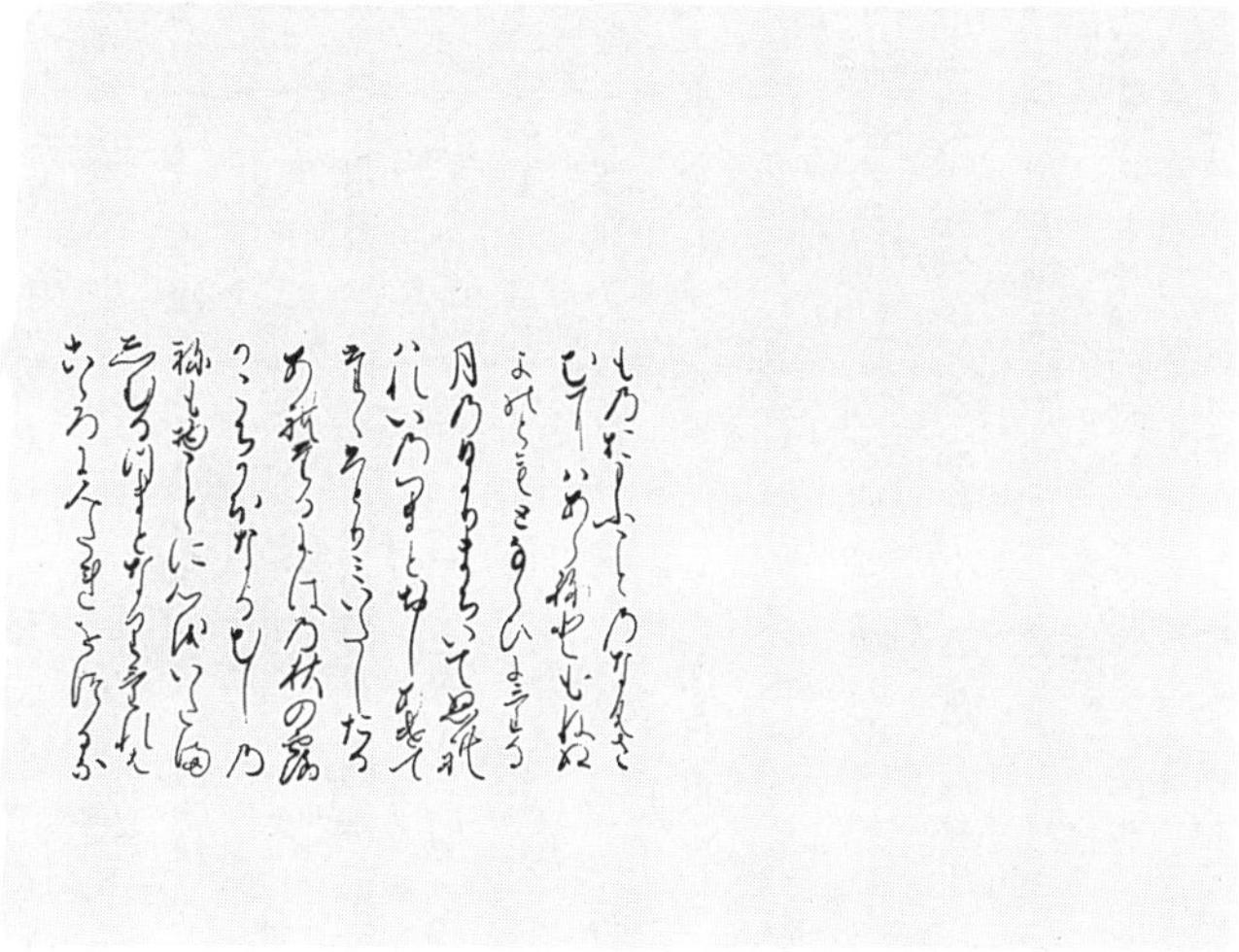

『うたゝね』本文冒頭（尊経閣文庫蔵）
表紙・遊紙（一丁）の次、第一丁表。各丁の表はこのように左半分に、裏は右半分に本文がある。

述べておきたいと思います。永井氏によりますと、伊東本は南北朝頃の書写であるということです。影印本によって知られる通り、伊東本には尊本にあるのと同じ黄門俊景の奥書があり、牛庵と了任の極書が添付されています。この伊東本は、尊経閣本の識語にいう白仙所持本そのものである、と永井氏は推定しています。永井氏は「尊経閣本は未見である」と言っておられますが、いま伊東本の影印と尊本とを比べるならば、まさに永井氏の推定通り、伊東本は尊本の親本、即ち白仙所持本にほかならないことが了解されます。上の図と下の図（前頁）とを比べてご覧ください。ここに掲げたのは本文冒頭だけですが、この後もずっと本文最後まで、また巻末歌の散らし書きも黄門俊景の奥書も、この二本は、紙数・行数・字詰めはもとより、漢字仮名の別・仮名字母・字形・くずし方や見せ消ち（文字を訂正する時、前の文字も見えるようにして消す訂正のしかた）に至るまで、細部にわたり一致しています。子細に見比べますと微妙な相違は認められますが、その相違を見出すのが困難なほどに忠実な写しです。尊本の料紙は極めて薄い薄様の紙ですから、恐らく透き写しによる影写本でしょう。透き写しの場合墨付部分が親本通りの大きさになりますから、そのために先に申し上げたような紙面の四分の一ほどの面積に限定的に書く書き方になったわけです。後で裁断して伊東本のような小さな枡形本にするつもりで仮綴にしておいたものが、そのままになったのかもしれません。試みに、伊東本の影印本と尊本の原本の墨付部分とを重ねてみましたら、ぴたりと一致しました。伊東本の影印本は原寸なのでしょう。三角氏が、伊東本が出現する以前に、尊本は「親本の影写本ないし精巧な臨写本」と推測された通りであったことが証明されたわけです。

このように伊東本は、現存諸本の中では最も古い書写の伝本ですが、残念なことに欠丁一丁と、綴じ違えによる錯簡があります。尊本は、伊東本が欠丁や錯簡を生じる前に伊東本を書写したものですから、伊東本の欠丁部分を有し、伊東本にある錯簡はないわけで、尊本によって伊東本の欠丁・錯簡を補完することができます。

尊本・伊東本の本文が優れていると考えられる理由は三角洋一氏のご論に詳しく、また、これまで伊東本・尊本を忠実に翻刻した本文による注釈は刊行されていないこともありますし、伊東本をこの講義でテキストとして用いることとします。ただ先程申しましたように、欠丁一丁と錯簡がありますので、その部分は尊経閣本の本文と順序によることとします。なお本文作成にあたっては、読みやすくするため、仮名遣いは歴史的仮名遣いに統一し、適宜、仮名を漢字に改め、句読点・改行・濁点・振り仮名・会話の「　」などを施しました。なるべく伊東本の本文を尊重しましたが、意味が通じないとき、明らかな誤写等は東山御文庫本・松平文庫本・扶桑拾葉集本・群書類従本によって校訂した部分もあります。

『うたたね』はそれほど長い作品ではありませんので、できるだけ全体を読みたいと思います。

便宜上、私なりに全体を二十段に分かち、表題を付しました。

第二節　『うたたね』を読むⅠ――破綻する恋の物語――

第一段　恋の変質への嘆き

もの思ふことのなぐさむにはあらねども、寝ぬ夜の友とならひにける月の光待ち出でぬれば、例の妻戸押し開けて、ただひとり見出したる。荒れたる庭の秋の露、かこち顔なる虫の音も、物ごとに心をいたましむるつまとなりければ、心に乱れ落つる涙をおさへて、とばかり来しかた行くさきを思ひつづくるに、さもあさましくはかなかりける契りの程を、などかくしも思ひ入れけんと我が心のみぞ返す返す恨めしかりける。

夢うつつとも分きがたかりし宵の間より、関守のうち寝る程をだに、いたくもたどらずなりにしにや、うちしきる夢の通ひ路は、一夜ばかりのとだえもあるまじきやうに慣らひにけるを、さるは月草のあだなる色を、かねて知らぬにしもあらざりしかど、いかに移りいかに染めける心にか、さもうちつけにあやにくなりし心まどひには、伏し柴のとだえに思ひ知らざりける。やうやう色づきぬ。秋の風の憂き身に知らるる心ぞ、うたてく悲しき物なりけるを、おのづから頼むる宵はありしにもあらず、打ち過ぐる鐘の響きをつくづくと聞き臥したるも、生ける心地だにせねば、げにいまさらに「鳥はものかは」とぞ思ひ知られける。

さすがに絶えぬ夢の心地は、ありしに変るけぢめも見えぬものから、とにかくに障りがちなる葦分けにて、神無月にもなりぬ。

降りみ降らずみ定めなきころの空のけしきは、いとど袖のいとまなき心地して、起き臥しながめわぶれど、絶えて程ふるおぼつかなさの、慣らはぬ日数のへだつるも、今はかくにこそと思ひなりぬる世の心細さぞ、何にたとへてもあかず悲しかりける。

恋人の心が移ろい、すでに恋が変質してしまっている時から、この恋の物語が語り起こされます。初めに現在の悲愁を述べますが、次いで時間を遡及して、恋の始まり、情熱的な恋の時間、そしていつのまにか訪れが間遠になった現在に至るまでの、恋の経過が語られます。後で掲げますが、第六段に「梅が枝の色づきそめしはじめより」とあるので、この恋の始まりは早春であったことがわかりますが、今はすでに秋です。和歌の技巧で掛詞《かけことば》というものがあるのはよくご存じでしょうけれど、「秋」はよく「飽き」と懸けられるのであり、ここでも、秋の凋落の風景は、飽きられ始めた女を、そして男女の間に吹き始めた秋風を象徴するものでしょう。月の光を浴びながら荒涼とした庭をみやる女主人公を描出するこの場面は、極めて物語性が濃厚であると言えます。この冒頭部分から、作者は緻密に縦横に、古典・和歌をちりばめ、張り巡らせて、それらの連関・響き合いの上に物語的世界を構築しているのです。例えば、ごく一部の例ですが、冒頭の「もの思ふことのなぐさむにはあらねども、寝ぬ夜の友とならひにける月の光待ち出でぬれば」は、

ながむるに物思ふことの慰むは月はうき世のほかよりやゆく
（拾遺集・雑上・大江為基、新撰朗詠集ほか）

ながむるに慰むことはなけれども月を友にてあかすころかな
（山家集）

に拠った表現ですし、また、「物ごとに心をいたましむるつまとなりければ」は、当時の人々によく読まれた長恨歌の「行宮《かうきう》に月を見れば心を傷《いた》ましむる色」（和漢朗詠集・巻下・恋）を引く表現であり、『今鏡』中宮嫄子崩御の場面の「いと秋の哀れそひて、有明の月の影も心を傷ましむる色、夕の露のしげきも涙を催すつまなるべし」にも依拠しているかもしれません。また、「夢うつつとも分きがたかりし宵の間より、関守のうち寝る程をだに」は、それぞれ、当時の規範的な古典のひとつである『伊勢物語』の、

君や来し我や行きけむおもほえず夢かうつつか寝てかさめてか
（六九段）

人知れぬわが通ひ路の関守は宵々ごとにうちも寝ななん
（五段）

に拠った表現であることは明らかです。更に、「伏し柴のとだえに思ひ知らざりける」という何気

ない言辞も、「かねてより思ひしことぞ伏し柴のこるばかりなるなげきせんとは」（千載集・恋三・待賢門院加賀）という歌に拠ったものです。この歌については『今鏡』『今物語』にみえる逸話があるのですが、待賢門院《たいけんもんいん》に仕えた女房の加賀は、この歌を詠み得た時すぐには公表せずに取っておいて、やがて恋人となった花園左大臣有仁《ありひと》の寵愛が薄れた時この歌を送り、有仁は大変感心し、秀歌として喧伝され、勅撰集にも入集し、彼女は「伏柴の加賀」と呼ばれた、というのです。このような背景や身分差まで含み込んでの引用と考えられます。また、「鳥はものかは」は、「待つ宵のふけゆく鐘の声きけばあかぬ別れの鳥はものかは」（新古今集・恋三・小侍従）を踏まえ、「神無月にもなりぬ。降りみ降らずみ定めなきころの空のけしきは」は、「神無月降りみ降らずみ定めなき時雨ぞ冬の始なりける」（後撰集・冬・読人知らず）から採った表現そのままです。また「絶えて程ふる」は、「玉ぼこの道行人の言づても絶えて程ふる五月雨の空」（新古今集・夏・定家）から持ってきたものでしょう。この他にも、詞句のそれぞれに多数の典拠を見出すことができます。このように『うたたね』には大変に多くの古典の下敷きがあることは、すでに多くの方々の指摘があり、ここでは古典の典拠すべてを挙げることはできませんので、詳しくは諸氏の注釈や論文をご覧いただきたいと思います。

第二段以下でも、このような傾向は変わりません。これは単に古典・和歌から詞句を借用するということではなく、この作品を読むような人々によく知られた表現を、読者に明らかに理解されるように摂取し、その古典・和歌の世界を含み込んで重層化・立体化・複雑化させるという手法であると言えましょう。以下の章段でもこのような構成的手法が用いられていて、夢幻的物語的恋の世界へと読者を導いていくのです。

なお、「葦分け」という語については、東本は「け」の右下に「舟落歟」と傍書し、扶本・群本は「あしわけ舟」としますが、「葦分け」は平安末から中世にかけて和歌や物語、『とはずがたり』などに用いられている語であり、伊東本・尊本の本文が優れていることを示すものの一つであることは三角洋一氏㉒が述べています。

第二段　太秦と法金剛院へ

いとせめて、あくがるる心もよほすにや、にはかに太秦に詣でてんと思ひ立ちぬるも、かつうはいとあやしく、仏の御心の中はづかしけれど、二葉より参りなれにしかば、すぐれて頼もしき心地して、心づからの悩ましさも愁へきこえんとにやあらん、しばしは御前に。

供なる人々、「時雨しぬべし。はや帰り給へ」など言へば、心にもあらず急ぎ出づるに、法金剛院の紅葉、このごろぞ盛りと見えていとおもしろければ、過ぎがてに降りぬ。高欄のつまなる岩の上におりゐて、山のかたを見やれば、木々の紅葉色々に見えて、松にかかれる枝、心の色もほかには異なる心地して、いと見どころ多かるに、憂きふるさとはいとど忘られぬるにや、とみにも立たれず。折しも風さへ吹きて、もの騒がしくなりければ、見さすやうにて立つほど、

人知れず契りしなかの言の葉を嵐吹けとは思はざりしを

と思ひ続くるにも、すべて思ひまずることなき心のうちならんかし。

訪れぬ恋人への思い、恋の行く末への不安に耐えかねた彼女は、にわかに太秦《うずまさ》参詣を思い立ちます。鬱屈した物思いに悩む女達が、寺社参詣やそこへの途上でリフレッシュする場面は、『蜻蛉《かげろう》日記』他に多くみられます。当時の貴族女性たちの生活空間は、本当に限られていますから、自然や異空間に触れることで解放されるのでしょう。

太秦はもちろん広隆寺です。貴族の参詣も多く、『枕草子』にありますし、この『うたたね』の頃で言えば、文永二年（一二六五）と三年に後嵯峨院《ごさがいん》が御幸していますから、大寺院として隆盛しており、「人心うづまさになほ祈りみん恋の病もやめざらめやは」（頼政集）という歌もあって、恋に悩む人々が参詣していたかもしれません。

太秦からの帰途、法金剛院に立ち寄った彼女は、車から降り高欄の端の岩の上に座って、紅葉に

染められた山々や木々を遠望します。古典の連環的な表現ではなく、作者自身の新鮮な心の躍動がほの見える場面です。法金剛院は広隆寺の東北にあり、平安末期に鳥羽天皇中宮待賢門院が再興した寺です。いまは小さな境内にマンションが接して建っていますが、院政期は数多くの堂舎があった大寺院で、発掘調査もされました。「十月なかのころ、〔法〕宝金剛院の紅葉見けるに……」（山家集）など多くあって、花や紅葉の名所でもありました。もっともここから周囲を見た眺めは当時と変わらないでしょう。近くに五位《ごい》山・双ケ丘《ならびがおか》、遠くに衣笠《きぬがさ》山が眺められます。

　まもなく「折しも風さへ吹きて、もの騒がしくなりければ」とあり、強い風が吹き始め、にわかに空の色や空気が変わって、嵐の予兆のような景となります。木の葉は、まるではかない恋の残片のように、嵐に吹き散らされていくのです。歌の中の「言の葉」とは、男から女への誓言であり、「嵐吹く外山の紅葉冬来れば今は言の葉絶えはてぬらむ」（公任集）のような歌が多くあります。

　最後の文にある「思ひまずる」については、東本「思ひまする」の「ひ」の右下に「さ」を補入し、「す」の右傍に「さ歟」と傍書し、扶本・群本は「思ひさまさる」です。「思ひ混《ま》ず」が『源氏物語』や『在明の別《わかれ》』『松浦宮《まつらのみや》物語』『我身にたどる姫君』などに多くみえる語で、これも伊東本・尊本の本文の優秀性を示すものであることを三角氏（22）が述べています。

　この段では、「いとせめて、あくがるる心もよほすにや」「愁へきこえんとにやあらん」「いとど忘られぬるにや」「すべて思ひまずることなき心のうちならんかし」のように、作者と女主人公とを同一化せず、その間に時間的心理的距離を置くような、草子地的な客観的分析的記述がみられるのは注意されます。このような、物語の語り手のような第三者的筆致はこの後もしばしば散見されていて、日記文学と言われるこの作品が、物語的結構をも持つことを示していると言えましょう。

第三段　その夜の恋人との逢瀬

帰りてもいと苦しければ、うち休みたるほど、御文とて取り入れたるも、胸うち騒ぎて、ひきひろげたれば、ただ今の空のあはれに日ごろの怠りをとりそへて、こまやかに書きなされたる墨つき、筆の流れも、いと見どころあれど、例のなかなかかきみだす心迷ひに、言の葉の続きも見えずなりぬれば、御返りもいかが聞えけん。名残もいと心細くて、この御文をつくづくと見るにも、日ごろのつらさはみな忘られぬるも、人わろき心の程やとまたうち置かれて、

これやさは問ふにつらさの数々に涙をそふる水茎のあと

例の人知れず中道ちかき空にだに、たどたどしき夕闇に、契り違へぬしるべばかりにて、尽きせず夢の心地するにも、出できこえんかたなければ、ただ言ひしらぬ涙のみむせかへりたる。暁にもなりぬ。枕にちかき鐘の音も、ただ今の命をかぎる心地して、我にもあらずおきわ

かれにし袖の露、いとどかこちがましくて、「君や来し」とも思ひわかれぬ中道に、例のたのもし人にてすべり出でぬるも、返す返す夢の心地なんしける。

物詣から帰邸した彼女のもとへ、恋人からの手紙がもたらされます。歓喜と不安に自分を扱いかねているような心の震えが、流麗に描写されています。その夜の逢瀬は、この作品の中で唯一、恋人と共に過ごした時間を叙述する部分ですが、具象性は取り去られていて、薄闇の中の朧ろな動きと女の心理だけが浮かび上がるようです。このような場面描写は、作者の恋人が、作者とかけ離れた身分の高い男性だったためという説もありますが、むしろそのような恋の設定をしたと考えた方が良いかもしれません。

本段だけではありませんが、『うたたね』には『源氏物語』からの影響が強くて、「ただ今の空のあはれ」は『源氏物語』椎本《しいがもと》巻の匂宮《におうのみや》の手紙に「ただ今の空のけしきを」とありますし、「墨つき、筆の流れも、いと見どころあれど」は、「墨つきなど見どころあり」(須磨巻)とあり、更に、阿仏著と考えられている『乳母《めのと》のふみ』にも「墨つき筆の流れ」という表現がみえることを付け加えておきます。「中道ちかき空にだに」は恋の通い路で、「遙かなる御中道を、急ぎおはしましたりけるも」(総角《あげまき》巻)のように書かれます。「たどたどしき夕闇に」は、「夕闇は道たどたどし月待ちて帰れわがせこそのまにもみん」(古今和歌六帖・第一・大宅娘女。新勅撰集・恋四)があり、それを引いた「夕闇の道たどたどしげなるまぎれに」（空蟬《うつせみ》巻）も念頭にあったでしょう。「鐘の音も、ただ今の命をかぎる心地して」は、鐘の音が絶えると命も消えてしまうような、ということですが、明らかに「鐘の音の絶ゆる響きに音をそへてわが世つきぬと君に伝へよ」（浮舟巻）を踏まえています。もちろん『源氏物語』だけではないのですが、ここでは挙げきれませんので省略します。このような『源氏物語』摂取の実態については、渡辺静子氏（㉑㊹）の考察があり、近年では劉小俊氏（㊶）・村田紀子氏（㊸㊻）・島内景二氏（㊼）他が論じていますので、詳しくはそちらを見ていただきたいと思います。

ところで、本段には「例の」という語が頻出しています。『うたたね』の中にみえるこの語七例のうち六例は、「例の妻戸」（第一段）、「例のなかなかきみだす」「例の人知れず中道ちかき」「例のたのもし人」（本段）、「例のうち寝るほどの」「例の待つほど過ぎぬるは」（次段）のように、女と恋人の逢瀬にまつわる部分で使われていて、しかも本段と次段に集中しています。「例の」によって、描かれていない過去の恋愛の情景が幾度も呼び戻されようとしているかのようですが、どちらかというと現実感が稀薄で、やや空洞化したような印象を受けてしまうのですけれども、いかがでしょうか。

第四段　北の方の死、そして恋人の違約

かのところには、むめ（ママ）北の方月ごろわづらひ給ひけるが、つひに消えはて給ひにければ、その程のまぎれにや、また程経るもことわりながら、言ひしに違ふつらさはしも、ありしにまさる心地するは、いかに思しまどふらんと、とりわきたりける御思ひの名残も、いと苦しくおしはかり聞ゆれど、あはれ知る心の程、なかなか聞えんかたなくて、日数経るいぶせさを、かれがれぞおどろかし給ひつる。

「つれなき世のあはれさも、みづから聞えあはせたく」などあれば、例のうち寝る程の鐘の響きに、人知れず頼みをかくるも、思へばあさましく、世の常ならずあだなる身の行方、つひにいかになりはてんとすらんと、心細く思ひ続くるにも、ありしながらの心ならましかば、浮きたる身のとがもかうまでは思ひ知らずぞ過ぎまし、など思ひ続くるに、いまさら身の憂さもやるかたなく悲しければ、今宵はつれなくてやみなまし、など思ひ乱るるに、例の待つ程過ぎぬるはいかなるにかと、さすが目もあはず身じろぎ臥したるに、かの小さき童にや、忍びやかにうちたたくを聞きつけたるには、かしこく思ひしづめつる心もいかになりぬるにか、やをらすべりいでぬるも、われながらうとましきに、月もいみじくあかければ、いとはしたなき心地して、透垣の折れ残りたるひまにたち隠るるも、かの常陸の宮の御住まひ思ひ出でらるるに、

入る方したふ人の御さまぞ、こと違ひておはしけれど、立ちよる人の御面影はしも、里わかぬ光にも並びぬべき心地するは、あながち思ひ出でられて、さすがに思し出づる折もやと心をやりて思ひ続くるに、恥づかしきことも多かり。

男の北の方（正妻）が病のため亡くなり、訪れぬ男を、女は思慕し、悩みます。「あはれ知る心の程、なかなか聞えんかたなくて」とは、『源氏物語』蜻蛉巻、浮舟を失った薫への、薫の愛人小《こ》宰相《ざいしょう》の歌「あはれ知る心は人におくれねど数ならぬ身に消えつつぞ経る」を重ねているのです。このことにも、彼女は女房、男性は高貴な貴族という、身分差のある恋であることが示されています。そこへ男から「つれなき世のあはれさも、みづから聞えあはせたく」と、今夜逢いたいという手紙が来て、いつも男が訪れる時刻が過ぎても彼女は待ち続けます。

この後の本段の場面は、これまで通説では、恋人の訪れを庭に迎えた場面とされてきました。しかしそれにしては、逢瀬の場面や逢えた喜びなどが全く書かれておらず、しかも唐突に終わってしまいます。朧化が甚だしいとは言え、どこか不自然です。渡辺静子氏（㊹）は「この時は、結局恋人は来らず、夢の世界での逢瀬に終ったようである」とし、更に近年三角洋一氏（55）は、「じつは人違いで、恋人が訪れなかった挿話なのではなかろうか」と指摘、「入る方したふ人」は他の女房に会いに来た男性であるとしました。私も三角氏の指摘のように解釈する方が良いのではないかと思います。

「透垣の折れ残りたるひまにたち隠るるも」以下は、『源氏物語』末摘花《すえつむはな》巻に依拠しており、これは「透垣のただすこし折れ残りたる隠れの方に、立ち寄りたまふに、もとより立てる男ありけり」という、光源氏と頭中将が末摘花の邸に忍び入る場面なのですが、「もろともに大内山は出でつれど入る方見せぬいさよひの月」と頭中将が光源氏に詠みかけているので、「入る方したふ人」は光源氏をつけてきた頭中将（ここでは別の男性）を指しています。「里分かぬ影をば見れど行く月のいるさの山を誰かたづぬる」が光源氏の返歌で、「里わかぬ光」は光源氏（ここでは作者の恋人）を暗示するでしょう。透垣に隠れた女は、「入る方したふ人」を見、人違いであったことに自ら気付きます。彼女は、恋人の訪れと思って庭にすべり出てしまったことを、（あの見知らぬ方も）「さすがに思し出づる折もや」とあれこれ思い悩み、「恥づかしきことも多かり」と反芻します。

もし本段を恋人との逢瀬とするなら、次段の出家の決意は非常に唐突なものとなってしまいます。恋人は、手紙で来訪を予告しながら何の断りもなく訪れなかったのであり、その裏切りへの悲しみ、また更には自分の激しい思いが空回りして錯覚さえ起こしてしまったことへの嘆きと恥ずかしさが述べられていると取った方が良いと思われます。それは、北の方の死にもかかわらず、彼女が男に捨てられつつあることをはっきりと示し、次段の出家の決意を導き出していくのです。

第五段　出家の決意

師走にもなりぬ。雪かきくらして、風もいとすさまじき日、いととくおろしまはして、人二三人ばかりして物語などするに、夜もいたく更けぬとて、人はみな寝ぬれど、つゆまどろまれぬに、やをら起き出でて見るに、宵には雲がくれたりつる月の、浮雲まがはずなりながら、山の端ちかき光のほのかに見ゆるは、七日の月なりけり。見し夜のかぎりも今宵ぞかしと思ひ出づるに、ただその折の心地して、さだかにも覚えずなりぬる御面影さへ、さし向ひたる心地するに、まづかきくらす涙に月の影も見えずとて、仏などの見え給ひつるにやと思ふに、はづかしくも頼もしくもなりぬ。さるは、月日にそへて堪へ忍ぶべき心地もせず、心尽くしなることのみまされば、よしや思へばやすきと、ことわりに思ひ立ちぬる心のつきぬるぞ、ありし夢のしるしにやとうれしかりける。「今はと物を思ひなるにしも」と言へばえに、悲しきこと多かりける。

季節は移ろっていつしか師走となります。「雪かきくらして」以下は、やはり『源氏物語』総角巻「雪のかきくらし降る日、……風のいとはげしければ、蔀《しとみ》おろさせ給ふに、……人々近う呼び出で給ひて、物語などせさせ給ふ」と酷似します。本段では、恋人の便りや訪れが絶えたことなどは、直接には記されていないのですが、流れ去った時間はそれを暗示しているでしょう。同僚の女房達

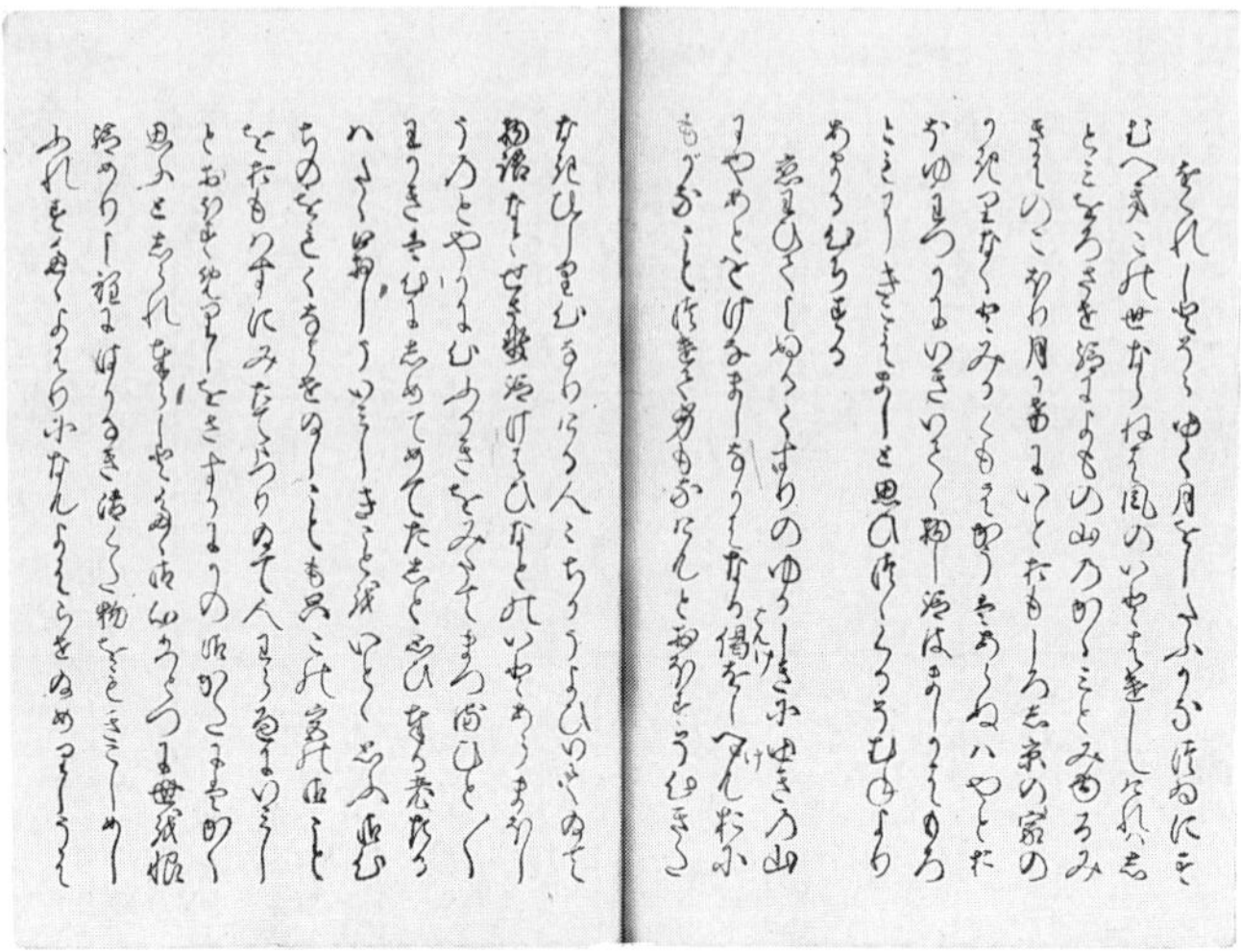

『源氏物語』総角巻　本文引用部分
（国文学研究資料館蔵、初雁文庫本古活字版）

が寝た後、ひとり眠れずに起き出して、女は七日の月を眺め、それが恋人との最後の逢瀬の夜の月であったことに気付きます。月光の中でおぼろな恋人の面影はいつしか仏の幻霊となって、彼女に出家を決意させるのです。『更級日記』「天喜三年十月十三日の夜の夢に、ゐたる所の屋のつまの庭に阿弥陀仏たちたまへり。さだかには見え給はず……」という霊夢がありますが、このような仏の幻影は啓示であり、現在の彼女が苦悩から逃れるために、出家が必然的な成り行きであることが示されます。「今はと物を思ひなるにしも」は、「わびぬれば今はと物を思へども心に似ぬは涙なりけり」（大和物語五段、新勅撰集・恋四・躬恒）を引いていて、下句の流れる涙を暗示します。

第六段　真夜中ひそかに髪を削ぎ落とす

春ののどやかなるに、何となく積もりにける手習の反古など、破《や》りかへすついでに、かの御文ども取り出でてみれば、梅が枝の色づきそめしはじめより、冬草枯れ果つるまで、折々のあはれ忍びがたき節々を、うちとけて聞えかはしけることの積もりにけるほども、今はと見るはあはれ浅からぬなかに、いつぞや、常よりも目とどまりぬらんかしと覚ゆるほどに、こなたの主、「今宵はいと寂しくもの恐ろしき心地するに、ここに臥し給へ」とて、我がかたへも帰らずなりぬ。あなむつかしと覚ゆれど、せめて心の鬼も恐ろしければ、「帰りなん」とも言はで臥しぬ。

人はみな何心なく寝入りぬる程に、やをらすべりいれば、ともし火の残りて心細き光なるに、人やおどろかんとゆゆしく恐ろしけれど、ただ障子ひとつを隔てたる居どころなれば、昼より用意しつる鋏、箱のふたなどの、ほどなく手にさはるもいとうれしくて、髪を引き分くる程ぞ、さすがそぞろ恐ろしかりける。削ぎ落しぬれば、箱のふたにうち入れて、書きおきつる文どもとり具しておかんとする程、出でつる障子口より、火の光のなほほのかに見ゆるに、文書きつくる硯のふたもせでありけるが、傍らに見ゆるを引きよせて、削ぎ落したる髪をおし包みたる陸奥国紙のかたはらに、ただうち思ふことを書き付くれど、ほかなるともし火の光なれば、筆の立ちども見えず。

嘆きわび身を早き瀬のそことだに知らず迷はんあとぞ悲しき

身をも投げてんと思ひけるにや。

出家を決意した女は、年が改まった春、ひそかにその準備を進めます。出家等の前に妻・恋人の手紙を処分することは『源氏物語』幻巻・浮舟巻等にみえますけれども、その「梅が枝の色づきそめしはじめより、冬草枯れ果つるまで」の手紙は、昨年早春から冬まで、という季節が、そのまま恋の消長に象徴的に重なることに、注意しておきたいと思います。この恋物語は自然と人事とが絡み合わせられたような構成になっているのです。

いよいよその計画を実行に移そうとする夜、「こなたの主」、先輩女房でしょうか、こちらの部屋の主が、「今宵はいと寂しくもの恐ろしき心地するに、ここに臥し給へ」と言うので、実行できるかどうか読者もどきどきするのですが、皆が寝静まってから、彼女は隣の自室へ抜け出します。この場面は緊迫した語り口で鮮やかに描かれます。

本段以下の出家・出奔の場面が、『源氏物語』の浮舟の悲劇を意識していることは明白です。例えば、「昼より用意しつる鋏、箱のふたなどの、ほどなく手にさはるもいとうれしくて」という部分と、『源氏物語』浮舟の出家の場面の、「今日仕うまつりてん、とのたまふに、いとうれしくなりぬ。鋏とりて、櫛の箱の蓋さし出でたれば」（手習巻）とを比較対照してみてください。また「書きおきつる文ども」以下も、浮舟失踪後の「書きおきたまへる文をも見るに、亡き影にと書きすさびたまへるものの、硯の下にありけるを見つけて」（蜻蛉巻）を意識して書かれたものでしょう。また彼女の歌「嘆きわび身を早き瀬のそことだに知らず迷はんあとぞ悲しき」は、明らかに浮舟の詠んだ歌「嘆きわび身をば棄つとも亡き影に浮き名流さむことをこそ思へ」（浮舟巻）、「身を投げし涙の川の早き瀬をしがらみかけてたれかとどめし」（手習巻）を引く歌です。宇治川のほとりに住む浮舟は「身を投げたまへるか、とは思ひ寄りける」（蜻蛉巻）と、入水《じゅすい》したとされましたが、『うたたね』の歌もまるでこれから入水するような歌です。しかしこの後書かれるように、『うたたね』では実際にはそうではないので、このようにやや無理をして、浮舟との類似性をあえて示しているのです。また『狭衣物語』の飛鳥井姫君の入水も反映されているでしょう。『源氏物語』と『狭衣物語』の影響を受けて、中世王朝物語でも入水する女性が多いのです。最後の「身をも投げてんと思ひけるにや」は、語り手の視点による草子地的叙述ですけれども、女が入水を思わせる歌を詠んだことの理由付けのような感じです。

このように作者は読者に理解される形で『源氏物語』を二重写しにしているだけではなく、浮舟の物語を血肉化して、『源氏物語』の後二百五十年を経た『うたたね』の空間に再生させていると言えましょう。それは例えば、女が髪を切る時の、まるで鋏や髪の感触が伝わってくるような、生き生きしたリアルな筆致によるところが大きく、恐らく『うたたね』の恋が多くの物語的虚構を含んで表現化されたものであるにせよ、作者自身がかつて髪を切ることを経験したことを思わせます。「髪を引き分くる程ぞ」以下は、髪を左右に分け、前で切り、陸奥《みち》国紙《のくにがみ》に包んだのでしょう。藤原為家の父である定家の日記『明月記』には、定家の娘民部《みんぶ》卿《きょう》典侍《のてんじ》出家の場面に「次いで左右に髪を分け各之《これ》を結ぶ。……戒師頭剃《かみそり》を取り、剃り始めらる。……共人《ともびと》其《そ》の髪を取り、左字書きたる紙に裹《つつ》む、髪甚だ多し、」（天福元年九月二十三日）と、大変にリアルに淡々と書いてありますが、『うたたね』の叙述の臨場感もこれに劣らないほどです。

浮舟との関連については、村田紀子氏（53）・島内景二氏（57）の論などに詳しく述べられています。しかしここでの出家は、浮舟のように追い詰められた末のものではありません。今関敏子氏（63）はこれが離れかけている相手の心を試す「心見」の行為であると指摘しました。

女性が出家する行為については、勝浦令子氏『女の信心―妻が出家した時代―』（平凡社選書）があります。『うたたね』のこの場合、自分で髪を切っただけですので、もちろん完全剃髪ではなく、また戒師による受戒を伴う正式の尼削ぎ（背中位で切ること）でもなく、突発的な髪切り行為として、これらとは区別されていました。このような場合は「遁世《とんせい》」とも表現されていたことが勝浦氏により指摘されています。なお絵巻などによれば、尼削ぎの女性は、法衣を着る場合も俗衣を着る場合もあったようです。

第七段　西山へ出奔、雨の山路に彷徨

ただ今も出でぬべき心地して、やをら端をあけたれば、つごもりごろの月なき空に、雨雲さへ立ち重なりて、いと物恐ろしう暗きに、夜もまた深きに、宿直人さへ折しもうち声づくろふも、むつかしと聞きゐたるに、かくても人にや見つけられんと、そら恐ろしければ、もとのやうに入りて臥しぬれど、傍らなる人うち身じろぎだにせず。さきざきも、宿直人の夜深く門をあけて出づる習ひなりければ、その程を人しれず待つに、今宵しもとくあけて出でぬる音すれば、さるは心ざす道もはかばかしくも覚えず。ここも都にはあらず、北山の麓といふ所なれば、人目しげからず、木の葉のかげにつきて、夢のやうに見おきし山路をただひとり行く心地、いといたく危く物恐ろしかりける。山人の目にもとがめぬままに、あやしくもの狂ほしき姿したるも、すべてうつつのこととも覚えず。さてもかの所、西山の麓なれば、いとはるかな

るに、夜中より降りいでつる雨の、明くるままにしほしほと濡るる程になりぬ。ふるさとより嵯峨のわたりまでは、少しも隔たらず見渡さるるほどの道なれば、さはりなく行き着きぬ。

夜もやうやうほのぼのとする程になりぬれば、道行き人もここもとはいとあやしととがむる人もあれば、ものむつかしく恐ろしきこと、この世にはいつかは覚えん。ただ一筋になきになし果てつる身なれば、足の行くにまかせて、はや山深く入りなんと、うちも休まぬままに、苦しく堪えがたきこと、死ぬばかりなり。入る嵐の山の麓に近づくほど、雨ゆゆしく降りまさりて、向への山を見れば、雲のいくへともなく折り重なりて、行く先も見えず。からうじて法輪の前は過ぎぬれど、はては山路に迷ひぬるぞすべき方なきや。惜しからぬ命も、ただ今ぞ心細く悲しき。いとどかきくらす涙の雨さへ降り添ひて、来しかた行く先も見えず、思ふにも言ふにもたらず、今とぢめ果てつる命なれば、身の濡れとほりたること、伊勢のあまにも越えたり。

彼女は、宿直人（警固の者）が門を開けた時を見計らって、ひそかに邸を抜け出て、ひとり夜の闇の山路を辿っていきます。「端をあけたれば」から「物恐ろしかりける」辺りは、やはり『源氏物語』の浮舟失踪時の描写「皆人の寝たりしに、妻戸を放ちて出たりしに、風ははげしう、川波も荒う聞こえしを、独り物恐ろしかりしかば、来し方行く末もおぼえで」（手習巻）と類似していて、浮舟の物語をほのかに重ねているのですが、表現は簡潔で力強く、本作品のクライマックスへと読者を導いていきます。女の道行は、「夢のやうに見おきし山路をただひとり行く心地、いといたく危く物恐ろしかりける」「あやしくもの狂ほしき姿したるも、すべてうつつのことも覚えず」と、現実と夢の境界を行き来しつつ、迷妄の闇をさまようかのように描かれています。

「北山の麓」とは、京都北方、衣笠山等の山々で、安嘉門院の御所持明院殿《じみょういんどの》も含まれますし、西園寺公経《きんつね》の北山殿も『増鏡』巻五で「北山のほとり」と呼ばれています。「西山の麓」は、広く京都西方、愛宕《あたご》山から天王山辺りまでの山や丘陵ですが、ここでは「法輪の前は過ぎぬれど」とありますので嵐山法輪寺南の、松尾山辺りでしょうか。この「北山の麓」から「西山の麓」まで、真夜中雨の中を歩き通すのは尋常ではありません。「少しも隔たらず見渡さるるほどの道なれば、さはりなく行き着きぬ」と書かれている北山から嵯峨の道筋も、確かに平坦な一本道ではありますけれども、旅装もせぬ衣装で、しかも歩き慣れない貴族の女性が独りで簡単に歩ける距離ではないと思われます。更に嵐山を経て西山までとなれば、西山がどこを指すかによって違ってきますけれども、およそ十キロ前後の行程となります。私も歩き通せるかどうか、ちょっと自信がありません。女主人公の雨中の彷徨の悲劇性を、現実の舞台の上に載せて強調する意図があると言えるのではないでしょうか。

ここで彼女が目的としている「かの所、西山の麓なれば」は、どこの寺なのでしょうか。善妙寺

（永井義憲氏㊳）と推定する説があり、また松尾の南方の法華山寺・最福寺辺り（次田香澄氏⑦）とも言われます。いずれにせよ、女性が身を隠すことができるアジール的性格を持つ尼寺を想定しているのでしょう（井上宗雄氏㊵参照）。

本段の後半は、ほのぼのと明けゆく空、激しい疲労、降りまさる雨、幾重にも重なって垂れ込め視界をふさぐ雲など、印象的に描かれます。そうした叙述の中にも、例えば「ただ一筋になきになし果てつる身なれば」は「ありときかれ我もききしもつらきかなただ一筋になきになしなで」（建礼門院右京大夫集）、「思ふにも言ふにもたらず」は「思ふにも言ふにもあまることなれや衣のたまのあらはるる日は」（後拾遺集雑三・伊勢大輔）他があります。また「伊勢のあまにも越えたり」は、伊勢の海人以上に濡れそぼっていた、というのですが、『万葉集』以来多出する表現であり、このように、多くの詩句が用いられているのです。

第八段　里人の助けにより尼寺へ着く

いたくまはり果てにければ、松風の荒々しきを頼もし人にて、これも都の方よりとおぼえて、蓑笠など着てさへづりくる女あり。小童の同じ声なると物語するなりけり。これや桂の里の人ならんと見ゆるに、ただあよみにあゆみよりて、「これはなに人ぞ。あな心憂。御前は人

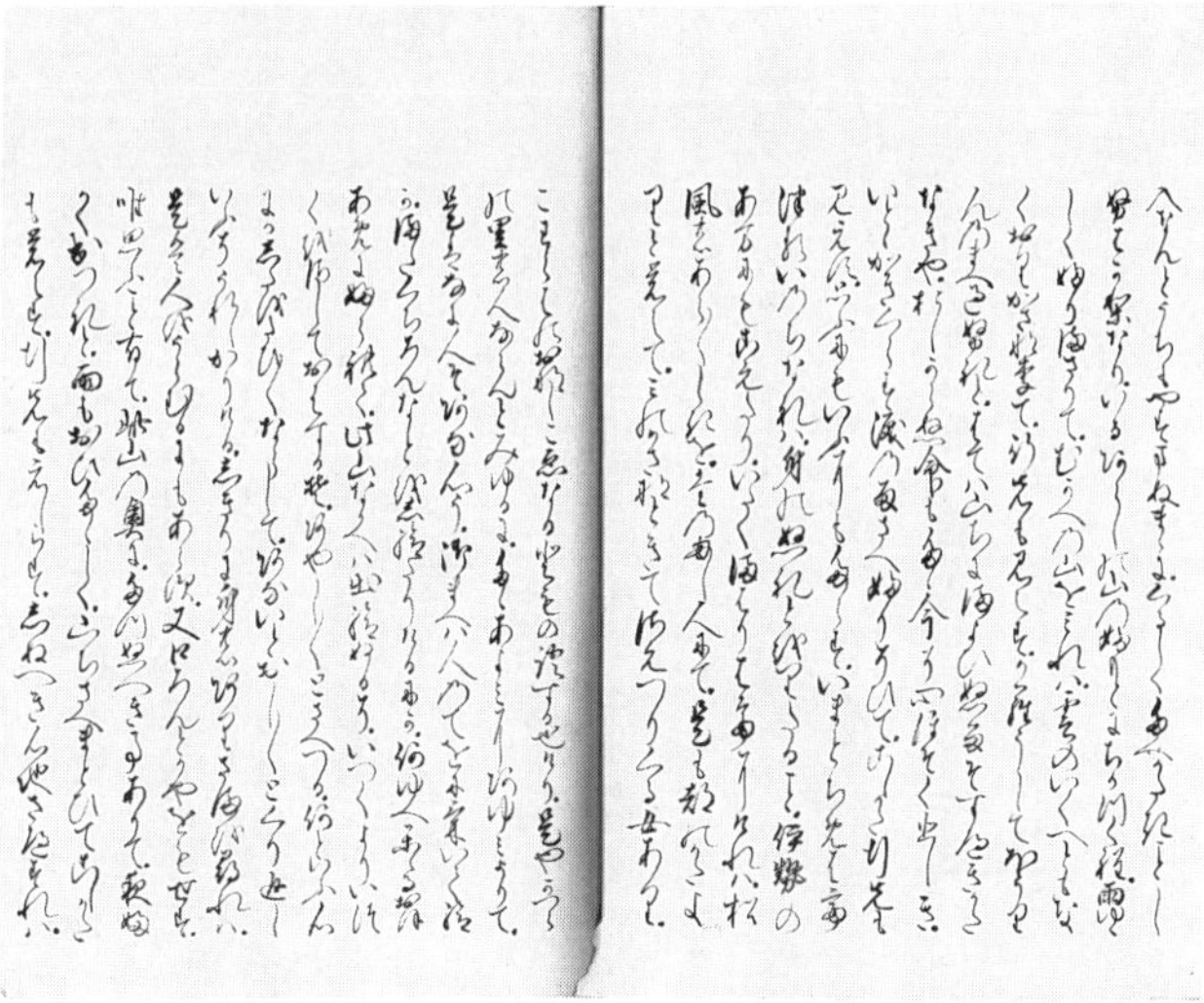

『扶桑拾葉集』所収『うたゝね』第七、八段部分（国文学研究資料館蔵）

の手を逃げ出で給ふか。また口論《くちろん》などをし給ひたりけるか。何ゆゑかかる大雨に降られてこの山なかへは出で給ひぬるぞ。いづくよりいづくをさしておはするぞ。あやしあやし」とさへづる。何といふ心にか、舌をたびたび鳴らして、「あないとほし、あないとほし」と繰り返し言ふぞ嬉しかりける。しきりに身の有様を尋ぬれば、「これは人を恨むるにもあらず。また口論とかやをもせず。ただ思ふことありて、この山の奥にたづぬべきことありて、夜深く出でつれど、雨もおびただしく、山路さへまどひて、来しかたも覚えず行く先もえ知らず。死ぬべき心地さへすれば、ここに寄りゐたるなり。同じくはその辺りまで導き給ひてんや」と言へば、いよいよいとほしがりて、手を引かへて導く情けの深さぞ、仏の御しるべにやとまで、嬉しくありがたかりける。ほどなく送りつけて帰りぬ。

恋に惑乱した女の道行は、桂の里人の導きにより終わりを告げました。この場面で読者に鮮烈な印象を与えるのは、この里人のリアルな存在感でしょう。「さへづる」は貴族から見て身分の低い庶民がしゃべることを指して言う言葉です。また「あやしあやし」「あないとほし、あないとほし」のような言葉の反復は、『源氏物語』常夏《とこなつ》巻に「あなかしこや、あなかしこや」などとあるように、庶民的な話し方に多くみられたようです。ここに、『源氏物語』近江の君や大夫《たいふ》の監《げん》の話しぶりの投影を見る説もありますけれども（島内景二氏㊼）、この部分に関しては、あえて『源氏物語』を介在させる必要はないのではないかと思われます。作者にはかって何らかの形でこのような里人との邂逅と会話があって、その話しぶりへの作者自身の新鮮な驚きが、「何といふ心にか、舌をたび鳴らして」という、鮮やかな活写をもたらしているのではないでしょうか。

ここでの里人の言葉「御前は人の手を逃げ出で給ふか」は、誰かのところから逃げてきたのか、ということで、当時女性の誘拐や遺棄などがよくあったのでしょう。浮舟を発見した僧都・妹尼の言葉にも「人に追はれ、人にはかりごたれても」「継母などやうの人のたばかりて置かせたるにや」（手習巻）とあります。

第九段　尼寺での出家

待ちとる所にも、あやしくもの狂ほしきものの様かなと、見おどろく人多かるらめなれども、桂の里人の情に劣らめやは。さまざまに助けあつかはるるほど、山路は猶人の心地なりけるが、いまはとうち休むほど、すべて心地も失せて、露ばかり起きも上がられず、いたづらものにて臥したりしを、都人さへ思ひのほかに尋ね知るたよりありて、三日ばかりはとにかくに障りしかども、ひといに本意とげにしかば、一筋に憂きもうれしく思ひなりぬ。

さてこの所をみるに、憂き世ながらかかる所もありけりと、すごく思ふさまなるに、行ひなれたる尼君たちの、宵暁の閼伽《あか》の音、ただ少し、かしこにせぬれいの音などを聞くにつけても、そぞろに積もりけん年月の罪も、かからぬ所にてやみなましかば、いかにせましと思ひつるにぞ身もゆる心地しける。ふるさとの庭もせに憂きを知らせし秋風は、法華三昧の峰の松風に吹きかよひ、ながむる門《かど》に面影ぞみし月影は、霊鷲山《りょうじゅせん》の雲井はるかに心を送るしるべとぞなりにける。

捨てて出でしわしのみ山の月ならで誰をよなよな恋ひわたりけん

彼女は尼寺に辿り着き、しばらくは「すべて心地も失せて、露ばかり起きも上がられず」という意識不明の状態でした。『源氏物語』で助けられた浮舟も「つくづくとして起き上がる世もなく、いとあやしうのみものしたまへば」（手習巻）とあります。都の知人・家族などがこの尼寺にいるのだろうと探し当ててきて、「三日ばかりはとにかくに障りしかども」というように出家に反対したりしたのでしょうが、彼女は念願の出家を遂げました。その前後の叙述にも浮舟が投影され、尼寺の描写にも、やはり『源氏物語』で回復した浮舟が小野の僧庵の周りを眺める場面、「昔の山里よりは水の音もなごやかなり。……松蔭しげく、風の音もいと心細きに、つれづれに行ひをのみしつつ、いつともなくしめやかなり」などの表現が想起されていましょう。『源氏物語』若紫巻等からの影響も散見され、松風の音と誦経の声とが混じり合った清浄な聖的空間を描出しようとしています。

『うたたね』には対句的表現がしばしばみられます。ここでも対句を用いて、恋に悩んだ頃といまの静寂な生活とを対比しているのですが、次田氏⑦が「やや文飾があり理想化された表現は空虚な感さえある」とされている通り、やや空疎な印象は否めないのではないでしょうか。

第十段　恋人との距離

ゆたのたゆたにものをのみ思ひ朽ちにし果ては、うつし心もあらずあくがれそめにければ、さまざま世のためしにもなりぬべく、思ひのほかにさすらふる身の行方を、おのづから思ひしづむる時なきにしもあらねば、仮の世の夢の中なる嘆きばかりにもあらず、暗きより暗きにたどらん長き夜のまどひを思ふにも、いとせめて悲しけれど、心は心として、なほ思ひなれにし夕暮のながめにうち添ひて、ひとかたならぬ恨みも嘆きも、せきやる方なき胸のうちを、はかなき水茎の、おのづから心のゆくたよりもやとて、人しれず書きながせど、いとどしき涙のもよほしになん。いでやおのづから、大方の世の情を捨てぬ無げのあはればかりを、折々に散りくる言の葉もありしにこそ、露の命をもかけて今日までもながらへてけるを、憂き世の人のつらきいつはりにさへ、ならひ果てにけることもあるにや。同じ世とも覚えぬまでに隔たり果てにければ、千賀《ちか》の塩竈《しほがま》もいとかひなき心地して、

　みちのくの壺の碑《いしぶみ》かき絶えてはるけき仲となりにけるかな

日ごろ降りつる雨の名残に、立ち舞ふ雲間の夕月夜のかげほのかなるに、おし明け方ならねど、憂き人しもとあやにくなる心地すれば、妻戸は引き立てつれど、門近く細き川の流れたる、水のまさるにや、常よりも音する心地するにも、いつの年にかあらん、この川に水の出でたりし世、人しれず波を分けしことなど、ただ今のやうに覚えて、

　思ひ出づる程にも波はさわぎけりうき瀬をわけて中川の水

荒れたる庭に呉竹のただ少しうちなびきたるさへ、そぞろに恨めしきつまとなるにや、

世とともに思ひ出づれど呉竹の恨めしからぬそのふしもなし

おのづから事のついでになどばかり、おどろかし聞えたるにも、「世のわづらはしさに、思ひながらのみなん、さるべきついでもなくて、みづから聞えさせず」など、なほざりに書き捨てられたるもいと心憂くて、

消え果てん煙ののちの雲をだによもながめじな人めもるとて

と覚ゆれど、心の中ばかりにてくたし果てぬるはいとかひなしや。

彼女は仏に帰依する生活を始めたのですが、恋人への未練をすっぱり断ち切ることはできませんでした。「ゆたのたゆたに」は、ゆらゆら揺れ動いて、という意味で、『古今集』に「いで我を人なとがめそ大舟のゆたのたゆたに物思ふころぞ」（恋一・読人不知）とあるのに拠っていますが、『為家千首』『安嘉門院四条百首』にもみえる表現です。この辺り、法華経を出典とした「暗きより暗き道にぞ入りぬべきはるかに照せ山の端の月」（拾遺集・哀傷・和泉式部）や、「なにしおへばうき世の人のいつはりをただすの宮にまかせてぞみる」（拾玉集）などに拠りながら、心中描写が続きます。

理性と感情との間を揺れ動きながら、彼女は思いに堪えかねて、事のついでのようなふりをして、恋人に手紙を送ります。しかし恋人は「世のわづらはしさに、思ひながらのみなん、さるべき

ついでもなくて、みづから聞えさせず」（世間がわずらわしくて、心に思いながらも、機会もなくてご無沙汰しています）などという、極めて冷淡な返事をよこしただけでした。第一段の「伏し柴のとだえに思ひ知らざりける」という言辞を思い出してみれば、第一段で触れた待賢門院加賀の歌の内容と立場にあたかも象徴されているように、この恋は、結局は世にありふれた、貴族と女房との、一時のかりそめの恋に過ぎなかったのです。彼女は痛切な思いをもってこの恋を振り返り、二人の間の距離をひしひしと実感します。このような心中思惟では、やはり古典・和歌の表現が多数織りなされて表現されていて、本段では『古今集』『古今和歌六帖』『後撰集』『拾遺集』『源氏物語』『新古今集』『続後撰集』などを指摘することができます。

このような典拠の中でひとつ注意しておきたい集があります。それは、「世のためしにもなりぬべく」は「こひわびて死ぬてふことはまだなきを世のためしにもなりぬべきかな」（後撰集・恋六・忠岑）を引いていると思われますが、この類似歌が『続後撰集』恋二に伊勢の歌として入集していること、また「千賀の塩竈」以下は「貝なし」と掛けているのですが陸奥の歌枕で、これは『古今和歌六帖』にもありますが、「みちのくの千賀の塩竈近ながらからきは人にあはぬなりけり」等の二首が、勅撰集では初めて『続後撰集』に入集していること、それから最後の「消え果てん煙ののちの雲をだによもながめじな人めもるとて」は、あなたは人目を憚って、私を荼毘《だび》にふす煙の雲をさえ眺めることはしないでしょう、という歌ですが、これは、「君ゆゑといふ名はたてじ消えはてん夜半の煙の末までも見よ」（続後撰集・恋一・式子内親王）に拠っているらしいこと、です。つまり『うたたね』作者は『続後撰集』を読んでいた可能性が高いと思われるのですが、これについては第二講で改めて述べたいと思います。

第十一段　病により愛宕へ移る折、恋人の車に出会う

そのころ心地例ならぬことありて、命も危きほどなるを、ここながらともかくもなりなば煩はしかるべければ、思ひかけぬたよりにて、愛宕《をたぎ》の近き所にてはかなき宿りもとめ出でて移ろひなんとす。かくとだに聞えさせまほしけれど、とはず語りもあやしくて、泣く泣く門《かど》を引き出づる折しも、先に立ちたる車あり。前《さき》はなやかに追ひて、御前《ごぜん》などことごとしく見ゆるを、誰ばかりにかと目とどめたりければ、かの人知れず恨みきこゆる人なりけり。顔しるき随身などまがふべうもあらねば、かくとは思しよらざらめど、そぞろに車の中はづかしくはしたなき心地しながら、いま一たびそれとばかりも見送りきこゆるは、いとうれしくもあはれにも、さまざま胸静かならず。つひにこなたかなたへ行きわかれ給ふ程、いといたうかへりみがちに心細し。

女は病を煩って、愛宕《おたぎ》、即ち五条辺りの小家へ移りました。「ここながらともかくもなりなば煩はしかるべければ」というのは、ここで死んでしまったら尼寺に迷惑をかけるので、という意です。なお愛宕は、東山区五条坂辺り、『伊呂波字類抄《いろはじるいしょう》』に「珍皇寺オタギデラ愛宕寺」とある近辺と思われ、右京区愛宕《あたご》山とは別です。

ここまで、『源氏物語』の浮舟との関係をしばしば指摘してきましたが、本段には、五条辺りの粗末な家に住み「夕顔の宿り」と称された『源氏物語』夕顔の面影が重ねられているのではないかと思われます。「はかなき宿り」とありますが、『源氏物語』夕顔巻で「ものはかなき住まひ」「などてかくはかなき宿りは取りつるぞ」（前者は夕顔の家、後者は某院）とあるのが思い出されます。夕顔も浮舟と同様に、過去を断ち切って出奔した女性でした。この段から次段にかけて、夕顔を想起させる表現が続きますが、これは三角氏(55)、島内景二氏(57)にも指摘があります。

尼寺の門を車で出た時、偶然恋人の賑々しい一行が通りかかります。「前はなやかに追ひて」以下は、やはり『源氏物語』の、浮舟が薫を見る「前駆心ことに追ひて、……御前などいと多くこそ見ゆれ、……いとしるかりし随身の声も、うちつけにまじりて聞こゆ」（夢浮橋巻）や、夕顔の侍女が頭中将を見る「前駆追ひて渡る車のはべりしを、……御随身どももありし。なにがし、なにがし」（夕顔巻）の影響がありそうです。自分に気付かぬ恋人の車を見送る女の胸には、「いとうれしくもあはれにも、さまざま胸静かならず」と、様々な思いが去来します。「つひにこなたかなたへ行きわかれ給ふ」という表現は、「白雲のこなたかなたに立ち別れ心をぬさとくだく旅かな」（古今集・離別・秀崇）に依拠しているのですが、この女と恋人とが別々の人生へと分かれていき、二度と行路を交えることがないことを象徴するかのように思われます。

第十二段　愛宕で病を養い回復へ

かの所に行き着きたれば、かねて聞きつるよりも、あやしくはかなげなる所のさまなれば、いかにして堪へ忍ぶべくもあらず。暮れ果つる空のけしきも、日ごろにこえて心細く悲し。宵《よひ》居《ゐ》すべき友もなければ、あやしく敷きもさだめぬとふの菅菰《すがごも》に、ただひとりうち臥したれど、とけてしも寝られず。

はかなしな短き夜半の草枕結ぶともなきうたたねの夢

日ごろ経れど、訪ひ来る人もなく心細きままに、経つと手に持ちたるばかりぞ頼もしき友なりける。「世皆不牢固」とあるところを、強ひて思ひ続けてぞ、憂き世の夢もおのづから思ひさますたよりなりける。今日か明日かと心細き命ながら、卯月にもなりぬ。

十六夜の光待ち出でて、程なき窓の蔀《しとみ》だつ物もおろさず、つくづくとながめ出でたるに、はかなげなる垣根の草に、まどかなる月影に、所からあはれ少なからず。

　おく露のいのち待つ間のかりの庵に心細くもやどる月影

いづくにかあらん、かすかに笛の音の聞えくるが、かの御あたりなりし音にまよひたる心地するにも、きと胸ふたがる心地するを、

　待ちなれしふるさとをだにとはざりし人はここまで思ひやは寄る

さてもなほ憂きにたへたる命の限りありければ、やうやう心地もおこたりざまになりぬるを、かくてしもやとて、又ふるさとに立ち帰るにも、松ならぬ梢だに、そぞろにはづかしく見まはされて、

　消えかへりまたはくべしと思ひきや露の命の庭の浅茅生《あさぢふ》

愛宕の家は、彼女が思ってもみなかったような粗末な寓居で、「あやしくはかなげなる所のさま」であったと書かれています。『源氏物語』夕顔の家も「小家がちに、むつかしげなるわたり」「あやしき所にものしたまひし」（夕顔巻）でした。もともと愛宕は墓所である鳥辺野《とりべの》に近くて、珍皇寺《ちんこうじ》前の六道の辻は冥界への通路とされた場です。その異界のような雰囲気が、この場面の背景から立ちのぼってくるように思われます。

いくつか語句の説明をしておくと、「とふの菅菰」とは、編み目が十筋ある菅のむしろのことで、

「冬の夜はとふの菅菰さえさえてひとりふせやぞいとどさびしき」（久安百首・公能）などの先例があって、『和泉式部続集』にもあり、「問ふ」「訪《と》ふ」と掛けられるため恋的要素の強い語です。また「世皆不牢固」とは、『法華経』随喜功徳品《ずいきくどくほん》にある「世皆不牢固、如水沫泡焔」で、すべての存在ははかないことを言う言葉です。この家の「程なき窓の蔀だつ物もおろさず」という様子は、「門は蔀のやうなる押し上げたる、見入れの程なくものはかなき住まひ」（源氏物語・夕顔巻）に触発された表現でしょう。そこへかすかに聞こえてきた笛の音は、恋人のそばで聞いた笛の音を思い出させ、胸がつまります。音や匂いは、感覚的に昔を想起させるものなのです。恋人などの家を訪れる男性が、道中笛を吹く場面は『更級日記』『源氏物語』他にみえています。

彼女はここで「今日か明日かと心細き命」の日々を過ごすのですが、ようやく回復して「ふるさと」即ち旧居（自邸）に戻ることとなります。

本段にある「はかなしな……」の歌の下句、「うたたねの夢」は、仮の宿の草枕に結ぶ短い夢に、自らのはかなく短い恋を表象しています。本作品の題名はこれに拠るとされています。更にこの歌は、「あはれあはれはかなかりける契りかなただうたたねの春の夜の夢」（新勅撰集・恋五・二条院讃岐）を意識しているのではないかと思われますが、これは実は、第一段で自らこの恋を「さもあさましくはかなかりける契りの程を、などかくしも思ひ入れけん」と自省する部分と結びついていると考えられ、第一段へ連環していくような構造になっています。この恋の意味付けとその帰結が示されていると言えましょう。

この題号に象徴されるように、彼女の物思いはまだまだ続くものの、ここでこの恋のストーリーには一応の終止符が打たれて、ここまでが前半部、次段からは後半部として良いのではないでしょうか。次段からは、紀行的部分となります。

第三節 『うたたね』を読むⅡ――旅する女の物語――

第十三段 遠江下向を決意

嘆きながらはかなく過ぎて、秋にもなりぬ。長き思ひの夜もすがら、やむともなき砧《きぬた》の音、ねや近ききりぎりすの声の乱れも、一かたならぬ寝覚めのもよほしなれば、壁にそむけるともし火の影ばかりを友として、明くるを待つもしづ心なく、尽きせぬ涙のしづくは、窓打つ雨よりもなり。

いとせめてわび果つる慰みに、さそふ水だにあらばと、朝夕のことぐさになりぬるを、そのころのちの親とかの、頼むべきことわりも浅からぬ人しも、遠江《とほつあふみ》とかや、聞くもはるけき道を分けて、都の物詣でせんとて上りきたるに、何となく細やかなる物語などするついでに、「かくてつくづくとおはせんよりは、田舎のすまひも見つつ慰み給へかし。かしこも物騒がしくもあらず、心すまさん人は見ぬべきさまなる」など、なほざりなく誘へど、さすがひたみちにふり離れなん都の名残も、いづくをしのぶ心にか、心細く思ひわづらはるれど、あらぬすまひに身をかへたると思ひなしてとだに、憂きを忘るるたよりもやと、あやなく思ひ立ちぬ。

旧居に帰った後も、彼女は物思いから解き放たれることがありませんでした。この段でも表現上、『古今集』『後撰集』『拾遺集』『和漢朗詠集』『源氏物語』『土御門院御集』など多数の典拠を見出すことができて、いちいち挙げませんが、それらの点綴のような部分です。また、「壁にそむけるともし火の影」のような表現や「窓打つ雨」という措辞は和歌で多いのですが、もともと「耿々《かうかう》たる残灯の壁に背けたる影、蕭々《せうせう》たる暗雨の窓を打つ声」（和漢朗詠集・秋夜、白氏文集・白髪上陽人）に拠っていて、ここでは自分自身を、楊貴妃に妬まれて幽閉されたという有名な上陽人に重ねる意図もほの見えます。ところで、さっきも出てきた『乳母のふみ』という書ですが、これは阿仏尼の著かもしれないことは古来指摘されていました。その広本の方が阿仏尼著である可能性が高いことを岩佐美代子氏が近年指摘されたのですけれども、その中に「雪の光を壁に背ける光と頼みて、明す夜な夜な」とあって、常套句ではありますが、これは阿仏尼自身の不遇の時の描写です。

『乳母のふみ』についてはまた第二講・第三講で述べたいと思います。

このような彼女を、周囲の家族はあれこれ心配したのでしょうか、遠江から都見物に上京してきていた「のちの親」即ち養父が、田舎で静養したらどうかと遠江へ誘います。ここで、養父が彼女に対して言った「おはせんよりは……慰み給へかし」について、井上宗雄氏が、「この丁重な尊敬語の使い方は注意され、阿仏尼の出自を暗示しているようだ」とし（「冷泉家の歴史（二）」、『しくれてい』第五三号、平七・七）、『鎌倉時代歌人伝の研究』（60）でも同様のことを述べられていますが、注意すべき指摘であると思います。また近親者の姿と会話とが、珍しく具体的に現れる場面として、本段は重要です。養父の言葉は、彼女が現実に置かれている位置や状況——例えばこの恋は第三者から見てもかりそめのものであり、すでに男に忘れられていること、彼女は出奔・出家はしたけれども家族には再び受け入れられていること、養父は財力のある、また包容力と暖かさを兼ね備えた人物らしいことなどを思わせますが、いかがでしょうか。

「いづくをしのぶ心にか」は「わびはつる時さへ物のかなしきはいづこを忍ぶ心なるらん」（後撰集・恋五・伊勢。古今集・拾遺集に類似歌）に拠った表現ですが、彼女は都に心を残して思い悩み、結局憂さを忘れる契機になるかと、下向の誘いに応じます。

第十四段　遠江へ出立、逢坂・野路を通る

下るべき日にもなりぬ。夜深く都を出でなんとするに、ころは神無月の二十日あまりなれば、有明の光もいと心細く、風の音もすさまじく、身にしみとほる心地するに、人はみな起き騒げど、人知れず心ばかりには、さてもいかにさすらふる身の行方にかと、ただ今になりては心細きことのみ多かれど、さりとてとどまるべきにもあらねば、出でぬる道すがら、まづかきくらす涙のみ先にたちて、心細く悲しきことぞ、何にたとふべしとも覚えぬ。

ほどなく逢坂《あふさか》山にもなりぬ。音に聞きし関の清水も、たへぬ涙とのみ思ひなされて、

越えわぶる逢坂山の山水はわかれにたへぬ涙とぞみる

近江の国野路といふ所より、雨かきくらし降りいでて、都の山をかへりみれば、霞にそれとだに見えず、へだたりゆくもそぞろに心細く、何とて思ひ立ちけんと、くやしきこと数しらず、とてもかくてもねのみ泣きがちなり。

住わびてたち別れぬるふるさともきてはくやしき旅衣かな

道のほど目とどまる所々多かれど、「ここはいづく、ここはいづく」とも、け近く問ふべき人もなければ、いづくの野も山もはるばると行くを、泊りもしらず、人の行くにまかせて、夢路をたどるやうにて、日数ふるままに、さすがならはぬひなの長路におとろへ果つる身も、わ

れかの心地のみして、美濃・尾張の境にもなりぬ。

鎌倉期における紀行文は、単なる旅の記録ではありません。それは大変強固な枠組を持っていて、その特徴というのは、おおまかに言って三点あるかと思います。一つ目は、その旅の目的が何であるかはほとんどの場合明確には示されず、政治的・社会的・個人的理由があったにせよ、それは朧化されていること。『海道記』『東関紀行』などにも具体的には全く書かれていませんし、『とはずがたり』もそうかもしれません。二つ目は、多くの場合都から地方へという方向性を持つこと。平安時代の『土佐日記』『更級日記』には当てはまりませんが、鎌倉時代では、都を離れる下向の旅が多いのです。鎌倉武士による『信生法師集』でさえも鎌倉への旅だけを記しています。紀行文学では、貴族文学の担い手達が、都の文化的な権威を、鄙《ひな》の世界との対比の中で確認し続ける役目を負っている、という大隅和雄氏の指摘があります（『中世 歴史と文学のあいだ』吉川弘文館、平五）。したがって、見知らぬ鄙の世界への旅は、流離・漂泊による望郷・孤独・不安・涙などが、主として表現されることとなり、これが文学における旅の〈本意〉となるわけです。和歌における羇旅《きりよ》歌も基本的に同じです。三つ目は、その叙述は基本的に歌枕を辿るものであること。歌枕はもともと極めて観念的な所産であり、その始発において実見されたかどうかは問題ではありません。つまり鄙の空間の観念化にほかならないのですが、その著名な歌枕を見て、その背景にある文学伝統を踏まえながら、古人の文学を追体験し、自らも和歌を詠み文章を綴って、伝統に参加していくのです。したがって、誰も知らないような地名を記録することも少しはありますが、それはかりを書き連ねて和歌にそれを次々と詠み込む、といったようなことはまずありません。伝統を二重写しにすることができないからです。

以上のような特徴を『うたたね』後半の紀行部も持っていて、地名はほとんどが有名な歌枕であり、その背景には周知の多くの伝統があり、その了解の上に表現することを要請されているわけです。ただひとつ、都への復路の帰京の旅が、短くはありますが叙述されているのは、この時代の紀行文には少ないのですが、それは『うたたね』が紀行文と同時に物語的な性格を持っていて、例えば『源氏物語』玉鬘《たまかずら》の上洛のような旅をイメージしていたのかもしれません。

こうした背景があって、この段では、遠江への下向は彼女にとって積極的に望んだものではなく、心進まぬままに辿った流離の旅であった、ということが諸処で示されています。更に著名な歌枕・先行の羈旅歌の措辞が織りなされて、流離による望郷・不安・涙などが、定式通り綴られていくわけです。ここには「心細し」が頻出していることも指摘されています(次田氏⑦)。

逢坂関は言うまでもなく著名な歌枕で、都鄙の境界であり都・都人との別離を象徴する場です。そこにある「関の清水」も歌枕ですが、鴨長明の『無名抄』に、当時すでに場所もわからず水も絶えていることが記されています。しかしそうしたことはここでは記されません。さて、この段では、例えば「都の山をかへりみれば」「人の行くにまかせて」が、「都のみかへりみられて東路を駒の心にまかせてぞゆく」（後拾遺集・羇旅・増基法師）に拠っている例など、古歌ももちろん多数踏まえられているのですが、比較的新しい歌の表現を摂取していることに、注意しておきたいと思います。「まづかきくらす涙のみ先にたちて」は、「別れ路ををしあけ方の槙の戸にまづ先立つは涙なりけり」（新勅撰集・羇旅・家長）に拠ったもの。また「何とて思ひ立ちけんと、くやしきこと」と続く和歌は、「草枕袖のみぬるる旅衣思ひ立ちけん事ぞくやしき」（久安百首・顕輔）と関連がありそうですし、和歌は「立ち」「裁ち」、「来て」「着て」は掛詞で、「裁ち」「着て」は衣の縁語なのですが、「ふるさとはたち別れにし旅衣はるばるきても忘れやはする」（宝治百首・成茂）とも類似しています。また「日数ふるままに、さすがならはぬひなの長路におとろへ果つる身も」は、「あまざかる鄙の長路に日数へておちぶれぬべき身をいかにせん」（夫木抄・俊成）を踏んでいるようです。

以下の旅では、『十六夜日記』の旅の記との共通性が諸氏により指摘されています。『十六夜日記』と比較すると、確かに共通する場や表現が多いのですが、『十六夜日記』は和歌を交えつつもきびきびとした文体で、同時進行的・観察的・報告的に記していて、恐らく詳しい旅日記の草稿かメモのようなものがあったことを思わせます。それに対して『うたたね』は、本段のように歌集などを横に置いて書き綴ったような段が多いのですが、なかには次段の洲俣《すのまた》のように記憶を呼び起こしてリアルに叙述する段もあります。では、次段を読んでみましょう。

第十五段　洲俣の渡し

洲俣とかや、広々とおびただしき川あり。行き来の人集まりて、舟をやすめずさしかへるほど、いと所せうかしがましく、恐ろしきまでののしりあひたり。からくしてさるべき人みな渡り果てぬれど、人ども輿や馬と待ちいづる程、川のはたにおりゐて、つくづくと来し方を見れば、あさましげなる賤《しづ》の男《を》ども、むつかしげなるものどもを、舟にとりいれなどする程、何事にかゆゆしく争ひて、あるいは水にたはぶれ入りなどするにも、見なれず物恐ろしきに、かかる渡りをさへへだて果てぬれば、いとど都の方ははるかにこそはなりゆくらんと思ふには、いとど涙おちまさりて忍びがたく、帰らんほどをだにしらぬ心もとなさに、過ぎきつる日数の程なさに、とまる人々の行末をおぼつかなく、恋しきこともさまざまなれど、隅田川原ならねば、言問ふべき都鳥も見えず。

思ひ出でて名をのみしたふ都鳥あとなき波にねをや泣かまし

洲俣は、岐阜県安八郡墨俣町《あんぱちぐんすのまたちょう》にあり、墨股・墨俣とも書かれます。美濃・尾張の国境にあり、古くは木曾・長良《ながら》・揖斐《いび》の三川が合流する交通上の要地として知られていて、渡し場がありました。「さしかへる」とは、渡し舟が川岸に着くとすぐさま引き返す様子を指しています。彼女は「川のはたにおりゐて、つくづくと来し方を見れば」と言うように、川岸に降りていって渡し場の様子に目を凝らしていて、「見なれず恐ろしきに」と言いながらも、好奇心を持って見守っていたのではないでしょうか。桂の里人に出会う場面もそうでしたが、この洲俣の渡しの場面は、映画のショットのように印象的な描写であると言えましょう。交通の要衝であった渡し場の活気、人や舟の目まぐるしい動きや声、人足たちの敏捷で荒々しい動作、人が川に落ちた時の水しぶきまでが見えるようで、本当に生き生きと活写されています。なお後年の『十六夜日記』の洲俣の渡しでは、浮橋を歩いて渡ったと記されています。

終わりの方は、言うまでもなく『伊勢物語』第九段の、「いと大きなる河あり、それをすみだ河といふ。……名にし負はばいざ言問はん都鳥わが思ふ人はありやなしやと」を踏まえているのですが、急に文体が変わります。ちなみに、歌の中の「あとなき波」は「こぎゆく舟のあとの白浪」（拾遺集・哀傷・満誓）があり、『新古今』以後も多く詠まれ、「墨田川今は昔の都鳥あとなき舟のあとの白波」（明日香井集）などがあります。

第十六段　鳴海の浦・八橋・浜名の浦

この国になりては大きなる川いと多し。鳴海《なるみ》の浦の潮干潟《しほひがた》、音に聞きけるよりもおもしろく、浜千鳥むらむらに飛びわたりて、あまのしわざに年ふりにける塩竈どもの、思ひ思ひにゆがみ立てたる姿ども、見なれず珍らしき心地するにも、思ふことなくて都の友にもうち具したる身ならましかばと、人しれぬ心の中のみさまざま苦しくて、

これやさはいかに鳴海の浦なれば思ふかたには遠ざかるらん

三河の国八橋《やつはし》といふ所を見れば、これも昔にはあらずなりぬるにや、橋もただ一つぞ見ゆる。かきつばた多かる所と聞きしかども、あたりの草もみな枯れたるころなればにや、それかと見ゆる草木もなし。業平の朝臣の、「はるばる来ぬ」と嘆きけんも思ひ出でらるれど、「妻しあれば」にや、さればさらんと少しをかしくなりぬ。都出でてはるかになりぬれば、かの国の中にもなりぬ。浜名の浦ぞおもしろき所なりける。波荒き潮の海路、のどかなる湖の落ち居たるけぢめに、はるばると生ひつづきたる松の木立など、絵にかかまほしくぞ見ゆる。

尾張国、鳴海の浦も歌枕で、「月」「浪」「千鳥」等が詠まれることが多く、「干潟」も若干あります。これは『更級日記』『海道記』にみえていますが、街道路として干潮の間に通行したのです。ここの「あまのしわざに年ふりにける塩竈ども（海水を煮詰め塩を作る竈）の、思ひ思ひにゆがみ

立てたる姿ども、見なれず珍らしき心地するにも」という描写も、彼女の生き生きした眼を窺わせるのではないでしょうか。以下にもそのような部分が時折みられます。

「これやさは……」の歌は、「鳴海」「成る身」、「方」「潟」が掛詞です。この歌は『続古今集』羇旅に採られています。

思ふこと侍りける頃、父平度繁朝臣遠江の国にまかれりけるに、心ならず伴ひて、鳴海の浦をすぐとてよみ侍りける　　安嘉門院右衛門佐

さてもわれいかに鳴海の浦なれば思ふ方には遠ざかるらん

初句「これやさは」が「さてもわれ」になっていますが、「これやさは」は歌語としてはいささか生硬な表現なので、入集の際手直しされたのかもしれません。この程度の改変は、勅撰集の撰者の裁量で行われ得ることでしょう。しかも『続古今集』は複数の撰者によって編纂されましたが、そのひとりは阿仏尼の夫為家ですから、十分起こり得ることです。ちなみに後年の『十六夜日記』では、「昔、父の朝臣に誘はれて、いかになるみの浦なれば、など詠みし頃」と回顧していて、阿仏尼自身、勅撰集に入集した代表歌としてこの歌を意識していました。

八橋では当然、第十五段でも引用した『伊勢物語』第九段を想起するのですが、「これも昔にはあらずなりぬるにや、橋もただ一つぞ見ゆる」（これも昔とは変わってしまったのか、橋も一つ見え

るだけである）というのが現実でした。『更級日記』ですでに「八橋は名のみして橋の方もなく、何の見所もなし」とされ、『海道記』に「橋も同じ橋なれば、幾度造かへつらむ」ということだったようです。

目的の遠江国に入りました。「浜名の浦」は浜名湖で、「波荒き潮の海路、のどかなる湖の落ち居たるけぢめに」とは、外海と湖が落ち合っている境目の地のことです。『東関紀行』に「南には潮海あり。漁舟波に浮かぶ。北に湖水あり、人家岸につらなれり。その間に洲崎遠くさし出でて、松きびしく生ひ続き、嵐しきりにむせぶ。松の響き、波の音、いづれと聞き分きがたし。……湖に渡せる橋を、浜名と名付く。古き名所なり」と、詳しく描写されます。「その水は往昔狭窄なる溝道によりて外海に落ちしを以て、全く淡水湖に属せり」（『浜名郡誌』。千本英史氏㉟参照）だったのですが、明応七年（一四九八）大地震で湖は海に繋がり、現在に至ったということです。ちなみに浜名橋は、浜名湖の湖口、浜名川に架けられた橋で、しばしば倒壊しましたが、歌枕として有名でした。『万代集』雑四に、

遠江守になりてくだりてよみ侍りける　　大蔵卿為房

都にてききわたりしにかはらぬは浜名の橋の松のむらだち

と、ここでも実景として詠まれています。

旅の歌枕詠は、『伊勢物語』東下りなどの古典を下敷きに綴られていきますけれども、それだけではありません。阿仏尼は鳴海で、『うたたね』では「これやさは……」の歌を詠み、『十六夜日記』では「祈るぞよわが思ふこと鳴海潟かたひく潮も神のまにまに」等の歌を詠み、阿仏尼の知人である飛鳥井雅有の日記『春のみやまぢ』では、雅有はこの二首を意識してか「鳴海潟思はぬかたに引く波の早く都にいかで帰らむ」と詠み、かつ阿仏尼を思い出して書いています。他にもこのような例がありますが、関東との往還が頻繁となった中世では、はるか遠い古典だけではなくて、身近な先人・知友、あるいは自身の詠を、少し前の過去に遡及して辿りつつ、空間的に東へ移動していく、という様相がみられるのです。

第十七段　遠江の住居

落ち着き所のさまを見れば、ここかしこにすごくおろかなる家居《いへゐ》どものなかには、同じ茅屋《かやや》どもなど、さすがに狭《せば》からねど、はかなげなる葦ばかりにて結びおける隔てどもも、かけとまるべくもあらずかりそめなれど、げに「宮も藁屋も」と思ふには、かくてしもなかなかにしもあらぬさまなり。うしろは松原にて、前には大きなる川のどかに流れたり。海いと近ければ、みなとの波ここもとに聞えて、潮のさすときは、この川の水さかさまに流るるやうに見ゆるなど、様かはりていとをかしきさまなれど、いかなるにか心とどまらず、日数ふるままに都の方のみ恋しく、昼はひめもすにながめ、夜は夜もすがら物をのみ思ひつづくる。荒磯の波の音も、枕のもとに落ちくる響きには、心ならずも夢の通ひ路たえ果てぬべし。

心からかかる旅寝に嘆くとも夢だにゆるせ沖つ白波

富士の山はただここもとにとぞ見ゆる。雪いと白くて、風になびく煙の末も夢のまへにあはれなれど、「うへなき物は」と、思ひ消つ心のたけぞもの恐ろしかりける。甲斐の白根もいと白く見わたされたり。

辿り着いた遠江の家は、本文では「さすがに狭からねど」「かりそめなれど」、また「世中はとてもかくても同じこと宮も藁屋も果てしなければ」（新古今集・雑下・蟬丸）に拠った「宮も藁屋も」のような表現がされていますが、本当にその通りの侘び住居であったかどうかはわかりません。ここには、この家を流離の庵居として描き出そうとする意図があるからで、必ずしも現実に即しているとは言えないでしょう。「ここかしこに」以下、住まいの描写には、『源氏物語』須磨の寓居の描写の影響があり、また「海いと近ければ」以下の数行は、「海は少し遠けれど、……浦波、夜々はげにいと近く聞こえて、……枕をそばだてて四方の嵐を聞きたまふに、波ただここもとに立ちくる心地して、涙落つとも覚えぬに枕浮くばかりになりにけり」（須磨巻）に類似していて、流離を描くのに『源氏物語』須磨巻の枠組を重ねたようです。

なおその後の、和歌とそれに続く数行については、『新古今集』前後からの影響が大変顕著であって、「心から……」の和歌下句は、波の音で夢を破らず、都の夢を見ることだけは許してほしい、の意ですが、「旅寝する夢路はゆるせ宇津の山関とはきかず守る人もなし」（新古今集・羇旅・家隆）に依拠していますし、「風になびく煙の末も」は「風になびく富士の煙の空に消えて行方も知らぬわが思ひかな」（新古今集・雑中・西行）を採っています。「夢のまへにあはれなれど」は定家の「面影はただ目の前の夢ながらかへらぬ昔あはれ幾とせ」（拾遺愚草員外）と関わっているように思われますし、「うへなき物は」は明らかに「富士のねの煙も猶ぞ立ちのぼる上なきものは思ひなりけり」（新古今集・恋二・家隆）の引歌であり、「思ひ消つ心のたけぞもの恐ろしかりける」は西行の「物思ふ心のたけぞ知られぬる夜な夜な月をながめあかして」（山家集）を学んだかもしれません。つまりこの数行の部分は、いかにも新古今的な、浪漫的な雰囲気を漂わせているのです。

第十八段　乳母の病によりにわかに帰京を決意

かくて霜月の末つ方にもなりぬ。都の方よりもともに文どものあまたあるを見れば、いと幼くよりはぐくみし人、はかなくも捨てられて、心細かりつる思ひに病になりて、限りになりたるよしを、鳥の跡のやうに書きつづけておこせたるを見るに、あはれに悲しくて、よろづを忘れて急ぎ上りなんとするは、人の思ふらん事どもの、騒がしくかたはらいたければ、とにかくに障るべき心地もせねば、にはかに急ぎたつを、「道もいと凍りとぢて、さはりがちに危ふかるべきを、ただいまはかばかしくうち添ふ人もなくて」など、さまざまとどむる人も多かれば、思ひわびてねのみ泣かるるを、みる人も心ぐるしくとて、供すべきものどもなどこれかれと定めて、上るべきになりぬ。

いとうれしけれど、とにかくに思ひ分けにしことなく、なにと又都へ帰るらんと、あぢきなくもの憂し。こことても又たち帰らんこともかたければ、ものごとに名残多かる心地するにも、うちつけにものむつかしき心のくせになん。つねに寄り居つる柱の、荒々しきがなつかしからざりつるも、たち離れなんはさすがに心細くて、人見わくべくもあらず小さく書きつくれど、目はやき山がつもやとつつましながら、

忘るなよあさきの柱かはらずはまた来てなるる折もこそあれ

彼女は、「いと幼くよりはぐくみし人」、即ち乳母《めのと》が、病気で「限りになりたる」と訴える手紙を受け取りました。その乳母の手紙の「鳥の跡のやうに書きつづけておこせたる」は、「あやしき鳥

の跡のやうにて」（源氏物語・柏木巻）は死を前にした人の弱々しい筆跡ですし、「もとより鳥の跡見分かぬうへに」（道行きぶり・奥書）は下手な筆跡を謙遜して言っている例ですが、前者に近いでしょう。乳母がここで初めて唐突に登場するのは、やや未整理的な構想を感じさせます。彼女は周囲の人々の反対にもかかわらず、冬の悪路もかまわず急遽帰京する決心をしました。養父らも根負けして結局供の者などを整えてくれたのです。彼女は自らのことを、ここで心の解決をしたわけでもない、一方でここにも名残惜しい気持ちがするのは衝動的で厄介な性格だとあれこれ自省しています。

「つねに寄り居つる柱」はいつも寄りかかっていた柱のことで、『源氏物語』にも「寄り居給ひし真木柱」（須磨巻）などとあります。当時は脇息《きょうそく》はありますが、禁中など正式な場で使われる倚子《いし》や床子《しょうじ》は例外として、日常今日のような座椅子というものがなかったようですから、柱をその代わりにしていたわけです。その柱に歌を書き付けたのですが、このような、柱や壁に歌を書き付けるという行為は、『後撰集』以後多数みられます。本段のように転居などで去る時、また旅や諸国修行の途次、寺社に参詣し祈願する時、あるいは修行・都移りなど何かの変化の前後、また主人が不在の家・亡くなった友人宅や旧宅を訪れた時などに、気軽に、あるいは自らの存在・痕跡の証しとして重い思いを込めて、自己の感懐やメッセージが書き記されたのです。ここでは、『源氏物語』

真木柱巻に輪郭を借りていて、

常に寄りゐたまふ東面の柱を人にゆづる心地したまふもあはれにて、姫君、檜皮色《ひはだ》の紙の重ね、ただいささかに書きて、柱の乾割《ひ》れたるはさまに、笄《かうがい》の先して押し入れたまふ。

今はとて宿離《か》れぬとも馴れきつる真木の柱はわれを忘るな

と重なります。「忘るなよ……」の歌も、この真木柱の歌に依拠していることは明らかです。なお、この時代の中世王朝物語において、この「寄り居給ひし真木柱」が、繰り返し何度も用いられていることに注意しておきたいと思います。

第十九段　帰京の旅、不破の関・鏡山を経て都に到着

このたびはいと人少なに心細けれど、都をうしろにて来し折の心地には、こよなく日数のすぐるも恋ひしき心地するぞ、あやにくに、わが心より思ひ立ちて出でぬれど、われながら定めなく、旅の程も思ひ知られざれど、いとはずに、日数もうららかにて、とどこほる所もなかりけるを、不破《ふは》の関になりて、雪ただ降りに降りくるに、風さへまじりて吹きゆくも、かきくれぬれば、関屋近くたちやすらひたるに、関守のなつかしからぬ面持とりにて、何をがなとどめんと見出したるけしきもいと恐ろしくて、

かきくらす雪間をしばし待つ程ぞやがてとどむる不破の関守

京に入る日しも雨降り出でて、鏡の山もくもりて見ゆるを、下りし折も、この程にては雨降り出でたりしぞかしと思ひ出でて、

このたびはくもらばくもれ鏡山人をみやこのはるかならねば

かく思ひつづくれど、まことにかの人をみやこは近き心のみばかりにて、いつを限りにと思ひかへすぞ、またかきくらす心地しける。日たくるままに雨ゆゆしく晴れて、白き雲多かる山多かれば、「いづくにか」と尋ぬれば、「比良の高嶺や比叡の山などに侍る」といふを聞くに、はかなき雲さへなつかしくなりぬ。

君もさはよそのながめや通ふらん都の山にかかる白雲

暮れ果つるほどに行き着きたれば、思ひなしにや、ここもかしこも猶荒れまさりたる心地して、所々漏りぬれたるさまなど、何に心とどまるべうもあらぬを見やるも、いと離れま憂きあばらやの軒ならんと、そぞろに見るもあはれなり。老人《おいびと》はうち見えて、こよなくおこたりざまに見ゆるも、憂き身を誰ばかりかうまで慕はんと、あはれも浅からず。

冒頭の一文は長くてわかりにくく、この辺り諸説あるのですが、「都を」から「思ひ知らざれど」を挿入句、「このたびは……」を「いとはずに……」に掛かると解しておきます。即ち、（往路の多

人数に対して）この度（の復路）は供の者が少なくて心細いけれども、都を後にして下向した時の気持ちでは、日数が経つにつけても大変都恋しい気がしたのは予想外で、自分の意志で思い立って出たのだけれど、我ながら不安で、旅程もよくわからなかったが、（今回は、旅路も）嫌ではなく、日数も（心も）晴れやかに過ぎて、旅路が滞る所もなかったが、という解釈になります。

不破の関は、岐阜県不破郡関ヶ原町にある歌枕で、古代三関の一つです。延暦八年（七八九）関は停廃されましたが、固関《こげん》（吉凶時の警固）はあり、先程述べた飛鳥井雅有の『春のみやまぢ』にありますし、同じく雅有の私家集『隣女集』に「不破の関屋をかやにて葺きて、ひさしを板にてし侍るをみて／をがやふく不破の関屋の板びさしひさしくなりぬ苔おひにけり」と関屋の描写があるのは注意されます。関屋の関守の「面持とりにて」とは何なのか、諸注でも不明とされることが多く、よくわかりませんが、恐ろしい風貌を言うのでしょうか。東本・扶本・群本は「面持とりにく く」とします。関所の番人の面構えの恐ろしさを言うのは紀行文の一種の常套かもしれません。

都へ近づき、やはり有名な歌枕である鏡山を見ます。『源氏物語』須磨巻などにみえるように、鏡は別れた人の面影を留めるものなのですが、鏡山を鏡に見立て、都が近いので曇ってもかまわない、の意の歌です。都に近付くにつれて、都にいる恋人への思いがまた強くわき上がってきて、「君もさは……」の「君」は恋人を指していますが、この歌の上句のように、恋人と同じ雲や空を眺めることを詠む歌は多くあり、下句については「東路のよはのながめをかたらなん都の山にかかる月影」（新古今集・羇旅・慈円）もあります。辿り着いた旧宅は荒れている様子なのですが、『源氏物語』蓬生《よもぎう》巻の荒廃した末摘花邸を意識しているかもしれません。「漏り濡れたる廂の端つ方おし拭はせて、……亡き人を恋ふる袂のひまなきに荒れたる軒のしづくさへ添ふ」とあります。

このように、帰京の旅の叙述は、下向の旅に比べて、短く端的な風景・天象描写を主としていて、かなりテンポが速く進行しています。そうした中でも、すでに指摘されていますが、往路と復路では、取り上げる歌枕が重なることのないように、注意深く叙述されているのです。このことは、『うたたね』という作品が、読者の眼を強く意識して書かれたものであり、自分ひとりのためにのみ書かれたものではないことを示していると考えられるでしょう。

第二十段　跋

その後は、身をうき草にあくがれし心も懲り果てぬるにや、つくづくとかかる蓬が杣《そま》に朽ち果つべき契りこそはと、身をも世をも思ひしづむれど、したがはぬ心地なれば、又なりゆかん果ていかが。

我よりはひさしかるべきあとなれどしのばぬ人はあはれとも見じ

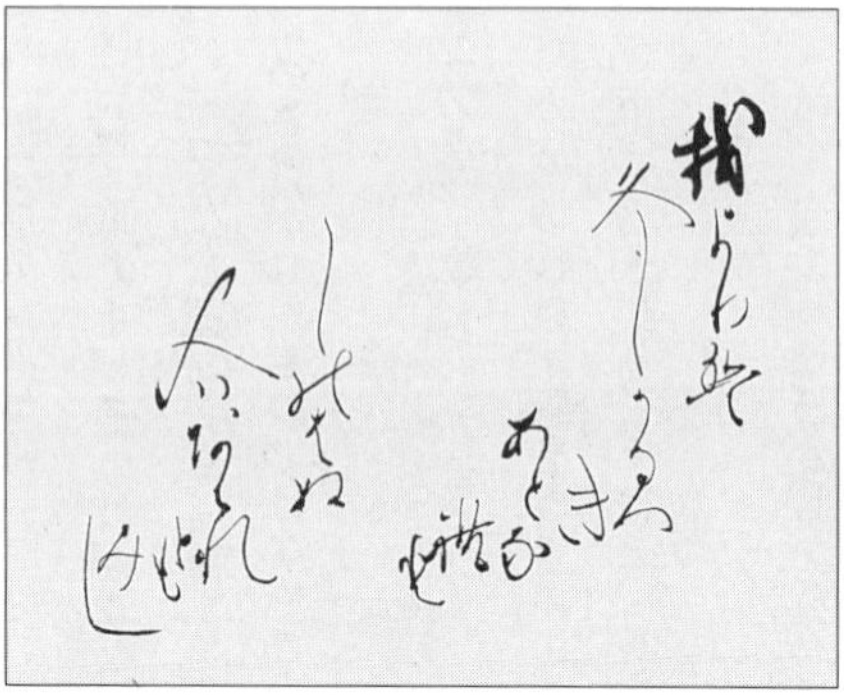

『うたゝね』巻末歌の散らし書き（伊東章次氏蔵）
尊経閣文庫本も全く同じ。

「身をうき草に……」は、第十三段にもちらっと引かれている有名な歌「わびぬれば身を浮草の根をたえてさそふ水あらばいなむとぞ思ふ」（古今集・雑下・小野小町）を明らかに引くものであり、また「身をも世をも……」は「亡きものに身をも人をも思ひつつ棄ててし世をぞさらに棄てつる」（源氏物語・手習巻）を踏まえているのではないでしょうか。「したがはぬ心地」は、底本も諸本も「したはぬ」とあるのですが、文脈より「従はぬ」と改めました。この表現については第二講で触れます。

最後の「我よりは……」の歌は、平安期の女流歌人中務の歌で、『続後撰集』雑中に採られています。底本の伊東本・尊経閣本ではこの歌を次の丁に大きく散らし書きにしています。『中務集』『万代集』にもある歌です。

　人の草子をかかせ侍りける奥にかきつけける　　中務
我よりはひさしかるべきあとなれどしのばぬ人はあはれとも見じ　　（続後撰集）

この『続後撰集』の詞書の「奥」とは、本の巻末、つまり本文の末尾の後のことで、中務は人に依頼されて何かの草子を書写した後、この自詠を書き付けたのです。このように誰かに頼まれて何かを書写した後に、あるいは自詠や近親などの詠草・歌集などを誰かに見せる際に、本の奥や、あるいは包み紙などに、自分の感懐や相手への挨拶、謙譲などを書き付けることは、古来大変多くみられます。言うまでもなくこの「あと」は筆跡で『うたたね』ではこの作品、「人」は広く読む人を指すでしょう。

『うたたね』のこの跋文において、作者はその読者に向けて、この作品を総括し、女主人公の行末は「なりゆかん果ていかが」と、物語の末尾のように読者の想像にゆだねながら、最後に、執筆者としての立場から読者に対峙した歌「我よりは……」の歌を置き、読者との回路を繋いでこの作品を締めくくるのです。

巻末の和歌

この巻末歌について、もう少し詳しく触れておきましょう。この歌についてはこれまで諸説あり、作者自身もしくは後人が、作品成立時もしくは『続後撰集』成立時に付加したもので、作者自身の場合、恋人への感情・当てつけか、とされることが主流だったようです。

すでに指摘がありますように、『源氏物語』空蝉巻末に、空蝉の心を代弁する歌として伊勢の歌が置かれている例があり、このことと無関係ではないと思われます。この方法に倣ってか、作者は自分の心を代弁する歌としてこの中務の歌を置いたのではないでしょうか。ご存じのように、中務は伊勢の娘にあたります。また、『うたたね』の他の箇所には、『建礼門院右京大夫集』からの影響が想定できるのですが、『建礼門院右京大夫集』の巻頭に、

我ならでたれかあはれと水茎の跡もし末の世に伝はらば

という歌があります（今関論文㊸が指摘）。このことも、『うたたね』作者は十分意識していたと考えられるのではないでしょうか。この集は『新勅撰集』の撰集資料として、為家の父である定家に渡され、そこから定家は『新勅撰集』に二首採入しました。そのような経緯は『建礼門院右京大夫集』の中に書かれていますから、阿仏尼も当然よく知っていたように思われます。

そして実は、先程、書写した本や自詠の詠草などの奥に書かれた挨拶や謙譲などの歌の例は大変多い、とお話ししましたが、その中には、次のような歌もあります。

人の草子かかせ侍りけるおくにかきつけ侍りける
かきつくる心見えなるあとなれど見てもしのばむ人やあるとて　（拾遺集・雑賀）

人の草子書かせしを、かきはてて、いとわろかりしかば、おくにかきつけし
おもひいでのなからんのちも水茎のかかるあとをばたれかしのばむ　（周防内侍集）

源氏の物語をかきて、おくにかきつけられて侍りける
はかもなき鳥のあととはおもふともわがすゑずゑはあはれとを見よ　　従一位麗子
（新勅撰集・雑二）

こうして見ると、『うたたね』の中務の歌や建礼門院右京大夫の歌、それにこれらの歌は大変似ていて、当時こういう場合にこのような言辞がよく使われたことが知られます。『うたたね』の巻末歌は、このような流れの上にあるのではないでしょうか。

しかしそうしますと、この頃に『うたたね』を書写した誰かが、中務歌を自分の筆跡を謙遜する意味で書き付けた、という可能性も排除することはできないということになります。南北朝頃の書写という伊東本にもすでにこの歌があり、実際どちらなのか、確定できないところです。しかしここでは一応、『源氏物語』空蟬巻の方法、『建礼門院右京大夫集』巻頭歌との関係、それから第十段で少し触れたように『うたたね』には『続後撰集』入集歌との関わりを示す徴証がいくつかあることなどから、阿仏自身が、自らの心情を代弁させるべくこの歌を撰んで巻末に書き付けた、と考えておきたいと思います。

いずれにせよ、『続後撰集』第十七・雑中で、この中務歌が置かれている歌群前後を見てみると、もちろんそれぞれ固有の成立事情を持っているのですが、共通するのは詠草や作品・筆跡と、時間の流れであり、読むのは時間的推移を経た後の不特定多数の読者か自分であり、そこに賞讃や謙

辞、感動や嘆きを添えています。それを恋人という個人的な次元に転換させ、恋人が自分を思わぬことを嘆くという歌に読み変える必要はないかと思われます。

ちなみに、阿仏尼が『続後撰集』ではなく『中務集』から採ったという可能性もありますけれども、やはり為家撰『続後撰集』から、と考えるのが妥当ではないでしょうか。あえて当時において最も新しい勅撰集入集歌をもって掉尾とした行為に、阿仏尼の勅撰集への志向を読み取ることもできるかもしれません。

作品が閉じられる方法

ところで、中務歌を含めたこの作品の末尾は、作品の性格を考える上で一つの手掛かりを提供しているかに思われます。日記文学では多く歌によって作品が閉じられ、そこに作者の執筆目的や姿勢、あるいは人生の総括や感慨が、何らかの形で示されることが多いようです。『うたたね』末尾の歌は阿仏自身が置いたとすれば、中務という他者の詠を用いたとは言え、『建礼門院右京大夫集』の巻頭歌の如く、読者へのまなざし、文学作品の歴史性・永続性への意識の表れを読み取ることができるでしょう。

それに対して、物語文学においてはどうでしょうか。いろいろな閉じられ方がありますが、平安期の物語から例を挙げれば「典薬助は二百まで生けるとかや」（落窪物語）、「……とぞ、本にはべる」（源氏物語）、「そののち、いかが。おこがましうこそ。御かたちはかぎりなけれど」（堤中納言物語・花桜折る少将）、「かくれにけりとぞ」（同・このつゐで）、「二の巻にあるべし」（同・虫めづる姫君）、「見ゐ給へりとや」（同・貝あはせ）、「本にも、本のまゝと見ゆ」（同・思はぬ方にとまりする少将）などがあります。また中世王朝物語でも、「ほんには侍るめるとかや」（石清水物語）、「つぎの巻になんと本に」（恋路ゆかしき大将）、「のこりの五巻などにかき□□□（つづけヵ）たるとかや」（むぐらの宿）のような例がみられます。これらのように、伝聞的表現、疑問的表現によってわざと韜晦したり、物語終焉後の成り行きを読者の想像にゆだねたり、あるいは存在しない巻を示して読者を惑わせるなどの方法によって、作品や作中人物を相対化しようとする試みがみられると言えましょう。『源氏物語』各巻の末尾も同様の性格を持っていて、「言ひ伝へたるとなむ」（桐壺）、「かかる人々の末々いかなりけむ」（末摘花）のように、作者がちらと顔を出して韜晦することが多いのです。『うたたね』の「又なりゆかん果ていかが」という末尾の文も、まさにそうした性格があるように思います。

つまり、『うたたね』の末尾には、以上の二要素、日記文学的部分と物語的部分の両方が読みとれるわけで、本作品が、日記文学でありながら強い物語性を有するものであることが、このことにも端的に表れていると言えるかもしれません。

『うたたね』という書名

『うたたね』の伝本では、伊東本・尊経閣本・松平文庫本は「うたゝね」と書き、東山御文庫本は「うたゝね　安嘉門院四条」とし、群書類従本のみ「うたゝねの記　阿仏」と記しています。この書名は、先にお話ししましたように、第十二段にみえる歌、

はかなしな短き夜半の草枕結ぶともなきうたたねの夢

に拠っていると考えられていて、『うたたね』全体を覆うはかなく失われた恋のモノローグを象徴する語として選ばれた題号（作品名）であると想像されます。しかし、これが作者自身の命名かどうか、明らかにすることはできません。玉井幸助氏⑮は「源氏物語の巻の名が、多くそうなっているのを学んだのであろう」と述べています。これまでしばしば述べてきましたような、『うたたね』が『源氏物語』から受けた影響の大きさを思えば、確かにその可能性はあるでしょうし、私が粗々見たところでは、『源氏物語』で、巻名がその巻の中の和歌に由来するものは、全体の約五分の四に及んでいます。中世王朝物語においても、作中の和歌の一句から題号が取られているものが多いことが指摘されています。また、『うたたね』の巻末和歌の置き方に『源氏物語』空蟬巻の

影響があるかもしれないということも勘案しますと、あるいは阿仏自身の命名であったという可能性もあるでしょう。しかし、これは可能性に過ぎません。勅撰集など公的なものは書名が変わることはありませんが、この時代における一般の書物の書名というものの概念は、今日と全く異なっていて、流動的・不定的・無署名的です。

同時代に同じ書名を持つものとしては、『風葉和歌集』にみえる作者不明の散佚物語『うたたね』がありますが、これは全く別の物語であり、また室町初期の成立と目される御伽草子『転寝《うたたね》草紙』もありますが、これも内容は異なったものです。

第二講　『うたたね』の成立とその時代

第一節　『うたたね』の定位

『うたたね』の特質

第一講で読んできた通り、『うたたね』は、ある女性を主人公に、二年にわたる出来事を、あくまでも女主人公の心の陰翳・振幅を凝視することを主眼としつつ、ストーリー性豊かに叙述しています。前半部では、ひとつの恋とその喪失、それに伴う彼女の悲嘆が中心に描かれます。早春に恋が始まり、夏を経て、秋には訪れが間遠になって、彼女の嘆きは深まり、冬には恋人の訪れが絶え、彼女は出家を決意します。翌年の春のある夜、ひそかに彼女は自ら髪を削ぎ落として夜の山路へ出奔、雨中を彷徨し、西山の尼寺へ辿り着きます。彼女の苦しみと裏腹に、恋人は彼女を省みることなく、彼女は病となり転居、その後自邸へ帰ります。後半部は、秋になり、なおも嘆きに沈む彼女を、養父が遠江へ誘い、心進まぬままに同行して浜松で一ヶ月を過ごしますが、都の乳母の病気の報に、冬の凍てつく寒さの中、帰京するまでを、歌枕を辿り紀行文的に描きます。この作品には周囲の人間は最低限にしか登場せず、専ら女性の心理の移ろいを描くことを主眼としているのですが、その叙述には、物語や歌集などの先行作品が縦横に引用され、織り上げられて描出されていて、『うたたね』はあたかも古典の詞句の綴れ織りのような作品であると言えましょう。なお、これからお話しすることは、私が昨年書いた論文(66)で書いたこととも一部重なるので、『うたたね』の虚構性というテーマについてはそちらをお読みいただきたいのですが、いま論を進める上で必要な部分は一部重複することをお断りしておきます。

すでにお気付きのように、『うたたね』の特質としてまず第一に際だっているのは、『源氏物語』からの引用・影響です。話型や主人公の造型に留まらず、和歌や表現の細部に至るまで、『源氏物語』の影響は甚だしいと言うことができます。これについては第一講ですべてを挙げるのは不可能でしたので、注意すべきものについて述べたのみですが、『源氏物語』の磁力が圧倒的であることは明らかでしょう。まるで机上で『源氏物語』を横に置きながら書かれたかのようで、例えば、『源氏物語』を開いてある場面を書きつつ、その『源氏物語』の箇所周辺から次の場面の表現を連想していくような、作者の思考の道筋まで、ありありと想像することができるほどです。また第一講の最後で述べましたが、『うたたね』という題号の命名の方法や、巻末和歌の置き方にまで、『源氏物語』が影響を及ぼしているならば、『うたたね』という作品の演出の仕方も『源氏物語』から学んでいるということになります。

『源氏物語』の他には、まず『伊勢物語』が規範的役割を果たしていることは、他の多くの紀行にもみられます。『伊勢物語』はすでにこの時代、遙かな平安朝の古典として、別格の扱いでした。この他の作品としては、『古今集』『後撰集』『拾遺集』『後拾遺集』『金葉集』『千載集』『新古今集』『新勅撰集』『続後撰集』という、勅撰集からの影響が顕著であると思います。私家集・私撰集・定数歌の影響も散見されていて、作者の教養の広さを窺わせるのですが、やはり勅撰集への関心の強さが圧倒的であると言えるのではないでしょうか。特に、『新古今集』『新勅撰集』『続後撰集』という、近い時代に成立した勅撰集の表現から多くを学んでいることは、注目すべきでしょう。なかでも、『新古今集』への傾倒は特に著しいものがあります。また、『古今和歌六帖』『和漢朗詠集』なども当然古典として摂取されていますが、いささかマイナーな作品として『今鏡』『今物語』なども、作者は読みこなしていたような痕跡が窺われます。しかもこれらの作品の引用・摂取の方法は非常に周到であって、『源氏物語』を摂取する場合にもあるのですが、表面上そこには引用されていない部分をこそ暗示的に浮かび上がらせたり、当該部分の前後の場面にまでも連関させていくような、大変凝った方法がみられます。

物語性とそこからの逸脱

このような営みは一体何を物語るのでしょうか。これほど多くの作品を縦横に引用して、高度な文飾を志向する方法によって、作者はそこにどのような作品を構想したのでしょうか。『うたたね』の方法についてはすでに様々な角度から論じられているところですが、早く今関敏子氏が、「古代物語世界への憧憬の強い、美文調で綴られる劇的な内面世界であり、その観念性の延長線上には、虚構、創作が想定される」㉕と指摘しているのは示唆的です。また、寺島恒世氏（51）は「阿仏尼が目指したのは、自伝であり、物語的創作であり、紀行記であり、歌集でありつつ、そのいずれとも言えない何かを語ることにあった」としています。

日記文学においては、自己の人生を、あるいは人生の体験の一部分を、ある時点で振り返って、それを書くことによって内省し、総括し、自らの体験の意味づけを図るという側面が多くみられます。しかし『うたたね』の作者は、恋とその喪失という極めて切実な個人的な体験を表現化するに際して、そのようなことには関心が薄かったのではないかと思われます。むしろ古典や当代の作品の表現・枠組を、いかに自作品の中に溶解し、ひとりの女の恋の悲劇として目の前に再生させるかということに主たる関心が注がれたのではないでしょうか。物語性を重視し、先行の文学の話型・表現に依拠して主人公の内面までも描こうとするあまりに、現実と繋がる緊張感や、あるいはまた時間を経た後の自己観照や浄化という面を欠く印象は否めません。『うたたね』は極めて意図された物語性の強い作品であると言えましょう。

とは言え、この作品は全く虚構の作り物語であるとは言えません。それは、内容や叙述方法からも、また文永八年（一二七一）に為家の監督編纂によって成立したとされている物語歌集『風葉和歌集』に『うたたね』の歌が採られていないことからも、明らかです。作り物語であると思われていたなら、『風葉集』に当然採られるでしょう。『風葉集』に六首みえる『うたたね』は、全く別の、宮中を舞台とする作り物語です。やはりそこには明瞭な区別があって、作り物語では作者は表面からは消去されて、作者と主人公とが意図的に重ねられることはありません。『うたたね』は物語的ですが、やはり日記文学の性格を持つのであって、現実の恋愛や遁世体験を素材にして、自己の分身としての恋する女が描かれているわけです。しかし一方では、日記と物語との距離は非常に近くて、『蜻蛉《かげろう》日記』は物語を強く意識していますし、『和泉式部日記』『更級《さらしな》日記』『とはずがたり』などは、それぞれに物語的手法や虚構性を包含しています。特に、『とはずがたり』が虚構的要素や物語的性格が強いことは、近年多く指摘されていますが、『うたたね』と『とはずがたり』とは、事実と虚構を連動させるという点で大変近いことを、昨年このセミナーで『とはずがたり』を講じた松村雄二氏が指摘しています（『『とはずがたり』のなかの中世―ある尼僧の自叙伝―』臨川書店、平一一）。また享受する側の意識から言っても、『和泉式部日記』が多く『和泉式部物語』とされて、また『多武《とうの》峯《みね》少将物語』が『高光日記』とも呼ばれるという例もみられます。つまり、全くの作り物語ではない、ある人物をモデルとして実名で描かれる物語と、自分を主人公とする日記とは、『和泉式部日記』の作者が確定できなかったように、相互の境界が曖昧な部分があるわけです。

作者が志向したのはそのような境界的な作品であって、あたかも自分の恋の移り行きを『源氏物語』という巨大な鏡に映してみた映像を表現化したように、あるいは、『和泉式部日記』が三人称で語った日記であるのとちょうど逆に、三人称ではなく一人称という形式を採って叙述してみた物語のように、あるいは自己の心情の振幅に遙かな平安朝物語の衣を纏《まと》わせてみたような感じです。この作品には、どこかたどたどしげな、実験的試みの意図が感じられないでしょうか。『うたたね』に時折草子地的な、語り手の視点があることも、参考になるでしょう。

寺島恒世氏(51)は、複数の異なるモチーフを表出しようとしたという視点から、「そのような試みの初々しさ」「何かに徹するのではない未だ熟さぬ試作として批判される素地」があるという指摘をしています。

ですが、この作品の特質はこのような物語性だけではありません。王朝物語のような優艶な悲恋物語の装いをしていながら、同時に、作者の冷静で客観的な、好奇心に満ちた眼や観察力、行動的で明朗な態度、また生き生きした心の動態などが、巧まずして諸処に顔をのぞかせています。自ら髪を削ぎ落とす場面や里人との出会いの場面、洲保《すのまた》の渡しの場面の描写は鮮やかで印象的です。また「さればさらんと少しをかしくなりぬ」（第十六段）と記すような現代的な感覚や、「何といふ心にか、舌をたびたび鳴らして」（第八段）というような生気ある描写など、この時代の日記文学として特筆すべき点であると言えましょう。このような部分は、物語的枠組みをしばしば突き破るほどの勢いで、作品を躍動させています。こうした、いわば静と動、暗と明、古代性と現代性、虚構性と現実性、浪漫性と客観性などが混淆して、二重奏のような不思議な表現世界を作っている点に、この作品の魅力があると同時に、表現レベルでの一貫性を欠き、方向性が明確に定まらぬ未整序な側面があるとも言えましょう。例えて挙げるなら、藤原定家の『松浦《まつら》宮《のみや》物語』のような、ある種の実験作品的要素が感じられます。恐らく執筆の当初は、冒頭第一段の技巧を凝らした表現形成に典型的なように、王朝物語を模倣した表現世界を志向していたのではないかと思われますが、次第にそこから自ずと逸脱した部分が生まれていき、むしろその逸脱・矛盾こそが、作者の置かれた時代性を如実に反映している、と言えるのではないでしょうか。

虚構性の問題提起

さて、『うたたね』の虚構性については、先程の今関氏の論の他、長崎健氏が『阿仏尼』（新典社、平八）で事実の記録性が希薄であること、虚構というには強すぎるが一種の作為性があることを指摘しました。近年では、佐藤茂樹氏（㊾）が「失恋自体が仮構の恋であった」と結論し、柏原知子氏（㊿）が「かなりの虚構を含む作品」「日記というよりは物語に近づける意図」を指摘するなど、作品の内容から論じたいくつかの論があります。『うたたね』を読む時まず注意すべきは、事実性と虚構性の問題ではないでしょうか。これは『うたたね』を読む上での根幹に関わる問題であり、この点をどのように捉えるかは論の展開上の分岐点となると思われます。私が「『うたたね』の虚構性」という論を書いたのは、そうした問題意識からですが、そこでは、これまで作品内部の表現面から指摘されてきた物語性、そしてそれに繋がる虚構性ということを、外在資料から論証しようと試みました。結論から言えば、現実の体験も素材として一部用いられているけれども、多くの虚構・朧化が混淆していて物語的な性格が強い、ということです。そのため、第一講でも多少の注意をしました。例えば、『うたたね』の女主人公は、作品中では一人称で記されていますが、物語の女主人公的設定をしていることを重視すれば、「作者」ではなく「女主人公」「女」として論じた方が良いのではないかと考え、この講義で「女は」「彼女は」として述べてみました。

もちろん虚構性の問題は、『うたたね』に限ることではなく、『とはずがたり』研究などでもよく問題とされることですが、近年では久保朝孝氏が「女流日記文学の軌跡と展望」（『国文学解釈と鑑賞』平九・五）で、「これまでの女流日記文学研究では、往々にして執筆者・主人公を明確に腑分けすることなく、無自覚に一体化して作品を読み取るような傾向がなかったとは言いにくい。……日記は事実を記すものだという理解から始発した研究上の経緯が、無意識の軛としていまだ少なからず作用しているように思われるのである」と強調しました。この言のように、作者と『うたたね』の女主人公を同一視することなく、しかもその重層性を重視しながら、慎重に一個の文芸作品として読み解いていかねばならないでしょう。ではなぜ虚構があると考えるのか、ここではその論旨をなるべく簡単にお話ししたいと思いますが、その前に阿仏尼《あぶつに》の伝記について、ここで少し申し上げておきます。

阿仏尼の出自

阿仏の伝について触れる論は古くから多くありますが、比較的近年の主なものに、福田秀一氏の論（⑱）がまず掲げるべき本格的な研究で、大変詳細です。最近では岩佐美代子氏『「乳母のふみ」考」（『国文鶴見』第二六号、平三・一二。後に『宮廷女流文学読解考　中世編』笠間書院、平一一、に収録）、そして長崎健氏『阿仏尼』（前掲）があります。そして、和歌史上の新資料を網羅し示唆に富む井上宗雄氏の著書（⑥⓪）が刊行されて、現時点で得られる最新の成果が集成され、阿仏尼伝の研究基盤が一新されたと言えましょう。詳しくは同書をご参照いただきたいのですが、これらのご論に拠りながら、阿仏の伝を略描しておきましょう。

なお、阿仏尼の呼称は、晩年の出家後でも公式には「阿仏尼」ではなく「安嘉門院《あんかもんいん》四条」なのですが、一般的には阿仏尼、または阿仏の方が通りやすいので、このセミナーでも出家の前後を問わずにそのように呼んでおきます。

阿仏の生年は未詳ですが、およそ嘉禄二年（一二二六）頃と推定されています。父が平度繁《たいらののりしげ》であることは『尊卑分脈《そんぴぶんみゃく》』・『続古今集』詞書《ことばがき》によって知られます。『うたたね』第十三段の記述から、実父ではなく養父と推定されてきましたが、これについては後でお話しします。母が誰かはわかりません。この一族は北白河院・安嘉門院と非常に関わり深く、阿仏も長く安嘉門院の女房として仕えました。平度繁は繁雅《しげまさ》の子で、その家系は、権門に出入する下級武官貴族であり、北白河院の乳母は平繁雅の妻で、この一族は北白河院や安嘉門院に近仕し、その縁で阿仏尼姉妹は安嘉門院に出仕したとされています（井上氏(60)）。こうしたことから、阿仏の母も、北白河院か安嘉門院に仕える女房であったという可能性もあるかもしれません。父の度繁は、検非違使《けびいし》、左衛門尉《さえもんのじょう》、佐渡守であったことは知られますが、遠江守であった明徴は得られません。ただし、この一族が遠江と関わりを持っていたことは確かで、阿仏と遠江との関わりは最晩年の『十六夜《いざよい》日記』にもみえ、恐らく為相《ためすけ》にも引き継がれます。また五味文彦氏『武士と文士の中世史』（東大出版会、平四）は、嘉元四年（一三〇六）のいわゆる「昭慶門院御領目録」に、浜松庄預所の名に「遠繁」とあり、これは度繁の兄信繁《のぶしげ》の孫にあたることを指摘しています。後年のことですが、この一族と浜松との接点を客観的に示す史料として注目されます。

前半生の軌跡

為家と知り合う以前の阿仏の軌跡を端的に語っている史料は、『源承和歌口伝《げんしょうわかくでん》』です。よく知られている条ですが、該当部分を掲げておきます。

先由来は阿房 為相朝臣母 安嘉門院越前とて侍りける、身をすてゝ後、奈良の法華寺にすみけり。後に松尾慶政上人のほとりに侍りけるを、源氏物語かゝせんとて法華寺にて見なれたる人のしるべにて、院大納言典侍《すけ》 二条禅尼 もとにきたれり。続後撰奏覧之後事也。年月をおくりて定覚《じょうがく》律師をうめり。誰が子やらんにて侍りしほどにはるかにして為相をうめり。（後略）

これによれば阿仏は安嘉門院に仕えて越前と言っていたけれども、世を遁れて奈良の法華寺に住み、その後慶政《けいせい》上人が創建した西山松尾の法華山寺のほとりに移り住んでいましたが、法華寺の親しい知人、恐らく法華寺の慈善尼と思われますが、その紹介により、阿仏は為家女の後嵯峨院《ごさがいん》大納言典侍為子を訪れ、為家の仕事を手伝うことになりました。それは「続後撰奏覧之後事也」、即ち建長三年（一二五一）十二月の『続後撰集』成立以後、恐らく建長四、五年頃と推定されています。

ところで『乳母《めのと》のふみ』（『庭の訓』『阿仏のふみ』とも）という本があり、これは広本系と略本系とあるのですが、これは古来阿仏尼作ではないか、とされながらも、確証がなかったためか、阿仏尼作として扱う人は少数でした。近年岩佐美代子氏が、前掲「『乳母のふみ』考」で、広本は阿仏の真作、略本は後人の改作、という説を提示し、広本の内容、『十六夜日記』『源承和歌口伝』『田中本帝系図』『花園院宸記』などから、広本『乳母のふみ』は弘長三年～文永元年（一二六三～四）頃の阿仏作であることを論証しました。『乳母のふみ』によれば、この建長三、四年頃、阿仏尼が女子を出産し、その女子とともに不遇・困窮していたことが知られるのであって、その理由について岩佐氏は、「法花寺にあった阿仏は出家の身ながら藤原氏の相応の身分の男性との間に子を宿してしまい、寺に居られなくなって、旧主安嘉門院と縁ある慶政に庇護を求めたのではなかろうか」と推定しています。

つまり、阿仏は安嘉門院に女房として仕えていたけれども、何かの理由によって出家して、恐らく尼削ぎ姿の見習い尼としてでしょう、奈良の法華寺で慈善尼のもと、この寺に多くいたかつて宮仕えした女房達の尼にまじって、生活していました。この法華寺には非常に多数の女性が集まっていましたが、近住女《ごんじゅう》と呼ばれる在俗の信者も多く、尼でも半数は形同沙弥尼《ぎょうどうしゃみに》で、これは尼衆とは言え在俗に近い存在であったことが指摘されています（大石雅章氏「尼の法華寺と僧の法華寺」、『仏と女』吉川弘文館、平九）。また、一般に尼達が住む寺辺は男女の逢瀬の場となりやすかったようです。阿仏尼は、そこである恋をし、その結果女子を出産することとなり、法華寺を出て、松尾法華山寺で慶政に庇護されてその「ほとり」に住んだけれども、出産した女子を育てながら不遇困窮の二年を送ったのです。嘉禄三年（一二二七）執筆の慶政自筆草稿本『法華山寺縁起』（宮内庁書陵部の複製本による）巻末の「奇事条々」に「又他人連々告瑞夢某院女房夢、又住僧等夢」とあり、無論これは年代から阿仏ではありませんが、尼寺ではない法華山寺にも、女房などが住む、あるいは立ち寄る房が周辺にあったのでしょう。この時期には、阿仏尼は親族・知人にも絶縁されたような状態でした。何かの事情があったのでしょう。

建治元年（一二七五）の『阿仏仮名諷誦《あぶつかなふじゅ》』に、為家の仕事を支えたことを回顧して、「ふるさとをもはなれ、したしきをも捨てて、影の形にしたがふためしなれば、なだのしほやき、いとまもなく、臥猪のとこのいをやすむひまだになくて、歌の道をたすけつかへしこと、二十年あまり三年ばかりにもなりにけん」と言っていることから逆算して、建長五年（一二五三）に為家の秘書・弟子のような存在となったと推定されています。やがてそれは恋愛関係となって、為家との間に正嘉二年（一二五八）頃定覚、弘長三年（一二六三）為相を、文永二年（一二六五）為守《ためもり》を生みました。源承は定覚を「誰が子やらんにて……」という噂による悪口をそのまま書き付けていますが、為家は譲状《ゆずりじよう》で三人を我が子と認めています。

ただしそれ以前に、他の男性との間に、生年は不明ですが阿闍梨《あじやり》の君を、建長三、四年頃女子を生み、更にもうひとりいた可能性もあります（玉葉集雑四・二四三一）。女子の父親は、藤原氏の中級貴族で、この女子は恐らく父親の推挙があって宮中に出仕、後深草院《ごふかくさいん》の姫宮を生んだこと、この女子、即ち紀内侍《きのないし》にあてて阿仏が書いたものが、先程の『乳母のふみ』であることは、岩佐氏前掲論文に明快に示されています。為家を知った頃、阿仏尼に恋人（もしくは夫）がいたことは確かであり、それが阿闍梨の君・紀内侍の父かどうかはわかりません。恋人（夫）の存在を為家が知っていたことは、『続古今集』雑下に次の歌を採入していることから知られます。

はやうもの申しわたりける人の、おのがさまざまとしへて後、世をそむくとききて申しつかはしける　　安嘉門院右衛門佐

さらでだにありしにもあらぬおなじよをそむくときくぞいとどかなしき

この後、文永には為家と嵯峨で同居し、飛鳥井雅有《あすかいまさあり》が文永六年（一二六九）の出来事を記す『嵯峨の通ひ』には、「女あるじ」阿仏尼の姿が活写されています。これまでのように為家が通ってく

るのではなく、為家の同居の妻になっていることを示しています。文永頃の阿仏尼は「女あるじ」であり、この頃の阿仏を為家の「側室」と言うのはふさわしくないと思われます。というのは、この頃為家は正妻の蓮生女《れんしょうのむすめ》と正式に離別していたと推定されるからです。佐藤恒雄氏「為家室頼綱女とその周辺（続）」（『中世文学研究』二四号、平一〇・八）は、『経光卿記《つねみつきょうき》』（国立歴史民俗博物館蔵）文永四年三月二日条によって、すでに出家して六十七、八歳になっていた蓮生女が、次男源承及び夫為家と、下野国《しもつけのくに》真壁庄《まかべのしょう》をめぐって相論したことを論じていますが、この記事の中に「民部卿入道与前妻尼相論下野国真壁庄間事」とあって、蓮生女は「前妻」と記述されているのです。文永四年時点ですでに為家の室は名実ともに阿仏尼であったとして良いのではないでしょうか。この蓮生女は長く生きて、弘安二年（一二七九）十二月四日に八十歳で没したことも佐藤氏が指摘しています。ちなみに阿仏が鎌倉に下向したのはこの弘安二年十月でした。

阿仏が正式に出家した年は確定できないのですが、文永五年（一二六八）十一月の為家の譲状に「阿仏御房」とありますから、この時はもう出家していました。法名阿仏（房号）は、父度繁の兄信繁（『新勅撰集』『続後撰集』作者）の法名が信阿ですから、一族の人々の法名に関連するかもしれませんが、詳しくはわかりません。

この後の阿仏尼、為家、為氏、為相らのこと、また為家の死後の出来事については、ここではあまり関わらないので、また第三講でお話しすることとします。

伝記的事実との関係

さて、このような他資料によって知られる阿仏尼の軌跡と、『うたたね』とを突き合わせてみると、どのようなことが考えられるでしょうか。

両者には重なる部分も多くあります。だからこそ、『うたたね』は阿仏尼の自伝とされてきたわけです。『うたたね』主人公は、「二葉より参りなれにし」、つまり幼い頃からいつもお参りしていた太秦《うずまさ》や法金剛院が生活圏であったことが作品中に示されていて、出奔する道程である嵯峨、嵐山、西山の麓という辺り一帯も、それに重なりますが、阿仏尼自身は安嘉門院御所（持明院殿《じみょういんどの》の西殿）に仕え、一時松尾に止住し、また後年には為家と共に嵯峨に住みました。『うたたね』中の「北山の麓」が、現実の安嘉門院御所として直接描かれているかどうか、それはわかりませんが、阿仏尼を含めた平氏一族は持明院殿の付近一帯に住んでいたことが『鎌倉遺文』『兼仲卿記』により知られます（前掲の五味文彦氏『武士と文士の中世史』）。また阿仏尼は、「にはかに持明院の北林にうつりて、嵯峨之旧屋に和歌文書以下はこびわたす」（『源承和歌口伝』）とあり、正和二年（一三一三）の「播磨国細川庄地頭職関東裁許状」（天理図書館蔵）にも「和歌文書以下多以北林禅尼為相卿母儀抑留訖」とみえ、冷泉家の子孫からも「北林禅尼」「北林尼公」と呼ばれています。晩年に至るまで、実家である平度繁一族が住んだ持明院付近の、「持明院の北林」に阿仏尼自身の自邸があったと推定されるのです。『うたたね』ではそれを「ふるさと」のモデルとし、そのような自邸を、出仕先の御所と区別して作品中で「ふるさと」と呼んでいると想像されます。また後半部で遠江に下向する部分は、『十六夜日記』で昔下向したことが語られますから、下向の旅の実体験をもととしていて、阿仏尼自身がモデルとなっています。

重ならない事実

問題となる部分としては、『源承和歌口伝』『乳母のふみ』の記述があります。繰り返しになりますが、世を捨てて、奈良法華寺で慈善尼のもとで修行していた阿仏尼が、ある恋の結果建長三、四年頃女子を宿し、寺にいられなくなり、法華寺を出て、松尾法華山寺で慶政に庇護されましたが、出産した女子（後の紀内侍）を育てながら不遇困窮を極めた二年を送ったのです。この時期には、阿仏尼は親族・知人にも絶縁されたような、孤独で深刻な状態であり、「思ひの外なる事にて、中比世に経るたづきも廃れ、親しきにも背けられ、うときにもまして言問ふ方無うなりたる事候ひしを」（『乳母のふみ』）という、孤独で深刻な状態であったことを、自ら紀内侍に語っているのです。

もし『うたたね』の記述をこれ以前の事実として受け取るならば、数年間の間に、上流貴族と恋、出奔、西山の尼寺で出家、帰宅、遠江下向、そして再び出奔、奈良法華寺で出家、別の恋及び出産、西山松尾の法華山寺へ、再び還俗して夫（もしくは恋人）をもつ（続古今集一八三一、玉葉集一六八八・一六八九）、となります。これまでは、「『うたたね』の繰り返しのような情史が、この十数年間にあった」（玉井幸助氏⑮）というように理解されてきましたが、一度の還俗はあったにせよ、このように恋・出奔・出家・還俗が二度も繰り返されたとするのは、絶対にあり得なくはないかもしれませんが、一般的に言ってやはり考えにくいのではないでしょうか。しかもこの後為家と出会い、恋愛し、その室となり、子を産み、やがて文永五年以前に出家という事柄が続くのです。更に言えば、再度出奔・出家したことを裏付けるものは、『うたたね』以外にはありません。とにかく、『うたたね』の軌跡が、『源承和歌口伝』『乳母のふみ』に伝える足跡よりも前の出来事をそのまま記したものであるとは考えにくいのです。

しかし、『うたたね』の記述と、この『源承和歌口伝』『乳母のふみ』の記述とは、互いに微妙に齟齬していて、同時期のことをそのまま言っているとも考えられません。『うたたね』の出奔・出家の理由は失恋であって、より重大な出産については触れられていません。周囲に絶縁され疎外され困窮した状態も見られないし、養父に丁寧に庇護されています。それに『うたたね』で夜中に出奔して単身辿り着いたのは西山の尼寺ですから、奈良法華寺ではありません。位置的に言えばむしろ西山の尼寺は、阿仏が後に移り住んだ法華山寺に合致します。『うたたね』では、自分の知る尼寺の奈良法華寺を、西山の法華山寺に重ねて、『うたたね』の舞台のモデルとしたのかもしれません。少し話がそれましたが、阿仏尼の実人生の節目となった重要なことに関しては、つまり出家の場所や出奔の経緯、また女子の出産やそれに伴う困窮などの一連の事実とは、『うたたね』は決定的に相違するのです。

また後半紀行部分に関しても、『十六夜日記』と多少の齟齬が感じられます。『うたたね』では浜松に一ケ月滞在したのみですぐに帰京しており、浜松での知己や交友について何一つ記していませんが、『十六夜日記』では浜松で昔縁を結んだ人々や亡き父を回想し懐かしみ、知人の子や孫まで呼び出して語り合っている程です。この辺りにもいささかの差異があると思われます。

ともあれ、遠江下向部分に関しては、過去の旅を素材として取り入れたことは間違いありません。けれども『うたたね』の浜松滞在の記述などが事実そのままであるとは思われず、まして前半部分で展開される約一年半の恋の推移や出奔・出家については、重要な点において微妙に齟齬する資料しかありません。しかも、恋人の男性の存在感は極めて稀薄です。朧化されていると言うよりも、その描写が具象性を欠いていると言えましょう。自分が恋慕する男性については、例え世間を憚って誰であるか知られないようにするという配慮を施したとしても、現実の恋人であれば、その表現・描写は生彩に富み、作者の眼を通して生き生きとその魅力が描き出されるのではないでしょうか。『蜻蛉日記』も『讃岐典侍《さぬきのすけ》日記』も『とはずがたり』も、恋人（夫）の男性は魅力的に人間的に描かれています。もちろんこれは客観的な論証にはなりませんけれど。恋人の男性のみではなく、この『うたたね』では実名で登場する人物はひとりもいないし、具体的な日時も記されないのであって、日記文学としては特異なことと言えましょう。

父の問題

この虚構性の問題に関連して、ひとつ注意しておくべきことがあります。それは、阿仏の父の問題です。

> そのころのちの親とかの、頼むべきことわりも浅からぬ人しも、遠江とかや、聞くもはるけき道を分けて、都の物詣でせんとて上りきたるに、何となく細やかなる物語などするついでに、「かくてつくづくとおはせんよりは、田舎のすまひも見つつ慰み給へかし。かしこも物騒がしくもあらず、心すまさん人は見ぬべきさまなる」など、なほざりなく誘へど、（第十三段）

この「のち（後）の親とかの」から、これまでは伝記上平度繁が阿仏尼の養父であるとされてきました。阿仏尼に関する伝記、辞典類など、現在ではみなそう書いてあると思います。しかし、系図の基本資料である『尊卑分脈《そんぴぶんみやく》』には、桓武平氏、度繁の女として「安嘉門院四条　法名阿仏　権中納言為相卿母　哥人」と記されていて、冷泉為相の項にも「母安嘉門院右衛門佐〔平度繁女〕〔法名阿仏〕」とあります。歌人の伝を簡単に記す『勅撰作者部類』には「但馬守平慶繁朝臣女」とあります。次に掲げるように、同時代の勅撰集である『続古今集』羇旅・九三三には「父平度繁」と記されています。この旅を『十六夜日記』では、阿仏自身「むかし、父の朝臣に誘はれて」と記述しています。また、後の時代のものですが『阿仏真影之記』には「禅尼公は葛原親王十四世の孫佐渡守平度繁朝臣の女、安嘉門院にさぶらひ給ひて、右衛門佐と申。又四条と申す。薙髪《ちはつ》の後、阿仏房と申。又北林禅尼と申す」とするなど、この他平度繁女と記すものは非常に多いのですが、管見では、養父であるとするものは、『うたたね』以外に見出すことができません。もちろん養父を単に「父」とすることは当然多くあり、このことだけから養父ではなく実父であるとは言えません。

ところで、『続古今集』羇旅・九三三には、

おもふこと侍りけるころ、父平度繁朝臣遠江の国にまかれりけるに、心ならず伴ひて、鳴《なる》海《み》の浦をすぐとてよみ侍りける　　安嘉門院右衛門佐

さてもわれいかになるみのうらなればおもふかたにはとほざかるらん

とあって、この詞書によれば、都に在住する父度繁が、所用で遠江に下向したのに心ならずも同伴した、と言っているのですが、『うたたね』ではどうでしょうか。『うたたね』では、遠江に在住する養父が都見物のためにはるばる上京してきて、遠江に帰る折に作者を田舎見物に誘った、と記しています。この二つの場面設定は、かなり異なっていると言えましょう。一般に、勅撰集の詞書には信憑性があるのが普通です。しかも古人ではなくて同時代ですし、阿仏の夫為家も撰者の一人なのですから、阿仏に関する記述が誤りであるはずはありません。また五味文彦氏（前掲書）が、平度繁は「京都に基盤を置く下級貴族であって、遠江にいて上洛するような豪族ではない」という、大変重要な指摘を行っているのは、まことに注意すべきでしょう。「のちの親」以下の記述にも、これまで申し上げてきたような、作品上の物語的虚構が何らか施されたという可能性があると思えます。そこには、今関敏子氏㉕の、物狂おしくあくがれ、果てはさすらふる悲劇の女性が作者の描こうとした主人公像であるという指摘も想起されますし、また『源氏物語』の、乳母夫婦に伴われて筑紫へ下向した玉鬘《たまかずら》、受領の妻となった叔母に地方へ誘われる末摘花《すえつむはな》、そして何よりも浮舟は、常陸介《ひたちのすけ》の後妻となった母に伴って、つまりはまさに「のちの親」に同伴してその任国へ下向して生活したのですが、そのような女性のイメージの投影があるのではないでしょうか。『うたたね』には浮舟の一連の物語からの影響が強いことは度々触れました。

このように『うたたね』の虚構性は、単に『うたたね』内部の問題に留まらず、阿仏尼伝と阿仏尼の人間像の把握全体に及ぶ問題を含んでいます。ひとまずは、『うたたね』の記述と阿仏尼伝とは、明確に切り離して考える方が良いかと思われるのです。父の問題についても、『うたたね』によって度繁を「養父」と断定するのには私はためらいを覚えます。

享受から浮かび上がる特質

ところで、『うたたね』から勅撰集に入ったのは先程の『続古今集』一首だけであり、それは事実としての背景を知り得る為家による入集・詞書であったのでしょう。しかしこの後の勅撰集・私撰集に、『うたたね』からは採入されていません。中でも厖大な私撰集で類題集である『夫木《ふぼく》和歌抄』に採入されていないのは注意されます。同書は為家と阿仏の子である冷泉為相の依頼と協力によって、為相の門弟藤原長清《ながきよ》が、為相の勅撰集撰集に備えて編纂したと言われていて、為相から厖大な歌書が長清に提供されたというのが通説です。類題集は歌語や歌枕の手本のようなものですから、『うたたね』後半部の羇旅《きりよ》歌は類題集入集にふさわしいものです。事実、『十六夜日記』（路次の記）からは十四首もの歌が『夫木抄』に採られています。もし『うたたね』作中歌が勅撰集や一般の私撰集入集歌にふさわしい性格を備えていると考えられていたならば、為相は長清に撰集資料として提供した可能性が高いでしょう。その場合遠江の在地の豪族長清が、後半部遠江を舞台とするこの作品を、しかも遠江に関わりを持っている有名な歌人阿仏尼の歌を、一首も入れないことは考えにくいと思います。『うたたね』がたまたま撰集資料の中に含まれなかった場合も考えられますけれど、先の『続古今集』を例外として、すべての勅撰集、及び管見の私撰集にも採入されていないことから、『うたたね』という作品が、『十六夜日記』のような事実性に基づく自叙伝ではなく、虚構を合わせ含む物語的色彩の作品として、そして私的体験に中世王朝物語的性格を濃密に絡めた作品として、同時代の人々に享受されていた可能性があるのではないかと考えられます。若干の例外はありますが、作り物語の作中歌は勅撰集には採られない、というのが原則なのです。これについては樋口芳麻呂氏他による諸論があります。

対するに、『建礼門院《けんれいもんいん》右《う》京《きょうの》大《だい》夫《ぶ》集《しゅう》』『十六夜日記』などからは、日記中の記述に沿った詠歌事情を説明する詞書を付されて勅撰集・私撰集に多数の歌が採られています。『建礼門院右京大夫集』は『新勅撰集』以下の勅撰集に二十九首、『夫木抄』に九首採られ、阿仏尼に比して知名度の低い『信生《しんしょう》法師集』からも『玉葉集』以下の勅撰集に三首、『海道記』からは作者鴨長明として『夫木抄』に一首、『東関紀行』からは源光行として『夫木抄』に九首、そして『十六夜日記』からは『玉葉集』に四首、『夫木抄』には十四首の歌が採られています。

このセミナーのはじめに日記文学の性格について問題提起をしましたが、同時代の歌壇やそれを代表する勅撰集をどのように意識しているか、また逆に勅撰集・私撰集にどのように入集しているかは、そのひとつの手掛かりになるものであると思われます。つまり中世以降、日記文学にある和歌が、勅撰集、もしくは勅撰集の撰集資料として編纂され勅撰集と似たような特質を持った私撰集に、どのように入集しているか、していないかは、その日記文学がどのような性格のものとして同時代やその後に受容されたかを端的に示す尺度になるのではないかと思います。また『うたたね』に限らず、ある作品が中世やそれ以降の人々にどのような性格のものとして認識されていたか、それが和歌や散文にどのように享受されていたかを探るのは、作品の位置付けに大きな意味を持つと思われます。この点についての研究が未開拓の場合、作品内部に自閉することなく作品論を進展させる可能性があるかもしれません。

中世王朝物語との共通性

さてここで、『うたたね』と中世王朝物語との関係について、考えてみたいと思います。中世王朝物語というのは、わりと最近の呼び方ですが、古くは擬古《ぎこ》物語、あるいは時代で区切って平安後期物語、鎌倉時代物語などとも呼ばれます。『源氏物語』の影響を受けながら、『源氏物語』以後に書かれた恋物語、いわゆる王朝物語のことで、平安後期から鎌倉期、室町期に至るまで多数書かれた物語群です。そのほとんどは作者が知られていません。また、改作も多くみられます。

この物語群と、『とはずがたり』との関係について論じたものに、辻本裕成氏の「同時代文学の中の『とはずがたり』」（『国語国文』平一・一二）という論文があって、これは『とはずがたり』研究の中で重要な論のひとつであると思うのですが、この中で辻本氏は、『とはずがたり』と鎌倉時代物語とを比較して、その類似性を浮き彫りにしています。試みにここで、『風葉集』以前の中世王朝物語（鎌倉時代物語）の特質とされるものを列挙してみましょう。これについては、市古貞次氏『中世小説とその周辺』（東大出版会、昭五六）があり、また最近では『中世王朝物語を学ぶ人のために』（世界思想社、平九）という本も刊行されたので、これらや辻本論文も参考にして、それぞれ重複する要素も多いのですが、ランダムに挙げてみます。

①『源氏物語』の影響が強い。
②『源氏物語』の中でも宇治十帖の影響が強い。
③はかなげな女君の悲恋の物語が多い。
④女主人公の造型に『源氏物語』の夕顔と浮舟が大変大きな影響力を持つ。
⑤男女に身分差のある場合が多い。

⑥一夫多妻・通い婚という婚姻制度による女君の悲恋が多い。
⑦恋愛に成功せず、遁世に至る主人公がしばしばいて、悲恋遁世物語の性格を持つ。
⑧山里のヒロインという設定がしばしばある。
⑨主人公が親子数代にわたることがある。
⑩構成力不足で、物語が一貫しないこと、年代や人物が齟齬することがある。
⑪暗い色調を帯び、死と出家と夢が重要な素材を成し、月と雪が好まれる。
⑫変態・怪奇や、露骨な描写がしばしばある。
⑬王朝物語にはない、非貴族的な場面や人間がしばしば現れる。
⑭物語の名がしばしば作中和歌の一句から生まれ、動詞連体形を取ることもあり、それらはあるはかなさやわびしさ、怪奇などを示唆する。

驚いたことに『うたたね』は、⑨⑫を除いて、残りのすべてに当てはまってしまうのです。細かな場面設定で言えば、例えば入水《じゅすい》が多いこともあります。『うたたね』の主人公は実際に入水はしませんが、第六段に入水を思わせるような歌を置いています。これには『源氏物語』の浮舟、『狭衣物語』の飛鳥井姫君の投影があることは述べましたが、中世王朝物語ではこの二書の影響をうけて入水する女君が大変多いのです。表現面でも、第一講で挙げた「思ひ混《ま》ず」、真木柱の例、それから後で申し上げる「とふにつらさ」の例のように、『うたたね』にあって中世王朝物語で流行した措辞は、中世王朝物語を網羅的に見ていけば、もっといろいろ出てきそうです。

また、中世王朝物語では、これら多くの類型を持ちつつも、浮舟・夕顔的なはかなげなヒロインからしだいに逸脱して、さまざまな形で自分の意志を貫き通そうとする女主人公の姿が描かれ、その強さや逞しさ、行動力が注目されています。これまで『うたたね』の作者の出家・出奔という行動には、阿仏の『十六夜日記』にみえるような後年の行動力が窺えると言われてきましたが、それは作者一人の個性のみに帰すべきものではなくて、この時代の価値観、その表れとしての物語の変貌にも繋がっていくものでしょう。

中世王朝物語と『うたたね』については、中島泰貴氏(69)が、荒廃した住居にいる女君と乳母(尼君)という類型が『石清水物語』などにあることを指摘しています。しかし『うたたね』全体の枠組みや種々の表現形成が、中世王朝物語群そのものとかなり近いものである、ということは、これまで『うたたね』の研究史で指摘されたことはありませんでした。阿仏尼の自伝というイメージが強い故かもしれません。しかしこのように見てくると、中世王朝物語との近似性は明らかではないでしょうか。辻本氏は、「『とはずがたり』に書かれていることは、確かに作者が実際に経験したことだったかもしれない。しかし、あのような体験をあのように作者に書き残させたのは、そのような題材をそのように書くことを好んだ当時の物語の流行ではなかったか」と述べました。『うたたね』も、全く同じようなことが言えると思われます。

『源氏物語』などの影響を強く受け、いま滅びに向かおうとする王朝の古代的風趣を移し変える、たとえ新しいものを創出する詩的冒険ではなくとも、これらは過去の文化・作品に対する批評と評価の視点を絶えず働かせながら、そしてそれを今と比較しながら映し合わせ、重ね合わせ、取り込んでいくという、時代を行きつ戻りつする刺激的な試みであったはずです。これは一般的な歌人の本歌取り・物語取りと多くの共通性を持つものですし、『とはずがたり』の方法とも多くの点で共通します。

こうして見ると、松村雄二氏も言われたように、『うたたね』と『とはずがたり』とは、大変近い位置にあることが知られます。中世女流日記文学の系譜の中で、この二書は『十六夜日記』『弁《べんの》内侍《ないし》日記』『中務《なかつかさの》内侍《ないし》日記』等とは隔たりが大きくて、これらを包括的に扱うのにはとまどいを覚えます。『うたたね』と『とはずがたり』とは、日記文学と中世王朝物語との間くらいに置いて考える方が良いのではないでしょうか。そして『うたたね』と『とはずがたり』は、一人称という形を取っていて日記的性格を包含するために、その作者がはっきり知られ、その作者の軌跡や背景をある程度知ることができる、そしてそれによって中世の文化形成・享受のある側面を相対化することができるのです。

いかがでしょうか、このように『うたたね』を捉えると、大きく一つのことが浮かび上がってくると思います。それは、『うたたね』は、ある女性が自分の初恋の破綻を、涙と回想のうちにひそやかに個人的に自伝として書き綴ったものではなく、過去の自分の恋や体験を素材とし、自分を主人公として、虚構を交え、過去や同時代中世期の王朝物語の枠組みや手法を用いつつ、物語的に表現化してみせた作品であるということです。そして恐らくは、後嵯峨院時代の文学の圧倒的な影響、時代と集団の好尚と文学動向のうねりとをうけている、時代思潮を大きく反映している作品なのではないかと思われます。では次にこれについて、お話ししましょう。

第二節　『うたたね』と後嵯峨院時代

後嵯峨院の時代

後嵯峨院の時代とは、どのような時代だったのでしょうか。これについては、近年、後嵯峨院の時代と文学の研究は進展していて、『続後撰集』『続古今集』や私撰集、歌壇の動向や流派、『風葉和歌集』に関する研究などがあります。佐藤恒雄氏「後嵯峨院の時代とその歌壇」（『国語と国文学』昭五二・五）、伊藤敬氏「後嵯峨院の時代」（『国文学』昭六二・六）、佐々木孝浩氏「後嵯峨院歌壇における後鳥羽院の遺響―人麿影供と反御子左派の活動をめぐって―」（『和歌文学論集一〇　和歌の伝統と享受』風間書房、平八）などが、この後嵯峨院時代そのものを論じています。

後嵯峨院は、第八十八代の天皇であり、後鳥羽院の子土御門院《つちみかどいん》を父としています。巻末の皇室略系図をご覧ください。その即位は人々が予測し得なかった、突然の出来事だったのですが、後嵯峨帝は時の権力者西園寺実氏《さいおんじさねうじ》の娘姞子《きつし》（後の大宮院）を后に迎え、大宮院との間に後深草帝・亀山帝《かめやま》をもうけます。また第一皇子の宗尊親王《むねたか》は鎌倉幕府の最初の皇族将軍となります。戦乱の後の平穏なこの時代に、鎌倉幕府とのバランスを保ちつつ、過去の王朝の盛儀復興、天皇親政、文化隆盛、仏法興隆の政治を行い、また御所の造営や、御幸・遊宴などが度々大がかりに行われるなど、華やかで豪奢な、爛熟した文化の時代でした。後嵯峨院は白河院を、そして後鳥羽院をも範としながら、政教的性格が濃厚な歌壇を形成し、二度にわたって勅撰集撰進を下命し、為家撰『続後撰集』、為家ら五人の撰者による『続古今集』が編纂され、大宮院のもとで『風葉集』も編纂されました。ただし、将軍宗尊親王も和歌を大変好み、鎌倉で宗尊親王歌壇と言われる文化圏を形成しました。ただし、宗尊親王は後に廃され都に送還されます。

後嵯峨院は、仁治三年（一二四二）の即位、寛元四年（一二四六）の譲位、文永九年（一二七二）の崩御に至るまでの十三世紀中葉の三十年間、天皇・上皇として君臨したわけですが、この時代は総体的に言って、鎌倉初期の後鳥羽院時代に次いで、鎌倉中期における大きな文雅隆盛の時代なのです。和歌だけではなく、連歌、物語、物語歌集、日記、紀行、軍記、説話集、古典注釈など、多くの形成・結実があり、『平家物語』もこの時代に成立の途上にありました。時々文学史に出現する画期的な時代、ジャンルを越えて様々な文化的所産がなぜか集中的に生み出される時代、眼に見えぬそうした力が働く時代のひとつと言えましょう。この後嵯峨院時代終焉の後は、蒙古来襲、後深草院と亀山院との両統迭立《てつりつ》、それに発する南北朝の動乱へと、時代は動いていきます。

後嵯峨院時代における『源氏物語』

平成十一年五月、二松学舎大学で行われた中世文学会春季大会で、「中世文学と源氏物語」というシンポジウムが行われました。中世における『源氏物語』の享受、再生、変容の様を捉えた興味深い内容でした。

『源氏物語』がもはや同時代文学ではなく古典となった院政期以降、伊行《これゆき》・定家・光行《みつゆき》・親行《ちかゆき》らによって紙の上で正統的な注釈書が書かれ本文の整定が行われましたけれども、それと併行して、院政期以降、特にこの鎌倉中期以降はしだいに大がかりな絵・絵巻が作られ、講釈・談義が行われ、秘説が語られ、源氏供養・講式が行われました。一方では実際の宮廷諸事の先例として言及され、文芸的行事の空間で引用され模倣され、称揚されるというように、『源氏物語』は文字以外の世界にも転移して拡大成長していったようです。もちろんこれは『源氏物語』に限ることではなく、多くの注釈・言説が渦巻く中世という時代の表象にほかならないのですけれども。

『源氏物語』の影響力は巨大で、多岐に渡っていますから、その享受史について論じているといくら時間があっても足りませんが、ここでは後嵯峨院時代の前後について、いくつか述べておきます。大がかりな行事としては、鎌倉初期の天福元年（一二三三）、後堀河院とその中宮藻璧門院《そうへきもんいん》は、権門九条家と西園寺家の後援と、御子左家《みこひだりけ》や多くの人々の協力を結集して、『源氏物語』をはじめとする種々の物語絵を制作したことが知られています。

『源氏物語』志向は次の後嵯峨院時代にも非常に鮮明に見られます。後嵯峨院は『源氏物語』河内本《かわちぼん》を献上させており（前田家本『原中最秘抄』聖覚奥書）、談義も多く行われました。また『増鏡』第八「あすか川」は、文永五年（一二六八）九月十三夜の「白河殿五首歌合《しらかわどのごしゅうたあわせ》」を、次のように描いています。

> その年の九月十三夜、白河殿にて月御覧ずるに、上達部《かんだちめ》・殿上人、例の多く参り集ふ。御歌合

ありしかば、内の女房ども召されて、色々の引物、源氏五十四帖の心、さまざまの風流にして、上達部・殿上人までも、分ち給はす。

為家ももちろんこの歌合に出席していました。また『増鏡』によれば、文永八年（一二七一）正月にも、後嵯峨院と後深草院の勝負の負けわざとして、後嵯峨院は『伊勢物語』の心をとった引き出物を、後深草院は『源氏物語』の心をとった引き出物を用意したと伝えています。

又の年正月に、忍びて新院と御方分ちのことし給ふ。はじめは法皇御負けなれば、……一番ひ《つが》づつの御引出物、伊勢物語の心とぞ聞えし。……ねたみには、新院ぞ仙人のまねをして、……この度は源氏の物語の心にやありけん、唐めいたる箱に、金剛樹《こんがうじゅ》の数珠入れて、五葉《ごえふ》の枝につけたり。また斎院よりの黒方《くろばう》、梅の散り過ぎたる枝につけなど、これもいとささやかなる事どもになんありける。

こうした『源氏物語』志向は、文永年間特に高まっていたように思われます。為家と阿仏尼が嵯峨の山荘で『源氏物語』を講じた（『嵯峨のかよひ』）のも文永六年（一二六九）ですし、佐藤恒雄氏は、後嵯峨院の歌壇に底流する『源氏物語』への高い関心・志向を踏まえつつ、『詠源氏物語巻々名和歌』が文永八年の為家の詠作である可能性が高いことを指摘しました（「『詠源氏物語巻々名和歌』は為家の詠作か」、『中世文学研究』二二号、平八・八）。また、鎌倉の宗尊親王の御所で書かれた源氏絵をめぐる議論『源氏絵陳状』が行われたのも、文永三年頃かと推定されています。

また、先程少し申し上げたように、後嵯峨院の后大宮院の命によって、物語歌集である『風葉和歌集』が編纂されますが、その監督にあたったのは為家であったというのが通説であり、文永八年（一二七一）完成に至ります。その『風葉和歌集』はもちろん『源氏物語』を物語の聖典として重視し、『源氏物語』から最高の一八〇首を採入しています。

この『風葉和歌集』の政教性と後嵯峨院時代の物語享受のあり方については金光桂子氏の詳論があり（「『風葉和歌集』の政教性（下）―物語享受の一様相―」、『国語国文』平一〇・一〇）、また稲賀敬二氏は、文永・建治の頃、鎌倉にも京都にも、資料のおもてにあらわれぬ無名の源氏学者が多くいたことを述べています（『源氏物語の研究　成立と伝流』笠間書院、昭四二）。後嵯峨院の時代はこのような時代でもあったのです。

後嵯峨院時代の次の時代、後深草院時代においても、『源氏物語』は深く愛好されました。後深草院・亀山院の時代を描く『とはずがたり』では、上皇から廷臣女房に至るまで、『源氏物語』のパロディを宮廷の享楽的な文芸行事として楽しみ、日常的にも親しんでいた様子が頻繁に語られます。また東宮時代の伏見院《ふしみいん》が、『弘安《こうあん》源氏論議』を行うなど近臣女房と共に『源氏物語』に親しんでいて、伏見院宮廷では極めて高度の『源氏物語』理解があったこと、以後の伏見院・京極派の和歌の形成にも『源氏物語』からの深い影響が看取されること等を、岩佐美代子氏の「伏見院宮廷の源氏物語」(古代文学論叢一四『源氏物語とその前後 研究と資料』武蔵野書院、平九)が詳しく論じていますので、是非ご覧ください。

阿仏尼と『源氏物語』

『うたたね』において過剰なほどに『源氏物語』が引かれていることは先に述べましたが、『うたたね』の表現形成と、このような時代思潮とは切り離しては考えられないのではないでしょうか。更に作者阿仏尼は、まさに『源氏物語』に通暁していたのです。『源承和歌口伝』で見たように、阿仏尼は当初、為家の助手として、『源氏物語』の書写者の職を得たのであり、この時点ですでに阿仏尼は『源氏物語』に十分親しんでいたと想像されます。長年の親炙・蓄積に加えて、御子左家の一員となったことで、為家の指導を受け、家の蔵書を参看し、家説も含めて諸学を学び、更に研鑽を重ねることができたでしょう。『嵯峨のかよひ』では、為家・雅有の前で、自在に魅力的に『源氏物語』を読んでいます。阿仏の力量が窺われる場面です。

また『乳母のふみ』の広本に、次のような記述があります。本文は陽明文庫蔵『阿ふつの文』に拠りますが、この陽明文庫本については第三講で述べます。

高台寺蒔絵源氏簞笥
江戸時代に『源氏物語』を収める源氏簞笥が多く作られた。引き出しに各巻の名が記されている。

さるべき物語ども、源氏覚えさせ給はざらん、むげなる事にて候。書き集めて参らせて候へば、殊更形見とも思し召して、よくよく御覧じて、源氏をば、難儀・目録などまで、細かに沙汰すべき物にて候へば、おぼめかしからぬ程に御覧じ明らめ候へ。難儀・目録同じく小唐櫃に入れて参らせ候。古今新古今など上下の歌、空に覚えたき事にて候。

阿仏は娘紀内侍に、『源氏物語』をよく勉強なさい、『古今集』『新古今集』なども覚えなさい、と諭しているのですが、この時阿仏尼は、娘に『源氏物語』と『難儀』『目録』を、小唐櫃に入れて渡しています。『難儀』『目録』とは、稲賀敬二氏（前掲書）が、注釈書『難義抄』（定家の『奥入』より後、建長四年、遅くとも文永四年以前成立とされる）と、巻名巻次一覧表のような『目録』とであろうと推測しています。

また、同じ『乳母のふみ』（広本）に、次のような叙述もあります。

人丸赤人跡をも尋ね、紫式部が石山の浪に浮べる影を見て、浮舟の君法の師に逢ふ迄こそ難くとも、月の色花の匂ひも思しとどめて、むもれ、言う甲斐無き御様ならで、かまへて歌詠ませおはしまし候へ。

『うたたね』では浮舟の物語からの影響が強いことはすでにしばしば触れましたが、実は『うたたね』だけではなく、為家没後三十五日の法要の願文として執筆された『阿仏仮名諷誦』にもまた『源氏物語』からの引用がたくさんあります。これについては久保貴子氏が「『阿仏仮名諷誦』論―阿仏尼と『源氏物語』―」（『日記文学研究』第二集、新典社、平九・一二）で詳しく論じています。久保氏には他にも阿仏尼に関する諸論があります。

物語愛好と『風葉和歌集』

先に『うたたね』と中世王朝物語との共通性について申し上げました。この後嵯峨院時代は、物語、つまりいわゆる中世王朝物語が多く書かれ、多数の人々に読まれ、ついにはそれらが一所に集められ勅撰集に准じてその歌が編纂される、という、大きな物語の時代でもあったのです。後嵯峨院時代の文永八年（一二七一）に成立した『風葉和歌集』は、空前絶後の物語歌集です。この『風葉集』の母胎・材料となった物語は実に厖大であって、約二百編の物語から和歌が撰歌されたのですが、うち現存するものは二十四編に過ぎないのです。二百編のうち数十編は院政期から鎌倉初期に書かれたもののようですが、残りは鎌倉初期から中期にかけての創作であり、この鎌倉中期に『風葉集』編纂が企図されたこと自体、物語製作のピークの時代であることを示すとも言われています。

為子は大宮院の女房で大宮院権中納言とも言い、歌人で京極為教の女《むすめ》、為兼の姉で、為家の孫娘にあたり、阿仏とも親交があった人ですが、この為子や阿仏は『風葉和歌集』の編纂に加わったのではないかと推定されています。これは裏付けとなる史料があるわけではないのですが、現在推定されているように撰者が為家であれば、当然考えられることでしょう。なお、この為子は為家女の後嵯峨院大納言典侍為子とは別人です。

また、『松浦宮物語』が定家の作であることは周知のことですが、『浅茅《あさち》が露』は為家作とする説もあり、また『在明の別《わかれ》』作者は、定家周辺の定家の和歌に私淑する人物、という推定もあります。御子左家は和歌の家であり、俊成・定家は和歌を詠むにあたって『源氏物語』を重視・尊重しましたし、定家は『源氏物語』を校訂し注釈し、また『物語二百番歌合』を撰進するなど、御子左家と物語とはいろいろな点で深く関わります。御子左家の書庫にも、物語が集積されていたでしょう。とにかく、阿仏がこのような物語創作や、物語歌の類聚、編纂などの場に、非常に近いところにいたことは確かです。

この後嵯峨院時代、すでに無数の中世王朝物語が書かれ、その集大成として『風葉和歌集』編纂が企画され、恐らくその編纂の過程でそれらの物語がまた多くの人々の目に触れることになり、書写されつつ更に流布したでしょう。そして『風葉和歌集』自体も勅撰集に准ずる位置付けをもって編纂されて、後世まで読まれたのであり、これらのことは『うたたね』や『とはずがたり』を考える上で、看過してはならない事実ではないでしょうか。なお、『とはずがたり』と『風葉集』との関係については別稿で論じたのですが、この二つは密接に関わっていると思われます。

消えていったもの

ここで、『風葉集』が示唆している別の側面について、少々申し上げておきたいと思います。平安期の場合、後宮文化・サロンを担ったのは女性であったことを私達は共通認識として持っていますけれども、仮名の文学が男性によっても多く担われるようになり、次第に公的世界で勅撰集の重みが増していくと、女性の文学活動は男性の影に隠れがちで、勅撰集や歌合などにちらりと見える女房、現在残る数少ない私家集・日記文学の作者やそこに登場する人々、あるいは伝承された説話・注釈の類の断片くらいしか、私達が名を持つ個々の女性の素顔や行動を知る方法はありません。しかし、この後嵯峨院時代に恐らく女房達によって『風葉集』が編まれたことによっても、少なくとも鎌倉中期までは、依然として女性によって担われていた文芸は大きな部分を占めていたと思われ、なかでも後嵯峨院宮廷はもちろん、大宮院、安嘉門院、式乾門院《しきけんもんいん》、鷹司院《たかつかさいん》、その他の女院それぞれに近侍する女房の文化的役割は大きなものだったでしょう。

それにもかかわらず、例えばこの『風葉集』にしても、これほどの規模の集でありながら、不思議なことに、当時の日記・記録類に、その成立や編纂の過程を示す記載が現在のところ全くないのです。序文に大宮院を下命者とすることを間接的に記すのみであって、撰者・編纂者・協力者など、この集の中にも外にも具体的には全く記されておらず、今日ただ推測されているだけです。更に彼ら、彼女らの背後に、物語の作者・享受者の広大な広がりがあるわけで、それらは本当に、歴史の茫洋とした薄闇の向こうに消えてしまっているようなものです。女院文化圏の女房達がこうした物語の創作にも関わったことは当然考えられることで、作者として二条太皇太后宮式部（『おやこの中』）、承明門院小宰相《しょうめいもんいんこざいしょう》（『小夜衣《さよごろも》』）の名も挙がっていますが、和歌活動に比べると物語創作の作者・具体相を解明するのは大変困難と言えましょう。

ついでに言えば、『無名草子』に「また、定家の少将の作りたるとてあまた侍るめるは、ましてただ気色ばかりにて、むげにまことなきものどもに侍るなるべし。『松浦の宮』とかやこそ、ひとへに『万葉集』の風情にて、『宇津保』など見る心地して、愚かなる心も及ばぬさまに侍るめれ」とあるのですから、定家作の物語として今日『松浦宮物語』がありますけれども、それ以外に定家作の物語が「あまた」あったというのです。それらはみな消えてしまったのか、あるいは現存の作者不明の物語の中に含まれているのか、知るすべはありません。

為家が『風葉集』の撰者なら、いまのところ為家以外には考えられませんが、そのことについて書いているものが一つ位あっても良さそうなものですが、それすらもない——つまり、勅撰集や和歌に関わることは、かなり小さな書物でも、定家や為家の口伝・書状などでも今日まで残っているものが少なくないのに、そうではないものは、たとえ定家や為家であっても彼らの物語製作や物語歌集編纂の痕跡が伝えられない、というのは、勅撰集と物語の位置の差異を示していて象徴的であると思われます。しかも『風葉集』というのは、物語を、物語の内部世界・枠組みから切り離し、勅撰集という全く別の固定した枠組み・秩序に移し換えて再構築したものであると言えましょう。これほどまでに勅撰集というものが圧倒的な力を持っていたということに、私は驚かずにはいられません。また逆に言えば、勅撰集の正統性・歴史性・普遍性・時間性を借りて、短命な物語群の生命を保とうという試みであったとも言えるのでしょう。そして文学史はまさにそうした軌跡を辿ったことになります。

なお、『風葉集』は唯一そうして現存する物語歌集ですが、鎌倉末の古筆切で類題集的な物語歌集が残されています（田中登氏『平成新修古筆資料集』第一集、思文閣出版、平一二）。鎌倉期に他にも歌集的秩序に沿って物語歌集が編まれたのです。

限りなく生み出された中世王朝物語、ただし作者はほとんどの場合まったくわからない、性別も、文化圏も、時代も、背景もわからないのですが、『うたたね』の中世王朝物語との繋がりによって、厖大なこの作品群の読者層・作者層を、名も知られぬ作者たちを、おぼろげに透かし見ることができるかもしれません。

安嘉門院とその周辺

安嘉門院とは、後高倉院（守貞親王）の第三皇女邦子内親王で、母は北白河院藤原陳子、後堀河天皇の同母姉で、准母として皇后宮となりました。承元三年（一二〇九）生、弘安六年（一二八三）七十五歳で没しました。安嘉門院はかの八条院領を伝領したため、莫大な経済力を有していました。八条院領とは、鳥羽院から娘の八条院へ伝領され更に代々集積された、二二〇ケ所に及ぶ最大の皇室領荘園群で、安嘉門院没後は大覚寺統の所有となり、その有力な財源となりました。

阿仏尼は、この安嘉門院に長く仕えていたようです。そこで越前（『源承和歌口伝』。ごく初期の呼び名か）、右衛門佐（『続古今集』他。この呼び名の時代が長い）、四条（『続拾遺集』他。文永末以降の最晩年の呼び名）と呼ばれました。「阿仏の女房名の変化は品位上昇の結果とみられる」（井上氏60）と推定されています。姉と妹がいて、彼女らも安嘉門院に仕えたようです。父の平度繁は繁雅の子で、この一族はみな北白河院や安嘉門院に近仕しており、阿仏尼姉妹もその関係で安嘉門院に出仕していたと考えられます。阿仏が出奔・出家して身内にも断絶され困窮していた時期、つまり法華寺及び松尾にいた頃を除いて、生涯にわたり断続的に安嘉門院と関わっていたと見てよいでしょう。

阿仏が安嘉門院に出仕し始めた時期は未詳ですが、『源承和歌口伝』に前掲のように「先由来は阿房為相朝臣母　安嘉門院越前とて侍りける、身をすてゝ後、奈良の法華寺にすみけり」とあるので、出奔・出家・出産という出来事の前に、すでに安嘉門院に仕えていたとみて良いでしょう。井上氏は「十代であろうから、早くて嘉禎末（十二歳位）、仁治頃（十五、六歳）であろうか」と推定しています。また先程述べたように、広本『乳母のふみ』は弘長三年～文永元年（一二六三～四）頃に阿仏が娘の紀内侍（十三歳前後）に与えたものと岩佐氏により推定されていますが、この内容は阿仏の長年にわたる女房勤めのキャリアを彷彿とさせるものです。もちろんこの紀内侍が正嘉元年（一二五七）頃に七歳で初出仕した時にも、女房としての心得を教え諭したことでしょう。

この安嘉門院周辺についても、井上氏の論（60）に詳しいので、それをお読みいただきたいのですが、『増鏡』流布本系に描写されているように、この女院御所は、風流を好み、常に人の出入りが多く多忙で、華やかな現代風の御所であったと伝えられ、定家女因子（後の民部卿典侍）や安嘉門院甲斐・安嘉門院高倉など、多くの女房歌人を輩出しています。このような安嘉門院御所に長年にわたり仕えているのですから、阿仏尼もさぞ教養豊かで知的な、華やかで有能な女房だったのでしょう。『十六夜日記』にみえる式乾門院御匣《みくしげ》は、式乾門院崩御後、その妹安嘉門院に仕え、御方と呼ばれた上臈女房で、太政大臣通光の女ですが、彼女との贈答からも、二人が同僚の古参の女房として互いに敬愛し合う間柄であったことが窺えます。

なお、最近影印・翻刻が刊行された『為氏卿記』（『冷泉家時雨亭叢書』六一）文永七年十一月十七日には、

十七日、晴、早旦参嵯峨、亀、法眼同車、晩頭帰路、阿仏房付此車、持明院へ出也、

とあります。持明院がこの時も安嘉門院の御所であることは、「ぢみやう院の女院かくれさせおはしましてのち花のころまゐりたりければ、みだうのごもんのとびらもたふれていつしかあれたる心地するに、花のみむかしにかはらぬもあはれにかなしうてなど人のもとより申しおこせ侍るとて」

（親清五女集三七三）などの例から知られ、安嘉門院はその崩御まで持明院を主たる御所としていました。このように阿仏尼は、為家と結婚後も、また出家後も、何らかの形で安嘉門院に出仕していることが知られるのです。為家没後、阿仏がいよいよ関東へ下向する日の前日にも、阿仏は安嘉門院のところへ、この時女院は別邸の北白河殿にいたのですが、暇乞いの挨拶に赴いています（『十六夜日記』）。

第三節　『うたたね』の成立

『うたたね』の成立をめぐって

以上述べてきたような時代的文学史的背景から考えるなら、『うたたね』は、文雅の香り高い後嵯峨院時代、『源氏物語』などへの強い志向が渦巻き、その影響のもとに中世王朝物語が次々と書かれる中で、安嘉門院に仕える教養豊かなある女房が、自らの『源氏物語』への親炙を誇らかに示すが如く、周囲の人々・女房を読者として想定しながら執筆したものでしょう。そして自分の過去の出奔・出家という、周囲の人々も知っている事件である劇的な体験をある程度投影させつつ、中世王朝物語の手法も取り入れながら、自分を主人公にして語り手の視点も少し織り交ぜて、つまり物語と日記とを融合したようなスタイルの作品を実験的な試みとして書き綴ってみたもの、と想像できるのではないでしょうか。『うたたね』は、『源氏物語』『伊勢物語』をはじめとする古典に傾斜しているようでありながら、このような意味で、実は極めて当代性の強い作品、時代思潮や集団の好尚の所産であると言えるのではないかと思います。

このことは『うたたね』の成立の年時を推定する手掛かりになると考えられます。私は、『うたたね』が成立したのは、およそ『続後撰集』以降、『続古今集』以前、と考えて大きくは誤らないのではないかと考えています。その理由をお話ししていきますが、その前に成立をめぐるこれまでの説を紹介しておきます。

『うたたね』の成立については、古くから諸説出されていますが、大きく分けてこの恋から程経ぬ作者二十歳前後の若き頃の作という説と、それより更に十年前後、あるいはそれ以上経た後の作という説の二説があります。前者に属する説が多くて、比留間喬介氏（②）は、安嘉門院御所が持明院にあった間の仁治元、二年（一二四〇、一）頃、十八、九歳の頃の手記で、巻末中務歌は後に作者が付記したものとしました。次田香澄氏（⑤⑦⑳）、渡辺静子氏（㉑）も、おおむねこの説を支持し、永井義憲氏（⑧）は「二十歳台の前半と推測」し、福田秀一氏（⑨）も「心の整理が一区切りついた数年後の作」とします。これらの説の根拠には、情感の若さや初々しさ、文体の稚拙さや緊張感、純粋さなどが挙げられることが多くて、巻末中務歌は、後に付加されたか、あるいは家集などから採られたとされています。

広く後者に属する説として、谷山茂氏⑫は作者が安嘉門院を退下し流浪していた建長三年(一二五一)二十八歳頃説を主張し、また玉井幸助氏⑮は、跋文の表現や中務歌と『続後撰集』との関係などから、阿仏尼が為家に親しんで心の安定を得た後の執筆としました。松本寧至氏㉔は、母胎となった草稿をもとに後年補筆し飾り整えて完成させたものと推測しています。近年では寺島恒世氏(51)が『続後撰集』との関係を示唆し、井出敦子氏(62)もそれをもとに阿仏三十歳頃説をとります。

成立年代の推定

成立問題について、ここでは作品内部からではなく、外部徴証から、即ち本作品と勅撰集との関係に注目して述べてみたいと思います。第一講でもいくつか指摘したように、『うたたね』には、本作品の執筆時点に近い勅撰集である『新古今集』『新勅撰集』『続後撰集』などに入集した結果広く知られるようになった歌、あるいは同時代前後に行われた歌合・定数歌での詠や、当時の流行表現の影響が、少なからず指摘できるのです。本作品は『源氏物語』を主軸とする平安時代の古典作品に多くの素材・枠組を借りながら、同時に表現面で強い当代性を有する作品です。「日記文学」という措辞は、我々を眩惑してしまう部分があるのかもしれませんが、作者が歌人である場合、もっとも歌人でない場合はほとんどありませんが、そこで選択された表現は、歌壇で詠出された和歌同様に、何らかの形で強い当代性を反映していると考えて良いのではないでしょうか。

特に『続後撰集』との関係は本作品の成立年次を考える上で注目されます。寺島氏の論（51）においても三例、次に挙げる(4)(5)(6)が指摘されていますが、『続後撰集』入集歌からの影響は明らかに認められると思います。私が調査した範囲では、次のような影響関係の可能性を見出すことができます。

(1)尽きせず夢の心地するにも、出できこえんかたなければ、（中略）我にもあらずおきわかれにし袖の露、いとどかこちがましくて、（第三段）

夢ならで又や通はむ白露のおきわかれにしままの継ぎ橋　（続後撰集・恋四・土御門院）

(2)さまざま世のためしにもなりぬべく、思ひのほかにさすらふる身の行方を、（第十段）

①こひわびて死ぬてふことはまだなきを世のためしにもなりぬべきかな　（後撰集・恋六・忠岑）

②恋しきに死ぬるものとはきかねども世のためしにもなりぬべきかな
（続後撰集・恋二・伊勢）

(3)同じ世とも覚えぬまでに隔たり果てにければ、千賀の塩竈もいとかひなき心地して、
みちのくの壺の碑かき絶えてはるけき仲となりにけるかな
（第十段）

①わが思ふ心もしるくみちのくの千賀の塩竈近づきにけり
（古今和歌六帖、続後撰集・恋三・山口女王）

②みちのくの千賀の塩竈近ながらはるけくのみもおもほゆるかな
（古今和歌六帖）

③みちのくの千賀の塩竈近ながらからきは人にあはぬなりけり
（続後撰集・恋二・読人不知）

(4)消え果てん煙ののちの雲をだによもながめじな人めもるとて
（第十段）

君ゆゑといふ名はたてじ消えはてん夜半の煙の末までも見よ
（続後撰集・恋一・式子内親王）

(5)消えかへりまたはくべしと思ひきや露の命の庭の浅茅生
（第十二段）

消えかへり露の命はながらへて涙の玉ぞとどめわびぬる
（続後撰集・羇旅・成尋母）

(6)我よりはひさしかるべきあとなれどしのばぬ人はあはれともみじ
（第二十段）

我よりはひさしかるべきあとなれどしのばぬ人はあはれとも見じ（続後撰集・雑中・中務）

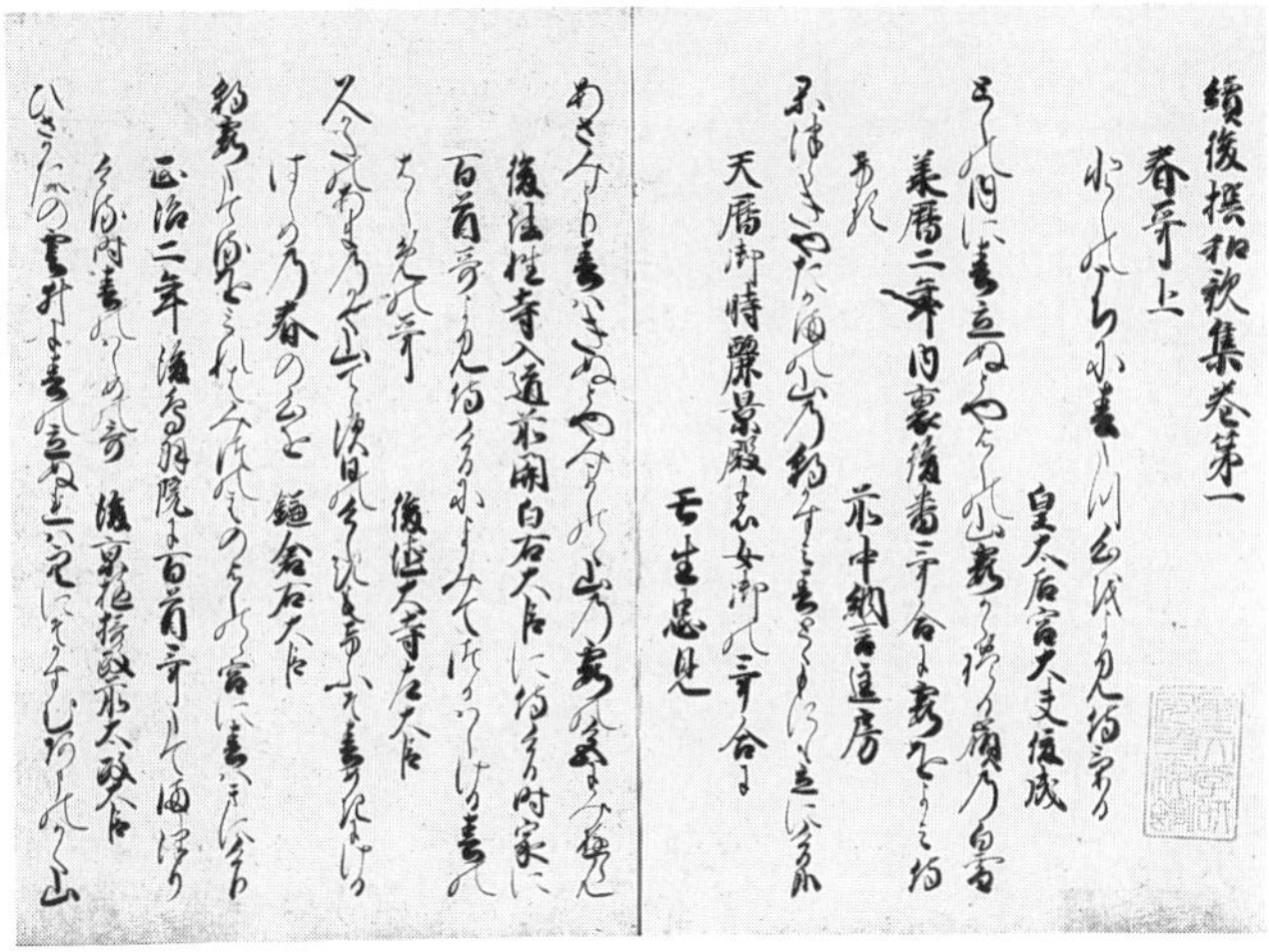

『続後撰和歌集』巻一冒頭（国文学研究資料館蔵）
永正六年（1509）の奥書がある。

これらは必ずしも『続後撰集』から採ったと確定できる例ばかりではないのですが、(2)(3)のように、古歌として従来からあるけれども近年の勅撰集に入ることによって人口に膾炙した歌、このような歌を引くという傾向があることは第一講の第十段のところで述べましたが、それは『続後撰集』だけではなく、前に成立した『新勅撰集』からの引用にもいくつか見られます。一例を挙げれば、第五段のところで掲げましたが、「今はと物を思ひなるにしも」が、『大和物語』にあってかつ『新勅撰集』恋四に採られた「わびぬれば今はと物を思へども心に似ぬは涙なりけり」を引歌とする例などです。このようなことを勘案して、やはりこれらは『続後撰集』から採られた、つまりそれは『続後撰集』

成立後のことと考えます。このように、『続後撰集』成立が、本作品の上限を示していると推定して良いのではないでしょうか。なお(3)の「千賀の塩竈」は、私家集などに用例は多いのですが、『風雅集』恋二に所載の為家と阿仏尼との贈答にあります。

女のもとへ、ちかきほどにあるよしおとづれて侍りければ、今夜なむ夢にみえつるはしほがまのしるしなりけり、と申して侍りけるに、つかはしける　前大納言為家

きゝてだに身こそこがるれかよふなる夢のただぢの千賀の塩竈

返し　安嘉門院四条

身をこがすちぎりばかりかいたづらにおもはぬ中の千賀の塩竈

また、安嘉門院甲斐への為氏歌にも見えますから、為家・為氏・安嘉門院周辺ではしばしば使われた詞句であったかもしれません。

安嘉門院甲斐とほき所へまかるよし申しおこせたりける返事に　前大納言為氏

よしやただ千賀の塩竈ちかかりしかひもなき身は遠ざかるとも

（続後拾遺集・離別）

さて、成立の下限については、第十六段にある歌、

これやさはいかに鳴海の浦なれば思ふかたには遠ざかるらん

が、初句を「さてもわれ」として『続古今集』の羇旅に入集していることは、恐らくは『うたた

ね』の成立の下限を示していると考えて良いでしょう。逆の場合、即ち『続古今集』成立後、その入集歌を含めて『うたたね』を構成執筆したという場合も全く考えられないわけではありませんが、一般的に言ってその可能性は低いのではないでしょうか。

また、第三段の、

例のなかなかかきみだす心迷ひに、言の葉の続きも見えずなりぬれば、(中略)

これやさは問ふにつらさの数々に涙をそふる水茎のあと

が、平安末の私撰集『続詞花集』にあり『続古今集』恋四に採られた西院皇后宮の歌、

①忘れてもあるべきものをなかなかにとふにつらさを思ひいでつる

を明らかに踏まえていることは、寺島氏により指摘されています。しかしこの表現は、寺島氏も指摘する通り、『続古今集』入集以前に、後嵯峨院歌壇で歌人達によってしばしば詠まれた表現であることが、いくつかの和歌によって確認できるのです。

建長三年九月十三夜十首歌合に、山家秋風　入道前右大臣

②ふく風も問ふにつらさのまさるかななぐさめかぬる秋のやまざと　(続古今集・雑中)

冬歌の中に　光俊朝臣

③おのづから問ふにつらさの跡をだにみて恨みばや庭の白雪　(続拾遺集・冬)

「問ふにつらさ」は、①が『続詞花集』に入っているのが初出となりますが、『道助法親王家《どうじよほつしんのうけ》五十首』『洞院《とういん》摂政家百首』『宝治百首』で詠まれ始め、続いて建長三年（一二五一）後嵯峨院仙洞で行われた影供《えいぐ》歌合で花山院定雅《さだまさ》により②が詠まれ、①②がのちに『続古今集』に採られ、③が詠まれ、後嵯峨院時代の私撰集にも相次いで採られました。またこの時代の私家集『親清《ちかきよ》四女集』『親清五女集』にもみえます。阿仏尼が鎌倉下向後、勝訴を祈願して詠んだ『安嘉門院四条五百首』にも、

しらせばや物思ふ秋はさほしかのとふにつらさの涙まさると

（鹿嶋の社にたてまつる百首・鹿）

とあります。これは後嵯峨院時代に極めて流行した歌語であったのです。

更に興味深いことに、この「問ふにつらさ」という表現は、『とはずがたり』の中で、巻一・三・四・五の計四回も用いられています。また、先程申し上げた中世王朝物語（擬古物語）の、『しのびね物語』をはじめ、『海人《あま》の刈藻《かるも》』『浅茅が露』『むぐらの宿』『小夜衣』などでも頻繁に使われる流行表現であることが指摘されているのです（中村友美氏「『しのびね物語』の引歌」、『詞林』平一一・四）。

つまり、この西院皇后宮の歌はすでに人々によく知られている歌であり、和歌でも物語でも「問ふにつらさ」は流行表現であったわけです。すると『うたたね』の成立をあえて『続古今集』成立

以後に引き下げなければならない理由はないことになります。『うたたね』の成立は、ごくおおまかに言って、『続後撰集』が成立した建長三年（一二五一）十二月以降、『続古今集』が成立した文永二年（一二六五）十二月以前である、と推定することができるのではないでしょうか。『源承和歌口伝』によれば、阿仏尼が『源氏物語』書写のために為家のもとを訪れたのは『続後撰集』奏覧の後のことであって、数年以内に阿仏尼と為家とは恋愛関係を持つようになりました。『うたたね』の成立は、ちょうどその時期の前後あたりに重なることとなります。言うまでもなく、これはあくまでも執筆された年時であって、実際にこの恋があった時、あるいは遠江に下向した年時とは抵触しません。『十六夜日記』の「その世に見し人の子、孫などよび出でてあひしらふ」（昔会った人の子や孫などを呼び出して語り合った）という記述から、『うたたね』の成立を阿仏尼の関東下向から逆算する説もありますけれども（比留間氏②）、遠江下向自体がかなり若年の頃と推定されることとは分けて考える必要があります。

また、若年時の執筆とする根拠として挙げられることの多い、本作品の緊張感や一種の稚拙さ、あるいは初々しい情熱や純粋さなどは、本作品が一人称の語りによる日記的物語的作品という実験的な試みであるという性格や、あるいは作者が構想した作品スタイル、及び造型しようとした女主人公の属性に起因するものではないでしょうか。

松本寧至氏㉔が『うたたね』の成立について、その内容から、「大納言典侍との出会いから為家との交渉に入る頃、周囲の文学的雰囲気と、自己の存在と過去の閲歴を為家に知ってもらうために、物語風に記した自己告白ではなかったか」と推測されたのは注目されます。『うたたね』の成立状況は、この松本氏の言われることから大きく離れることはないのではないかと思われます。

為家と知り合う前か後かは見定めがたいのですが、あるいは後かもしれない、と憶測しています。従来の説の中には、為家と恋愛関係になった後にこのような作品を書くはずがない、とする説もありますけれども、『うたたね』が先に述べたように虚構性の強い、物語的作品であるなら、その点に拘泥する必要はないと思われます。むしろ『うたたね』の表現には、先に挙げた「問ふにつらさ」のような流行表現を摂取しているという当代性が散見されるのですが、そこで最も強く意識されているのは為家の歌ではないかと、私は考えているところです。

為家の和歌への視線

『うたたね』の中で、当時の歌人たちに用いられた措辞を、いくつか挙げてみましょう。

⑴また程経るもことわりながら、言ひしに違ふつらさはしも、ありしにまさる心地するは、（第四段）

文永七年九月内裏三首歌に、契恋　　藤原隆博朝臣

①心にもあらぬ月日はへだつともいひしにたがふつらさならずは　（続拾遺集・恋三）

②かくやはとなにか恨みんうしとてもいひしにたがふ心ならずは

（建長八年九月十三夜百首歌合・中納言）

③わすれじといひしにたがふ言の葉ぞつらきながらのかた見なりける　（隣女集・飛鳥井雅有）

④ほどふるもおぼつかなくはおぼほえずいひしにたがふとばかりはしも　（源氏注）

（明石巻・1・2・3・4）

⑤いとどこそまさりにまされわすれじといひしにたがふ事のつらさは　（源氏注）

（蓬生巻・2・3・4）

「言ひしに違ふ」は、一般的な表現のようですが、和歌では九例しかなく、ここに挙げた歌以降の例だけであり、建長から文永頃の後嵯峨院時代に時々詠まれた表現のようです。

④⑤の「源氏注」は、『源氏物語』古注釈書に引歌として引用されている和歌です。有名な古歌と思われますが、現在④⑤は他の集にみえませんので挙げておきました。これらは『新編国歌大観』第十巻に類聚されていて、1は伊行著『源氏釈』、2は定家著『奥入《おくいり》』、3は素寂著『紫明《しめい》抄《しょう》』、4は善成著『河海抄《かかいしょう》』にあることを示します。『うたたね』と『源氏物語』古注釈との関係

は、また別途検証が必要であるように思えますが、今回はそこまで及びませんでした。

(2)よしや思へばやすきと、ことわりに思ひ立ちぬる心のつきぬるぞ、（第五段）

①つくづくと思へばやすきよの中を心となげくわが身なりけり

（新古今集・雑下・荒木田長延）

②えぞそめぬ身をおく山のこけごろもおもへばやすき世とはしれども

（為家千首）

「おもへばやすき」という措辞は和歌では四例のみ見え、うち『うたたね』以前はこの二例だけです。②は『夫木抄』に採られました。『為家千首』は為家二十五歳の貞応二年（一二二三）に詠まれたものです。この『為家千首』からの影響は、数多く見出されることは注意したいと思います。

(3)あなむつかしと覚ゆれど、せめて心の鬼も恐ろしければ、「帰りなん」とも言はで臥しぬ。（第六段）

（隠居百首）

とにかくに心の鬼は日にそへておそろしき世にふるぞかなしき

（民部卿為家卿）

（夫木抄・巻三十六）

「心の鬼」を詠む和歌は十五例ほど見出せますが、「おそろし」と言う歌はこの為家歌のみです。『隠居百首』は、康元元年（一二五六）の為家出家後の作と思われます。この「心の鬼」とは、これまで疑心暗鬼、良心の呵責であるとされてきましたが、森正人氏が「紫式部集の物の気表現」

（『中古文学』六五、平一二・六）で、心の底の見えない部分、人に見せない部分、そして我が心でありながら混沌として統御の埒外にあるもの、とされたのに従うべきでしょう。

(4)ゆたのたゆたにものをのみ思ひ朽ちにし果ては、うつし心もあらずあくがれそめにければ、（第十段）

①いで我を人なとがめそおほ舟のゆたのたゆたに物思ふころぞ（古今集・恋一）

②わが身こそなみだのうみにこぐふねのゆたのたゆたにぬるるそでかな（為家千首）

③沖つ舟ゆたのたゆたに漕暮れてよるべ浪路は月ぞまたるゝ（安嘉門院四条百首）

「ゆたのたゆた」は、①の『古今集』歌以来、しばしば使われる表現ですが、やはり『為家千首』②にあることは注目され、これは『夫木抄』巻二十三にもあります。また阿仏尼自身の詠③にも詠まれています。

(5)はかなしな短き夜半の草枕結ぶともなきうたたねの夢（第十二段）

はかなしなあやめの草のひと夜だに短きころに契る枕は（為家千首）

「はかなしな」で始まる歌は数多いのですが、この『為家千首』の歌と関わる可能性もあるかもしれません。先に申しましたように、この(5)の歌は、『うたたね』の題号の所以とされる歌で、重要な意味を担っていると考えられる歌です。

(6)さすがひたみちにふり離れなん都の名残も、いづくをしのぶ心にか、心細く思ひわずらはるれど、

(第十三段)

①わびはつる時さへ物のかなしきはいづこを忍ぶ心なるらん

をとこのわすれ侍りにければ

伊勢

(後撰集・恋五)

②あはれまたいづくをしのぶ心とてうきをかたみにぬるるたもとぞ

(為家千首)

(恋歌の中に)

尚侍家中納言

③おしかへしいづくをしのぶ涙ぞとおもへばいとどぬるるそでかな

(続後撰集・恋四)

①の歌は『古今集』『拾遺集』に類似歌があり、人口に膾炙した歌です。③のような影響歌もいくつかありますが、『拾遺集』の後「いづくをしのぶ心」とするのは②の『為家千首』歌のみでありますから、ここでも為家歌を学んだ可能性がありましょう。

(7)その後は、身をうき草にあくがれし心も懲り果てぬるにや、つくづくとかかる蓬が杣《そま》に朽ち果つべき契りこそはと、身をも世をも思ひしづむれど、したがはぬ心地なれば、又なりゆかん果ていかが。

(第二十段)

①身をかくす山かげなれどさのみやはよもぎがそまと茂りはつべき

(大納言為家集)

②したがはぬ心のつみのむくひとてうきは此世のならひなりけり

(大納言為家集)

すまひの節すぎて、つくしにかへりくだらむとて、すけの中将のもとにまかりてよめる
すまひの修理のすけ

③数ならぬ身こそゆくともしたがはぬ心は君にたちもはなれじ
（風葉集・離別）

「よもぎがそま」は多数あり、ほとんどが「きりぎりす」「むし」などと詠まれますが、これはそうではない例として①を一応挙げました。「したがはぬ（心）」は、『源氏物語』夕霧巻などにありますが、和歌には少ししかないので、②の為家歌との関係がありそうです。この歌は家集詞書によれば、建長五年（一二五三）正月に詠まれた述懐歌です。ちょうど阿仏が為家の助手になった頃です。また③の歌は、散逸物語『相撲《すまひ》』にある歌です。

このように、『うたたね』には近い時代、同時代に詠まれた歌との関わりが少なからず見出されるのですが、その中でも為家の歌を、為家の歌の中でも、阿仏尼は『為家千首』をよく読んでいたように思われます。佐藤恒雄氏の「藤原為家の初期の作品をめぐって―『千首』を中心に、後代との関わりの側面から―」（『言語と文芸』六四、昭四四・五）は、「二条派・京極冷泉派を問わず、後の歌人たちが、為家の最初期の歌をかなり学んだらしいこと」を指摘しています。ただ、この場合、為家への意識は、個人としての為家に対するものなのか、著名な歌人であり歌壇の大御所である為家への敬愛に基づくものなのか、それはわかりません。しかしあえて憶測すれば、同時代和歌

との繋がりの中でこれほど突出して為家の歌を学んだ跡があるのは、やはりある程度為家との関わりが生まれた後、と考えた方が良いのではないでしょうか。

『うたたね』の位置

繰り返しになりますが、ここで『うたたね』の位置付けを、まとめておきます。『うたたね』は、文雅の隆盛した後嵯峨院時代の文化――『源氏物語』への志向、多数の中世王朝物語の誕生、『風葉和歌集』の編纂、『続後撰集』『続古今集』というふたつの勅撰集の撰進――などの同時代の文化思潮を背景に、華やかで富裕な安嘉門院の御所に長年にわたり断続的に仕えていた才能豊かなある女房が、周囲の人々・女房たちに、もしかしたら為家に読まれることも十分意識しながら書いたものと想像されます。そして自分の過去の出奔・出家という、周囲の人々も知っている事件である劇的な体験をある程度投影させつつ、中世王朝物語の手法も取り入れながら、『源氏物語』にはとりわけ多くの影響を受けながら、もちろん多くの虚構を織り交ぜて、自分を主人公にした日記的物語を、いわば実験的な試みとして書き綴ってみたものではないでしょうか。これは極めて当代性の強い作品であり、時代や集団の好尚が反映されていて、年代的には、およそ『続後撰集』以降、『続古今集』以前の成立であり、意識的にせよ無意識的にせよ歌壇の動向を反映させつつ、しかも為家の歌を強く意識しながら書かれたものではないか、ということなのです。

私のこの推定が当たっているかどうかはわかりません。しかしある時代にある作品が生まれるのには、作者の内的な個性・必然性やジャンルの規制力と同時に、時代的社会的背景・要請・必然性があるだろうということ、そして、あるジャンルの流れを縦に辿っていく縦軸の文学史に併せて、作品群を横に見ていく横軸の文学史も重要であるということを、言うまでもないことでしょうけれども、ここで強調しておきたいと思います。『うたたね』は、このように時代性を強く持つもの、同時に、日記、和歌、平安期物語、そして恐らくは中世王朝物語へと繋がれていく作品であって、こうした背後の文化のありよう、無名の作者たちへの回路を開くものであり、その底知れない広がりを垣間見させてくれる作品のように思われます。

第三講　阿仏尼とその周縁

第一節　阿仏尼と為家

阿仏尼の把握

先日、中央大学の長崎健先生と阿仏尼《あぶつに》について話していた時、長崎先生は、「阿仏尼については今後は一旦ゼロにして考える必要がある」と言われました。私も全く同感で、まさにそのようなことを痛感しているところです。阿仏尼は、文学史上著名な人物で、古くから多くの研究史の蓄積があり、私達もその学恩をたくさん蒙っているわけですが、その分多くの手垢がついてしまったというのか、一般的な見方・イメージができてしまっています。しかし、場合によっては必ずしもそのままにしておいて良いわけではなく、人物把握や作品の位置付けに関して再検討すべきことも多くあり、それらすべてひっくるめて、白紙に戻してから考え直す姿勢が必要である、というようなことでしょうか。

ともあれ、ここではまず阿仏尼像を把握するための輪郭を述べておきます。為家《ためいえ》に出会い、結婚する辺りまでについては、第二講で述べましたから、阿仏のその後の伝や他の著作について、また夫為家について、簡単に述べておきましょう。

阿仏の著には、『うたたね』『十六夜日記《いざよいにっき》』『乳母《めのと》のふみ』『阿仏仮名諷誦《あぶつかなふじゅ》』、鎌倉で貴人に奉った歌論書『夜の鶴《よるのつる》』があります。これらの作品や和歌をとりあえず通覧するには、簗瀬一雄氏編の『校注阿仏尼全集』（風間書房、初版昭三三、増補版昭五六）が便利です。

歌人としては、主として文永七、八年以後、為家の指導と後援のもとに歌会等に多数出詠、勅撰集には『続古今集』以下に四十八首入集しています。現存する家集はなくて、現在残っている和歌としては、勅撰集・私撰集・歌合などに載せる歌の他、『安嘉門院四条百首《あんかもんいんしじょうひゃくしゅ》』『安嘉門院四条五百首』があります。歌人としての阿仏尼については、長崎健氏『行動する女性 阿仏尼』（前掲）の中に、歌人としての評価・力量及び特質についての考察があります。

阿仏尼に関する研究書・論文のうち、その伝記を記す主なものは第二講で挙げましたが、その他の全体像を捉えるには、『十六夜日記・夜の鶴注釈』（簗瀬一雄・武井和人、和泉書院、昭六一）、『女流日記文学講座五・六』（勉誠社、平二）、長崎氏前掲書、『国文学解釈と鑑賞』第六二巻五号（平九・五）等が載せる参考文献が役立つでしょう。

為家という人物

阿仏の夫藤原為家とは、どのような人物だったのでしょうか。為家は建久九年（一一九八）に生まれ、父は定家、母は内大臣西園寺《さいおんじ》実宗《さねむね》の女ですが、言うまでもなく西園寺家は承久の乱後、九条家と並んで権勢を誇った名門です。歌作に本格的に取り組んだのは比較的遅かったのですが、次第に和歌の家の後継者たることを自覚し、更に承久の乱を経て、前に述べた『為家卿千首』をはじめとして自ら修練を重ね、歌人としての地位を確立し、定家の撰集作業や書写を手伝うなど、御子《みこ》左家《ひだりけ》の継嗣として定家を支えました。仁治二年（一二四一）に定家が没した後は、後嵯峨院《ごさがいん》歌壇の中心となり、建長三年（一二五一）、後嵯峨院の院宣により、単独で『続後撰集』を撰進し、正嘉三年（一二五九）、再び勅撰の院宣を受け、弘長二年（一二六二）真観ら四名が加わって複数撰者となり、為家は不本意でありましたが、文永二年（一二六五）『続古今集』が成立

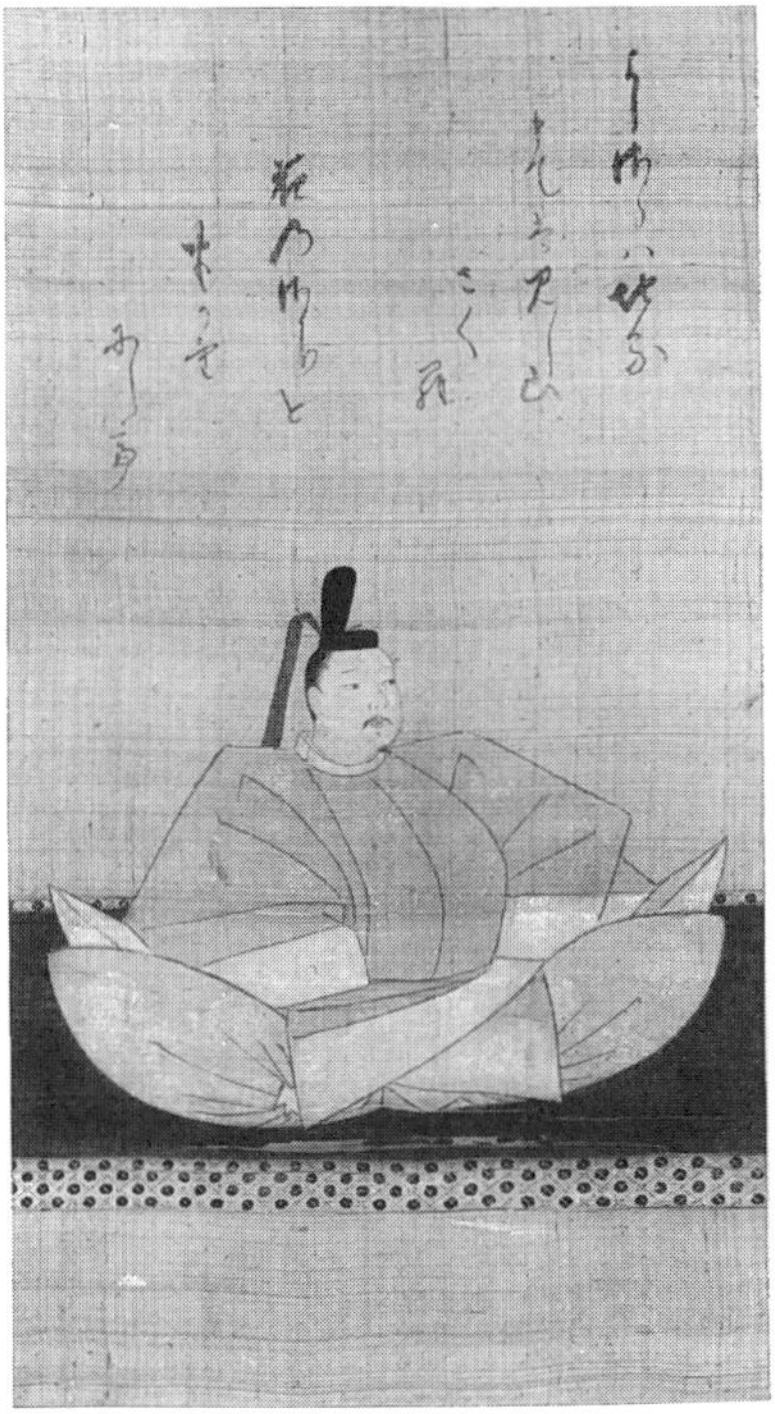

為家図（冷泉家蔵）
南北朝から室町期頃の制作。俊成定家為家図三幅対の一つである。上部の和歌は『続古今集』春下所収。

しました。この真観ら反御子左派との対立は、翌文永三年（一二六六）の宗尊《むねたか》親王失脚に伴う真観失脚まで約二十年続きましたけれども、結果的に御子左家の歌道師範家としての地位がゆらぐことはなく、為家は歌壇の長老として重きをなしました。官位の面では、定家が権中納言であったのを超えて、仁治二年（一二四一）四十四歳で権大納言となり、建長二年（一二五〇）民部卿となり、康元元年（一二五六）病により五十九歳で出家しました。法名融覚《ゆうがく》。阿仏と恋愛関係にあったのはこの頃です。

為家の正室は宇都宮頼綱（蓮生《れんしょう》）女であり、宇都宮氏との関係は深く、蓮生女との間に為氏《ためうじ》・源承《げんしょう》・為教《ためのり》らをもうけています。しかし、先に述べたようにこの蓮生女とは結局離別し、阿仏尼を室として嵯峨で同居しました。阿仏は、蓮生女にかわって、為家と同居する妻となったのです。弘長三年（一二六三）阿仏尼との間に為相《ためすけ》が生まれ、六十六歳の為家は、この年愛娘の後嵯峨院大納言《だいなごんの》典侍《すけ》を失ったこともあってか為相を鍾愛し、さらに文永二年（一二六五）には為守《ためもり》が生まれました。為家の没後、御子左家が分裂して二条（為氏）・京極（為教）・冷泉（為相）の三家が分立したのは為家に原因があるとも言えますが、逆に言えばその緊張関係が京極派の誕生を促し、一方では冷泉家の典籍の保存に寄与したとも言えるわけです。

為家についての研究書としては安井久善氏『藤原為家全歌集』（武蔵野書院、昭三七）があり、為家研究には必須の研究書ですが、残念ながら現在では入手しにくいと思われます。近年では佐藤恒雄氏に数多くの優れた論文があります。現在為家の研究の現状としては、為家の家集、作品研究、歌論、伝記考証・年譜、史料的側面からの考察など、いずれも高い研究水準にあるのは、佐藤氏の研究の蓄積に拠るところが極めて大きいと言えましょう。

為家の評価については、現在もなお定家に比して温厚中庸の人物との評もないではないのですが、岩佐美代子氏が、為家について、座談会「和歌文学研究の問題点」(『國學院雑誌』平七・一)で、「為家は面白い、すごくうまいですしね」と高く評価していて、佐藤氏の論を踏まえながら、為家は瑞々しさや才気を抑えて、マニュアルを作ってそれにのっとればだれでも歌は詠めるというシステムを作ったのであり、「その両方の面の為家というものを、どなたかやってくださらないかなあと思います」という提言をしました。更に、井上宗雄氏が『為家千首』に関連して、「この千首一つを見ても、為家は時折評されるような凡庸な人物ではなく、すぐれた資質・才能を持った人物であったことがうかがえる」と指摘したのは、為家という歌人に関する端的な評価として重要です(「冷泉家の歴史(三)」、『しくれてい』第五三号、平七・七)。

定家の日記『明月記』を読むと、息子為家への筆致や評価は大変厳しいのですが、それにもかかわらず、為家が意外に諸事に有能で、人望のある人物であったことが窺われると思います。同時代の人の評で、歌風への批判は別として、為家の人柄への悪口を言う人がほとんどいないのも、定家と違うところです。人間的に幅のある、なかなか魅力のある人物だったと思われます。また、父定家は晩年詠歌への意欲を失うのに対して、為家は最晩年に至るまで意欲的に歌を詠みました。そして為家の和歌と歌論は、中世、そして近世においても、大変重視されました。二条家・冷泉家・京極家いずれも、俊成でも定家でもない、為家の「為」の字を名前に冠することや、後世における為家の享受などからも、為家の位置を再考すべきではないでしょうか。

『嵯峨のかよひ』の為家

為家には定家の『明月記』のような日記がないのですが、為家の身辺をリアルに語る資料として、歌人飛鳥井《あすかい》雅有《まさあり》の書いた『嵯峨のかよひ』(『嵯峨のかよひ路』とも)という日記文学があります。作者雅有は、『新古今集』の撰者だった雅経《まさつね》の孫、教定《のりさだ》の子です。歌人として知られ、将軍宗尊親王や伏見天皇に仕え、幕府に参仕する関東祇候の廷臣として京と鎌倉をしばしば往還しました。その往還の所産でもある雅有日記は五篇あり、そのひとつ『嵯峨のかよひ』は、文永六年(一二六九)、嵯峨の為家宅を何度か訪問し、互いに行き来し、『源氏物語』をはじめとする古典の講義を受けた時のことなどを記す日記です。『嵯峨のかよひ』は、もちろん見聞きしたことをすべて書くわけではありませんし、あえて書かなかったことも多いでしょうが、虚構的意図は全く窺えませんので、これは大変リアルに晩年の為家を映し出しているものだと言えましょう。

『嵯峨のかよひ』は文永六年の嵯峨の為家（この時七十二歳）の山荘の様子を活写しているのですけれども、為家宅には雅有（この時二十九歳）だけではなく、嫡男の為氏、孫の為世《ためよ》、他にもいろいろな人々が頻繁に訪れて、始終和歌・連歌・朗詠・今様・音楽・蹴鞠を楽しみ、その度に酒宴をして、「盃あまたくだり流れて」ということになります。為家は客と酒を楽しむのがよほど好きだったのでしょう、雅有への講義の後もいつも酒宴で、雅有はある日「今日は盃も出でず。あまり繁くてむつかしきに、良しと思へど、あるじは本意ならぬにやありけむ」（今日は盃も出ない。あまり酒宴が頻繁なので、今日は良いと思うが、主人は不満だったかもしれない）と言っているほどです。為家の嵯峨の山荘は、人々が陽気に気楽に群れ集い、このような文芸・諸芸・酒宴を楽しみ、同時に古典の談義をもする文化サロンであったと思われます。『嵯峨のかよひ』の最初に、訪れた雅有へ為家は「今となりては老を憎むにや、言問ふ人もなくて、今宵も寂しく眺めてひとり侍りつるに、渡り給へるにこそ、さらに昔恋しく思ひ出づる事多くて、いとゞ止め難き老の涙に、名高き光をさへやつし侍りぬる」と、老人を嫌がってか訪問してくれる人も無く寂しい思いをしていたので、あなたが来てくださって嬉しくて涙が止まらない云々と言っていますが、これは謙辞・韜晦ではないでしょうか。雅有や野寄《のより》の法眼《ほうげん》（良珍）の家も嵯峨にあり近いので、互いに行き来してい て、為家は孫の為世を連れて法眼宅へ来たりもしています。また雅有と為世が紅葉見物に出かけた と聞いて、為家は「この由を聞きて、追ひに行かんとて、馬に乗らんとするところへ行きあひぬ。 やがて上へのぼりて、例の事なれば、三つの友ありて遊ぶ」（十月六日条）とあります。為家が雅 有・為世を追いかけようとして馬に乗ろうとしたところ、二人がちょうど為家宅へ来たので、また 遊びの宴になった、というのです。また、十一月二十五日条には「中院《なかのいん》の月次《つきなみ》の連歌とて呼ばる れど、脚の気あれば、明日の鞠のために労はりて行かず。侍従ぞ行きぬる」とあり、月次の（毎月 恒例の）連歌会も催していました。連歌会はある程度の人数が必要ですから、いつもそれだけの 人々が集まっていたわけです。なお、冷泉家時雨亭文庫蔵『新古今和歌集』文永本の紙背には、 「中入」という名も記されている連歌の懐紙があるそうで、これは中院入道為家を指すと推定され ています（『冷泉家時雨亭叢書』五解説）。

これを定家の日記『明月記』の定家七十歳頃と比較してみますと、その違いに驚きます。もちろ ん仮名と漢文から受ける印象の相違、記主や執筆目的・姿勢の相違もありましょうが、それだけで はないと思われます。定家のもとへは来客も多いのですが、定家はどうも厳しくて近寄り難い人 だったのか、定家の方で距離を置いているのでしょうか、あるいは仮にそれがあっても書いていないのか、客人と酒を飲んで共に遊ぶなどというようなことはほとんど見えません。この時の為家と同じ七十二歳であった天福元年（一二三三）の定家が、訪れる来客にどのように接しているかと言うと、例えば、「伊勢の権禰宜《ねぎ》永元老翁来たる。又簾《す》を隔てて相逢ふ。即ち又和歌を好む故也」（二月八日）のように簾を隔てて会うことも多く、また「早旦《そうたん》長政朝臣来たる。内府《ないふ》の御消息を伝ふ歌を送らるる也。暫く面謁の後、午《うま》の時に及びて食事す。近日不食の気殊《こと》に不快。今日薤《にら》を服す。成茂宿禰《すくね》来談す」（五月十二日）と、客と食事したけれど、食欲がなく気分が悪くて薤（薬のこと）を服したとか、あるいはただ「午の時許《ばか》りに法印覚来臨《らいりん》す。……数寄《すき》に依り雑談す」（六月二十七日）のように記すとか、大体このような記述が多いのです。為家が若い客人達と共に明け方まで酒を飲み、舞を舞い、かつて蹴鞠の名手だった為家自ら庭に降りて蹴鞠をし、「皆酔ひて、客人帰りけんも知らず」（『嵯峨のかよひ』九月二十一日条）という程、主人も客も酔い乱れて戯れ遊ぶというような、為家宅の雰囲気は全く窺われません。連歌だけは定家も好きで、晩年のある時期連歌に打ち込み、自邸でも催しているのですが（拙稿「定家と連歌」、『明月記研究』第二号、平九・一二）、その時も「法印今日酒膳を儲けらる。甚だ過差なり」（寛喜元年四月十三日条）と言って、そこでの酒膳が贅沢すぎると言って批判しているのですから、根っからのお酒好きだったような感じの為家とは大分違います。それに七十歳ごろの定家は、よほどの重要な用事でない限り、ほとんど家から出ません。七十二歳の為家が自ら馬に乗って、紅葉見物に出かけた若い人々を追いかけようとしている元気さとは全然違います。

『嵯峨のかよひ』にもよく出てくる嫡男為氏について言えば、後で述べますが、この文永六年の十一月十八日には、為家は播磨国越部下荘を為氏から悔《く》い返して（悔い返すとは、一旦与えた所領を取り返すこと）為相に与えるという悔返状《くいかえしじょう》を書いていて、同日に為氏はそれを了承する去状《さりじょう》を書いています。もちろんそんなことは『嵯峨のかよひ』には書かれていないのですが。また、文永七年冬のみ残る『為氏卿記』（『冷泉家時雨亭叢書』六一）では、為氏はいつも「亀」や「法眼」（あるいは「舎弟法師」）を伴って、時には為世や、家司《けいし》で恐らく為氏の乳母子《めのとご》の友弘を連れて、よく「嵯峨」あるいは「西郊」即ち嵯峨の為家宅へ行っていて、「盃酌《はいしゃく》」（酒宴のこと）となることもあります。これを見ても、『嵯峨のかよひ』の最初にある「言問ふ人もなくて」が韜晦であろうことがわかりますし、賑やかだったのは『嵯峨のかよひ』に叙述される文永六年のこの時だけではなかっただろうと想像されるのです。ちなみに、『為氏卿記』の中の「亀」は為氏四男為実《ためざね》、「法眼」は為氏弟慶融《けいゆう》ではないか、と井上宗雄氏が指摘しています（「一条法印定為について」、『國學院雑誌』平一二・一）。

私は文永頃の老年の為家について、後で述べる『源承和歌口伝』や譲状の記述などから、以前は、老い呆けて阿仏尼の言いなりになり、「そらねぶりして」阿仏の勝手にさせていて、為氏や為世にはあまり相手にされていないようなイメージを持っていました。ところが文永六、七年時点では全くそうではないのですね。『嵯峨のかよひ』の七十二歳の為家は実に行動的で若々しく、連日の講義や歓楽に疲れも見せず、子や孫のような世代の若い人々との交友を心から楽しみ、しかも遊んでいただけではなくて、為相の将来のために文書を書き為氏にもそれを了承させるという仕事を行う一方、『源氏物語』等古典の講義・研究に大変熱心で意欲的なのであって、陽気で洒脱な、人々に慕われる人物であったように思われます。しかもついでにお話しすると、為家はこの文永六、七年はもちろん、それ以後もずっと、没年の前年にあたる文永十一年（一二七四）でさえも、病気に悩みながらも飽くことなく和歌を詠んでいます。定家の『明月記』と比較してみることで、為家のこうした側面が一層浮かび上がるように思われるのですが、いかがでしょうか。

『嵯峨のかよひ』の阿仏尼

さてここで、ついでに『嵯峨のかよひ』に描写されている阿仏について述べておきたいと思います。雅有は、為家に『伊勢物語』の不審箇所について尋ねて伝授を受け、更に『源氏物語』の講義を受けることになりました。文永六年九月十七日条を掲げます。

十七日、昼ほどに渡る。源氏はじめんとて、講師にとて女あるじを呼ばる。簾のうちにて読まる。まことにおもしろし。世の常の人の読むには似ず、習ひあべかめり。若紫まで読まる。夜にかかりて酒飲む。あるじ方より、女二人を土器《かはらけ》取らす。女あるじ、簾のもとに呼び寄せて、このあるじは、千載集の撰者の孫、新古今・新勅撰の撰者の子、続後撰・続古今の撰者なり。客人は、同新古今撰者のむまご、続古今の作者なり。昔よりの歌人、かたみに小倉山の名高き住処に宿して、かやうの物語の優しきことども言ひて、心を遣る様ありがたし。このごろの世の人さはあらじなど、昔の人の心地こそすれなど、様々に色をそへて言はる。男あるじ、情けある人の年老いぬれば、いとど酔ひさへ添ひて涙おとす。暁になればあかれぬ。

「講師《こうじ》」というのは、現在の意味とは違って、講義する人ではなく、本文を声に出して読み上げる人のことをさします。阿仏が本文を読み上げ、為家が講義したのでしょう。それにしても「世の常の人の読むには似ず、習ひあべかめり」とは、どのような読み方だったのでしょうか。この時代、歌合《うたあわせ》では男性が講師を勤めますから、雅有は女性の講師による和歌や物語の読みをあまり聞いたことがなかったのか、あるいはよほど特別な魅力的な読み方だったのでしょうか。いずれにしても、この後も阿仏は講師をつとめていたのでしょう。この日以後も和歌を詠んだ時には「女あるじ」として歌が書かれ、また共に音楽に興ずるなどのことが書かれていますから、ずっと同席して

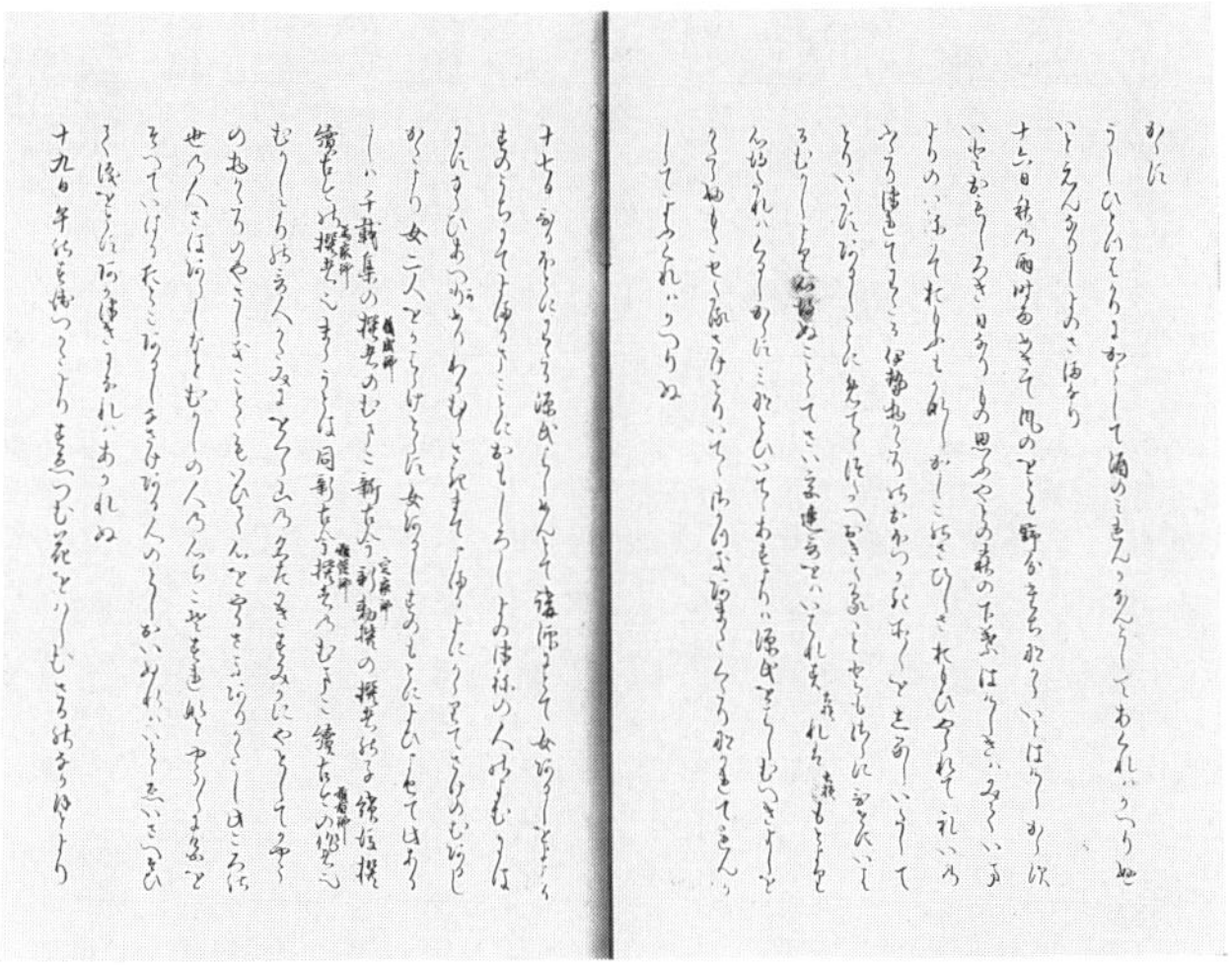

『さかのかよひ』文永六年九月十六日、十七日条（国文学研究資料館蔵）
田中重太郎氏旧蔵。奥書に「嵯峨のかよひ　先祖雅有記　任御契約令書写之進于黄門時章卿畢　享和三年中夏　民部卿藤雅威」とあり、飛鳥井雅威が天理図書館本『嵯峨のかよひ』（『飛鳥井雅有卿記事』）書写の三年後に再び書写したもので、天理図書館本と互いに補訂し得る。

いたと思われます。また、この日阿仏が雅有を簾のもとに呼び寄せて滔々と話す様は、歌の家の「女あるじ」の面目が窺われるところです。

この日、九月十七日から『源氏物語』を読み始め、十一月二十七日に「手習の残り、夢の浮橋果てぬ」とあるまで、約二ケ月半、雅有は為家からこの講義を受けました。為家は翌二十八日条で、「大納言（＝為氏）いまだこれほどくはしく受け通したることなし。いはんや、源氏沙汰せず。またこと人はた、かくこまかに沙汰したる人、昔も今も聞かず」と雅有の熱心さを賞讃しています。しかし老年の為家もそれに劣らず教育熱心と言えましょう。

『嵯峨のかよひ』に描写される為家の嵯峨山荘は、歌人が集う文化サロン的な雰囲気があり、阿仏は「女あるじ」としてサロンをとりしきる女主人であり、更に講師として談義の場にも加わっていたのです。雅有はこれより前に鎌倉で、源《みなもとの》光行《みつゆき》に始まる関東での源氏研究の学派である河内派の『源氏物語』の談義を聞いていますし、光行の子でやはり源氏学者の親行《ちかゆき》とも親しく、雅有自身後に『弘安源氏論議』に参加する源氏学者となります。

実は血筋から言えば、雅有の姉は為氏の室で、嫡男為世の母です。『嵯峨のかよひ』でも為世のことを「姉の子なれば、うとかるべきならず」と言っています。また雅有女は、為世の子の為道(通)に嫁して、為親・為定を生みました。ですから雅有と二条家とは二重に血縁なのですが、雅有は、御子左家に対して飛鳥井家という自負を強く持つ人だったようです。その雅有は阿仏尼をかなり好意的に描いています。

雅有日記のひとつ『春のみやまぢ』の鳴海潟《なるみがた》の場面で、雅有は「地蔵堂には安嘉門院左衛門佐(ママ)、歌かきつけたれば、見まほしけれども、あまり風ふき、さむくて、人わぶればみで過ぎぬ。この度は必ずその手と見て、物語にもさること侍りしかなどぞ都の土産には語るべき」と言っていて、これは『十六夜日記』鳴海潟で阿仏が書き付けた歌を指していると思われます。これは弘安三年(一二八〇）十一月十八日ですが、阿仏が関東へ下向したのは前年の弘安二年ですから、すでに『十六夜日記』を読んだというより、直接阿仏かその周辺から伝え聞いた話でしょうか。いずれにせよ、雅有日記には『うたたね』の影響もところどころ見られるように思います。

同時代の眼から見て、阿仏尼の存在は、文永六年の時点で、あるいはその後においても、歌道家の争いに直接関わらない人々にとっては、特に嫌悪されるものでも疎外されるものでもなく、むしろ「女あるじ」として敬愛され、その手跡を実見することが「都の土産には語るべき」ものとして話題になっているのです。雅有の視線は、歌壇的事情を反映しながら阿仏死後に成立した『源承和歌口伝』よりも、同時代の人々の証言としてその阿仏尼観をより直截《ちょくさい》に反映するものではないでしょうか。

もうひとつの恋物語

さて、話を為家と阿仏に戻しましょう。

為家と阿仏との恋愛贈答歌が、『玉葉集』に四首、『風雅集』に六首収められています。この計十首の歌は、為家の家集や、他の集には見えないものです。この贈答歌のそれぞれについては、田辺麻友美氏の「藤原為家と阿仏尼との和歌の贈答に関する一考察」（『国文白百合』三〇、平一一・三）

が詳しく論じています。ところで、為家の死後、二条家・冷泉家・京極家の三家が分立しますが、これ以降に成立した勅撰集のうち、『玉葉集』と『風雅集』は、宗匠家たる二条家ではなくて京極派による撰集なので、いろいろな点で異質です。いまは問題としている恋の歌に関してだけ言うと、一般に中世以降、このような同時代の現実の恋愛贈答歌が勅撰集に載せられることは、皆無とは言えませんが非常に少ないのです。中世において、前代の平安期の恋歌は贈答も含めてたくさん恋部に採られますが、同時代詠については、恋部の歌はまずほとんどが題詠です。しかし『玉葉集』『風雅集』は、もちろん題詠の方が圧倒的に多いのですけれども、その題詠に加えて、このような現実の恋愛贈答歌もいくつか採取しているのです。

ひとつの例を挙げましょう。『建礼門院右京《けんれいもんいんうきょうのだいぶしゅう》大夫集』は定家の勧めにより『新勅撰集』の撰集資料として提出されましたが、結局『新勅撰集』に入ったのは資盛《すけもり》や隆信《たかのぶ》との恋とは無関係な二首のみでした。のちの二条派の撰集である『新千載集』『新拾遺集』『新後拾遺集』なども同様です。『玉葉集』と『風雅集』のみが、『建礼門院右京大夫集』から大量に、しかも実際の恋の歌や恋人への哀傷歌を含めて採入しました。『玉葉集』には十三首、『風雅集』には八首採られています。この『建礼門院右京大夫集』の場合と全く同じように、為家と阿仏の贈答が、『玉葉集』『風雅集』にのみ、たくさん載せられているのです。

井上宗雄氏は「為家と阿仏との贈答歌が玉葉集と風雅集とにみえる。冷泉家側に伝えられた資料があったのであろう」(60)と指摘していますが、その通りだと思います。それではそれはどんな資料だったのでしょうか。

勅撰集の撰者は、勅撰集にある歌を採ってその詞書《ことばがき》を書く時、撰集資料、つまり原資料たる家集・詠草・日記などの、詳細すぎる詠歌事情・長大な詞書を要約して、短い詞書にすることはよくありますし、あるいは原資料に詞書がない場合、歌から詠歌事情を推測したり他資料で調べたりして、詞書を書くこともあったでしょう。例えば、何でも良いのですが、先の『建礼門院右京大夫集』と『玉葉集』『風雅集』の詞書を比較対照してみると、そのような、原資料の長い詠歌事情を要約するという作業が行われたことがよくわかります。そのような視点によって、『玉葉集』『風雅集』の為家・阿仏の贈答歌から類推すると、原資料にかなり詳しい、そしてかなり物語的な詞書が付されていたと想像できるように思います。例えば、こんな歌なのです。

暁の時雨にぬれて女のもとよりかへりてあしたにつかはしける　前大納言為家
かへるさのしののめくらき村雲もわが袖よりやしぐれそめつる　(玉葉集・恋二)
返し　安嘉門院四条
きぬぎぬのしののめくらき別ぢにそへし涙はさぞしぐれけん　(同)

女のもとにあからさまにまかりて、物がたりなどしてたちかへりて申しつかはしける
前大納言為家
まどろまぬ時さへ夢の見えつるは心にあまるゆききなりけり
（風雅集・恋二）
返し
安嘉門院四条
たましひはうつつの夢にあくがれて見しもみえしも思ひわかれず
（同）
女のもとへ、ちかきほどにあるよしおとづれて侍りければ、今夜なむ夢にみえつるはしほがまのしるしなりけり、と申して侍りけるに、つかはしける
前大納言為家
きくてだに身こそこがるれかよふなる夢のただぢのちかのしほがま
（風雅集・恋二）
返し
安嘉門院四条
身をこがすちぎりばかりかいたづらにおもはぬ中のちかのしほがま
（同）

いずれも勅撰集の撰者が勝手に詞書を付けたとは考えにくい内容で、特に『風雅集』の後の方の贈答の詞書などは、原資料にもっと細かにここまでの成り行きが書かれていたのを、かなり無理をして短くまとめたような感じです。恐らくは『建礼門院右京大夫集』のように、もっと長い詞書等が原資料にあったのではないでしょうか。このもとの家集（詠草）は全体としてどのようなものだったのかわかりませんが、想像を逞しくすれば、阿仏はひょっとしたら、物語的日記（日記的物語）

である『うたたね』の他に、例えば『建礼門院右京大夫集』のような、長い詞書をもつ物語的日記的な家集として、あるいは家集のような日記だったかもしれませんが、為家とのラブストーリーを編んだのかもしれないと思われます。これは全くの憶測に過ぎませんが、為家との恋を物語的に記す、みずみずしい珠玉の一編だったのではないでしょうか。もちろん、『玉葉集』『風雅集』には他にも為家や阿仏の歌で出典不明の歌がありますから、様々な推測が可能です。いずれにしても、阿仏のいわゆる一般的な家集・詠草は、当然何らかの形で編まれたはずです。

それにしても、本当に情熱的な恋の歌々です。為家の祖父俊成にも、妻となった美福門院加賀との情熱的な恋歌が、勅撰集では『新古今集』に一組だけあるので、あるいは撰者にはこれにならう意識があったかもしれません。そしてまた、為家の歌がうまいのは当然として、阿仏はまだこの時期、歌壇的にはほとんど無名なのに、才気に満ちた手なれた詠みぶりを見せていて、女房として相当に歌の修練を積んでいたように思われます。

この家集、もしくは物語的家集のようなもの、また次に述べますが阿仏が為家没後に詠んだ百首は、少なくとも『風雅集』が成立した南北朝期までは、恐らく冷泉家辺りに伝存していたのです。最近のことですが、冷泉家で『秋思歌《しゅうしか》』という名の、これまでに全く知られていなかった新資料である為家の家集が発見され、平成九年秋より始まった『冷泉家の至宝展』で展示されました。こ

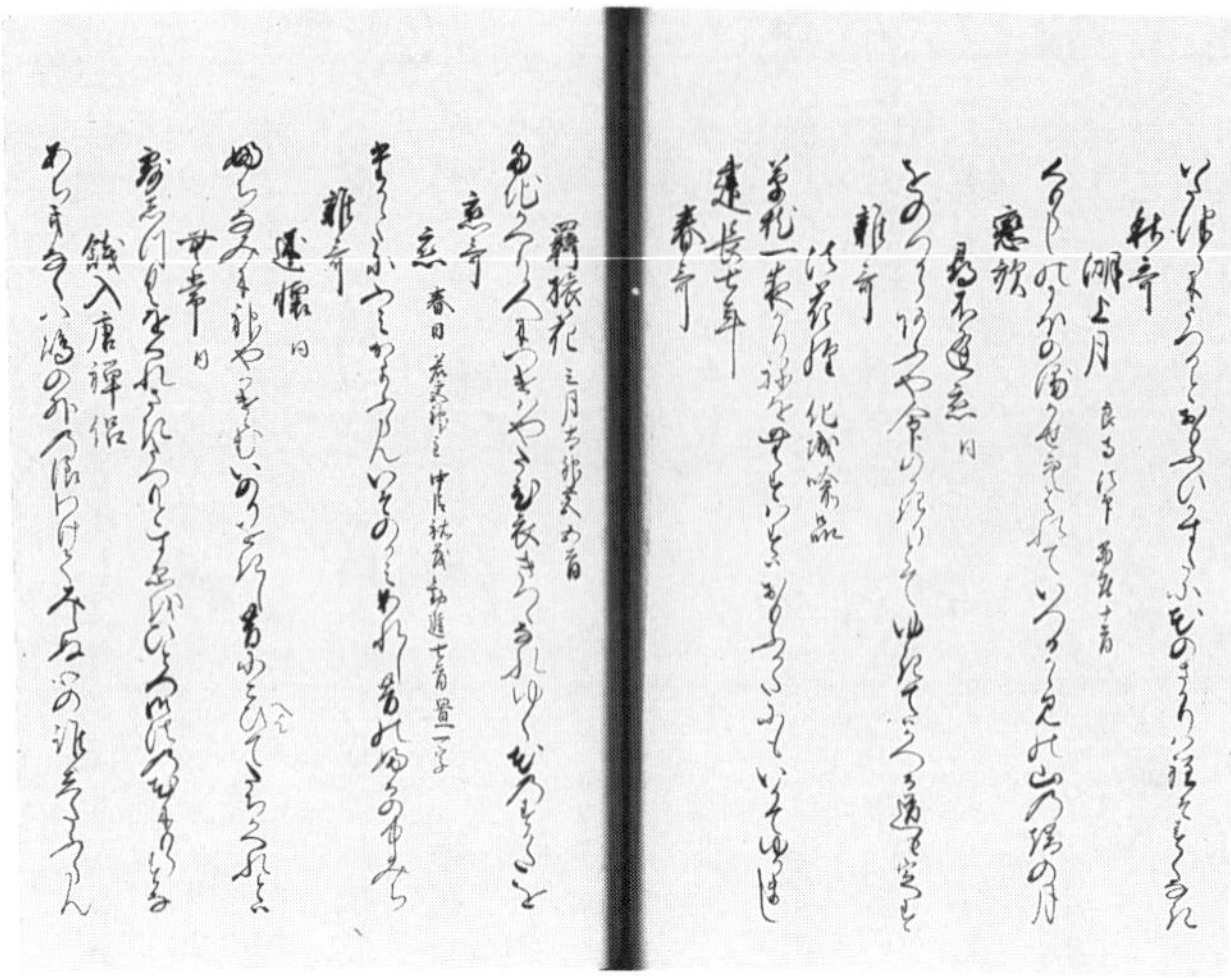

『中院集』（国文学研究資料館蔵、初雁文庫）

為家の家集の一つ。寛文二年（1662）書写の奥書がある。年次順部類別の排列。これは建長六、七年の部分で、阿仏と恋愛関係にあった頃。

れは為家が弘長三年に没した愛娘大納言典侍為子の死を悼んで詠んだ哀傷歌二一八首で、鎌倉中期の書写です（図録解説による）。もしかしたらこのように、阿仏の百首や家集などが冷泉家のお蔵から突然に出現するということも、全くあり得ないことではないかもしれません。

為家の死とその譲状

為家と阿仏とは、その出会いから二十三年を共に過ごしましたが、建治元年（一二七五）五月一日、七十八歳で為家は没しました。この没後五七日《こしちにち》に阿仏が奉った願文が『阿仏仮名諷誦』です。阿仏が為家の死を嘆く歌を挙げておきましょう。九条家旧蔵本『十六夜日記』（阿仏記）に合綴された『安嘉門院四条局仮名諷誦』巻末、及び『扶桑拾葉集』本の『阿仏仮名諷誦』巻末に書かれた歌で、これは『玉葉和歌集』に入集しています。

前大納言為家身まかりて、五七日の仏事し侍りける願文の奥に書きつけ侍りける　安嘉門院四条

とまる身はありて甲斐なき別路になど先立たぬ命なりけん　（玉葉集・雑四）

「とまる身」とは阿仏自身のこと。この世に留まる私は、生き残っても甲斐のない、この夫との別れ路に、なぜ先立っていかぬわが命だったのでしょうか。夫よりも先に死ぬことができたなら、このような思いをせずに済んだものを、という意が込められています。

為家没後、阿仏がその死を悼む百首を詠んだことが『風雅集』のみによって知られるのですが、現在この百首は伝わっていません。現在『安嘉門院四条百首』という作品も伝存していますが、これとは別です。この『風雅集』雑下に所載の二首を挙げましょう。

前大納言為家身まかりて後、百首歌よみ侍りけるに　安嘉門院四条

夢にさへたちもはなれず露きえし草のかげよりかよふおもかげ
くやしくぞさらぬわかれにさきだちてしばしも人にとほざかりぬる

さて、為家の生前から始まっていた為家・阿仏・為相、及び為家の嫡男為氏との間の対立葛藤につ

いては長い研究史がありますが、この為家から為相への所領譲与の詳細については『冷泉家古文書』（『冷泉家時雨亭叢書』五一）の刊行と佐藤恒雄氏の緻密な検討（「藤原為家の所領譲与について」、『中世文学研究―論攷と資料―』和泉書院、平七）などにより、その全貌が明らかになりました。為家の自筆の四通の譲状は、「中院殿置文《なかのいんどのおきぶみ》」という外題の巻子本一巻に仕立てられ、冷泉家存立の根本資料として長く尊重されてきたということです。この冷泉家に伝わる四通の譲状は、以下の四点です。

①文永五年（一二六八）十一月十九日付　阿仏宛　現在為家の乳母が持っている伊勢国小阿射賀《こあさかの》御厨《みくりや》の預所職と地頭職の代官職などをその没後に阿仏に与えるというもの　（『冷泉家古文書』1）

②同九年八月二十四日付　為相宛　為相に相伝の和歌文書を与えるというもの　（同2）

③同十年七月二十四日付　阿仏宛　為氏に譲った吉富庄を悔い返したが、為氏は仰天して嘆願したので、吉富庄ではなく細川庄を悔い返し、かつ『明月記』を為相に与えると記したもの。最後に「阿仏御房へ　たしかに〱まいらせ候」とある（次頁図版参照）。　（同3）

④同十一年六月二十四日付　阿仏宛　これまでの譲状を再確認するもの　（同4）

①と②の間に、文永六年十一月十八日付為相宛為家悔返状（播磨国越部下荘を為氏から悔い返し、為相に与えるというもの）とそれに付載された同日付の為氏去状（それを承認したもの。いずれも文化

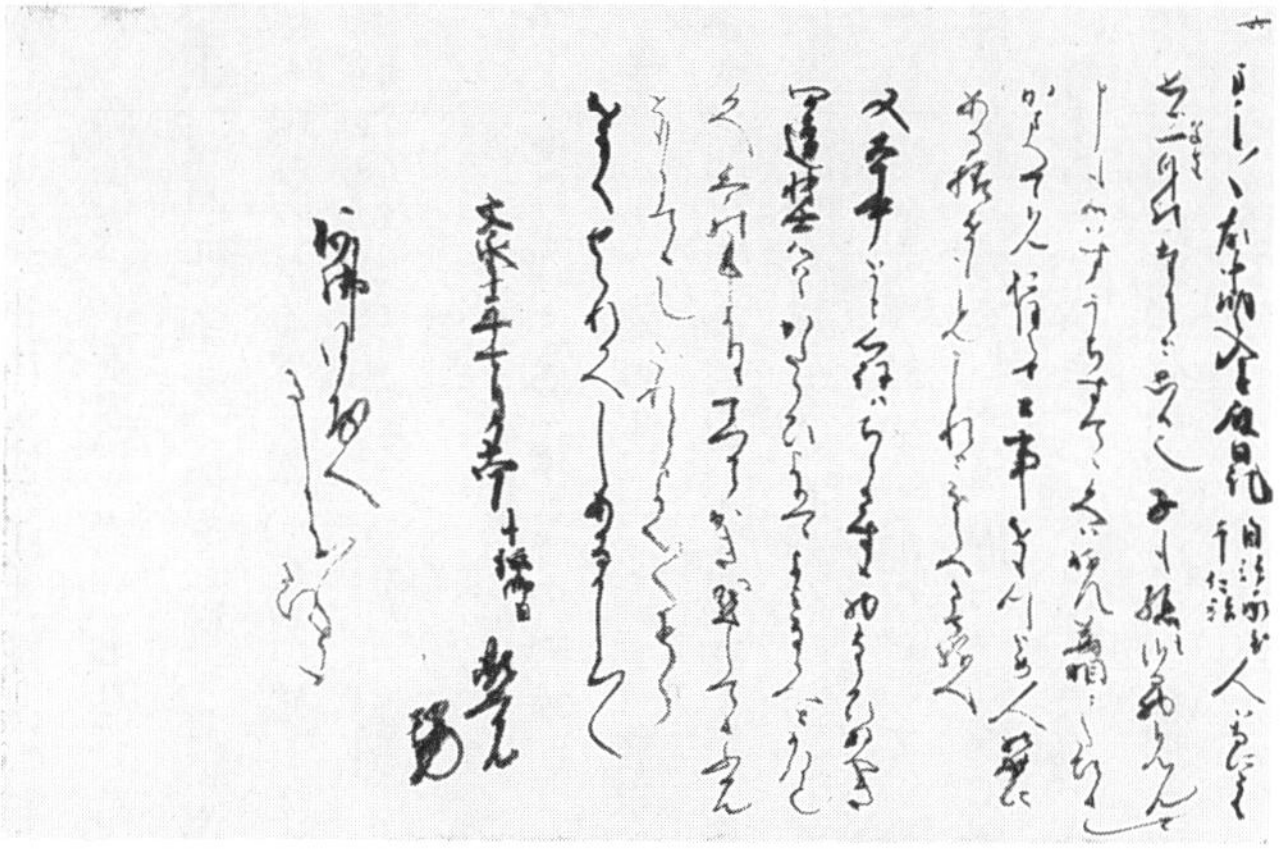

文永十年七月二十四日付為家譲状の最後の一紙（冷泉為人氏蔵）
「故中納言入道殿日記」即ち『明月記』を為相に譲ることなどを記す。

庁蔵）があります。また③の前に、文永十年七月十三日付為氏宛の書状（吉富荘を悔い返すことを通告した書状の案文。『冷泉家古文書』137）があります。

このように為家は文永六年、かつて嫡男為氏に与えた越部下庄を悔い返して、為相に譲り、為氏はこれを了承しました。更に為家は、文永九年の②で、家に伝えられた相伝の和歌文書を為相にことごとく譲ったのですが、このことによって恐らく為氏が大きな衝撃を受けたのでしょう、為家の言によれば文永九年冬から為氏の不孝の振る舞いがいろいろあり、そのことによって為家は、文永十年細川庄を悔い返して為相に譲る譲状③をしたためる、という結果に至るのです。

しかし、これらの譲状にもかかわらず、建治元年（一二七五）の為家の死後、為氏は細川庄を為相に渡しませんでした。公家法では悔い返しを認めず、武家法では認める、というややこしい違いがあり、阿仏尼は弘安二年（一二七九）、幕府への訴訟のため関東へ下向するに至りました。その記が『十六夜日記』です。為家は阿仏に「もし沙汰いで来たり候はば、この状をもちて、公家にも武家にも申ひらかるべく候」と言い残していますが（譲状③）、そのようなことになると為家は予感していたのかどうなのか、結局その通りになったのです。

『十六夜日記』、及び鎌倉での阿仏

まず『十六夜日記』について、簡単に触れておきます。『十六夜日記』は、序文、道の記（下向途次の紀行）、東日記《あずま》（鎌倉滞在の記）の三部分より成っています。道の記は、弘安二年十月十六日に逢坂の関を越え東海道を下り、二十九日に鎌倉に至るまでの日次記です。歌枕では必ず歌を詠んでいて、散文部分は大変簡潔なので、歌を書き留めたメモのような詠草があって、それをもとに後日書かれたのでしょう。道の記は後に都に送られていて、為相らに歌枕の手本として示されたものと考えられています。東日記の方は、翌年八月二日以降の成立で、都の友人達との贈答と深い友情、望郷の念、我が子への思いなどが率直に端的に記されます。『うたたね』とはかなり印象を異にする文体です。

『十六夜日記』の本文については、これまで『群書類従』等大部分の諸本が属する流布本系統が用いられることが多かったのですが、近年天理図書館蔵九条家旧蔵本の本文の古態性・優秀性が論証されるに至りました（岩佐美代子氏『宮廷女流文学読解考　中世編』笠間書院、平一一）。

このセミナーで『うたたね』を読むにあたっては、当時の女房文化・物語文化の担い手としての側面、あるいは当時の一般的な歌人としての側面から阿仏を捉えてきましたけれども、『うたたね』と違って、この『十六夜日記』や『夜の鶴』はまさに御子左家の内側にいる人間の著であり、流麗で品格ある文章、選び抜かれた和歌、和歌の家の誇りをもって開陳される言説など、これらには歌の家の意識が凝縮されているように思われます。

さて、阿仏の伝については、まだまだわからないことも多いのですが、特にまだよくわからないのが為家と出会う以前、それから鎌倉下向後の阿仏です。為家と出会う以前については、本書第二講で少々述べました。一方、鎌倉での阿仏の生活や活動についてはまず『十六夜日記』の後半部、鎌倉滞在の部分があるわけですが、これは都の人々とのやりとりがほとんどで、実際阿仏が鎌倉でどのような生活をしていたのか、どのような人々との関わりがあったのか、ここには語られていません。それは『十六夜日記』の執筆意図には絡まないからであって、ここに書いていないからと言って、鎌倉での阿仏がただ望郷と恩愛とにうち沈んでいたかのように捉えることはできないでしょう。

『安嘉門院四条五百首』という作品があり、これは阿仏が勝訴を祈願して五社に各百首を奉納したもので、最終的には千首であったようですが、これらの歌から阿仏の意図・心情や周辺事情を探ることが可能であり、近年特に注目されています。

ついでに挙げますが、建治二年（一二七六）閏三月に鎌倉で、北条時宗の企画で、藤原伊信《これのぶ》（信実の孫。為継の子。この家系は画家として知られる）によって『現存卅六人詩歌』の屏風絵が書かれました。ただし屏風絵は現存していません。

此詩歌者、建治二年春三月、関東相州時宗所被結構之屏風詩歌也、図作者伊信入道、詩者藤中納言資宣撰之、歌者右大弁入道真観撰之也、以当世能書令書色紙形云々。

（『現存卅六人詩歌』群書類従本奥書）

七人の現存女流歌人の一人として安嘉門院右衛門佐（阿仏尼）の姿が描かれたようです。これは為家没の翌年ですから、まだ阿仏は鎌倉に下向していません。為継女に安嘉門院大弐《だいに》がいます。歌は真観撰ですが、建治二年における代表歌人を一応示していると考えられます。女性歌人は今出河院《いまでがわいん》近衛《このえ》・鷹司院帥《たかつかさいんそち》・京極内侍《ないし》（京極院内侍とする伝本もある）・式乾門院御匣《しきけんもんいんみくしげ》・安嘉門院右衛門佐・弁内侍《べんのないし》・藻壁門院《そうへきもんいん》少将が撰ばれていて、これらはみな女主人・主人を異にする女房達ですから、それぞれが属する女院文化圏を代表するような女房歌人であったと解しておいて良いのではないでしょうか。これは鎌倉で阿仏尼が受けたであろう敬愛を想像させますが、もちろん都での評価をも反映するものでしょう。

阿仏は、鎌倉でも『源氏物語』を講じていたようです。ここに挙げるのは『紫明抄』夕顔巻にみえる「服《ぶく》いと黒くして」という部分についての注です。『紫明抄』の作者は素寂で、素寂は親行の弟孝行であると多くされてきましたが、そうではなく保行であろうという小川剛生氏の指摘があります（「四辻善成の生涯」、『国語国文』平一二・七）。

或人きたりていふやう、阿仏御前は、光源氏物語に親行がひが事をのみよむときくこそあさましけれとおほせらるゝ也、といふにおどろきて、かの亭にまうでてたづね申すに、こと事はしらず、夕顔上の女房右近が主にをくれて黒服きたるをば服とこそいかなる人もよむを、ふくらかによみなさるるときくをこそ異様なりとは申せ、と申さるるに、さては御ひが事にて候也、おぼしめしなをさるべく候、そのゆへは、（後略）

以下続きますが長いので略します。およその内容は、素寂は阿仏御前が親行の『源氏物語』の読みを批判していると聞いて、阿仏の屋敷に行って尋ね、阿仏との間で語の解釈をめぐって議論、素寂は俊成と光行の昔の言説を持ち出し、また別の箇所でも阿仏の行っている説を批判し、阿仏は「ことはりとはおもはれたりしにこそ」、一理あるとは思ったようだったと述べるのです。阿仏は親行の読み方の細かな部分を批判していますから、これは鎌倉でのできごとでしょう。

また、『和歌所へ不審条々』（『二言抄』とも）に、次のようにあります。作者今川了俊《いまがわりょうしゅん》は南北朝期の武家歌人で、冷泉為秀（為相の子）の門弟ですから、為相、為秀から聞いた話でしょうか。

むかし藤谷殿《ふじがやつどの》にて、八代集を人々に、四季、恋、雑、六首を、各の好の歌を撰られ候て持参して詠吟候て、御沙汰候ける。又は光源氏の巻々を、人々にくじをとらせられ候て、其巻のやうを書いだして、よしあしを御沙汰候けり。此等も只、物をこまかに見せられ候はむための事と承及候。是は阿仏の禅尼の御張行候て、西円など申ける才学の輩なども入て候けるとかや。か様の事も常に御沙汰ありたく存候にて候。

和歌の詠吟や、『源氏物語』各巻について勉強する会のようなものでしょうか、これを阿仏が主催し、そこに西円も入っていた、と述べています。西円とは、鎌倉歌壇での歌人・源氏学者として知られる人なのですが、閲歴など全くわからず、不思議な人物です。いろいろなところに名前が出てきていて興味深いのですけれども、和歌では宇都宮歌壇の撰集『新和歌集』の撰者という説も出されているほどです。いずれにせよこの西円は宇都宮に住していた僧侶だったと考えられます。彼が上洛して一時京にいたという徴証はないことから、これも阿仏尼が鎌倉にいた時のことと考えるほうが良いと思われます。ただ「藤谷殿」は普通為相を指すのですが、阿仏下向時にはまだ為相は鎌倉に下向していませんから、何らかの錯誤か、あるいは創作があるのでしょう。

いずれにせよ、『源氏物語』の研究の盛んな鎌倉で、都でも『源氏物語』を講じていた阿仏が、鎌倉の源氏学者や歌人達と共に『源氏物語』の談義をしていたということは十分あり得ます。そしてそこでの阿仏の源氏学が、御子左家の家説をどのように反映・継承していたのか、河内派の源氏学とどう関わったのか、それが『河海抄《かかいしょう》』等に見える「阿仏房説」へどのように流れていくのか、これは実に興味深い問題で、改めて考えてみねばならないことでしょう。

阿仏尼の連歌

阿仏尼の連歌は、為家との短連歌が『菟玖波集《つくばしゅう》』一九四七にあります。

　　　なしをやきけるにやけされりければ
　からくしたれとやけぬなしかな　　　　前大納言為家
　　　とありけるに
　生の浦のあまのもしほ火焼さして　　　安嘉門院四条

この時代の歌人は多くが連歌も残していて、定家も為家も式目（連歌のルールを定めたもの）を著したらしいのですが（『冷泉家時雨亭叢書』四〇所収『私所持和歌草子目録』）、現在は伝わっていません。また、為相も鎌倉で連歌を指導し『藤谷式目』を制定しました。

文和（永カ）弘安のころより、本式新式などいふ物出来侍り、鎌倉には為相卿藤がやつの式目とて北林と号していたされたり。当時もちゐたる新式は、大納言為世卿作られ侍るにや。

（筑波問答）

この「北林と号して」を、金子金治郎氏は、「北林の作と号して」ではないかと推定していますが『菟玖波集の研究』風間書房、昭四〇）、北林はもちろん阿仏尼を指すことになります。また、『吾妻《あづま》問答《もんどう》』に次のような記事があります。

為相卿御母阿仏といふ人、東へくだりけるに、長月晦日《つごもり》に或人連歌を仕とて、阿仏に発句を乞けるに、

けふはゝや秋のかぎりになりにけり

とてつかはしたれば、人々百韻して、翌日に又一座侍けるに、阿仏に発句を所望しければ、

けふはまた冬のはじめに成にける

とかき出して、其次に曰、歌は題を発句とし、連歌は発句を題目とせり。然ば、その時節をたがへずあるべき事也と申されけるとかや。彼阿仏は、安嘉門院四条とて女房の歌読《うたよみ》なり。いかでか初冬の発句、無下に心中にかなはで、かやうにあるべきや。道をまもる教へ、尤も難有事

なるべし。但又当世かやうのみ侍らむは、いかゞあるべからん。（吾妻問答）

阿仏が鎌倉にいた時、九月末日と翌日の十月一日に、それぞれこの句を連歌の発句として示した、と言うのですが、『井蛙抄《せいあしょう》』では、類似の話を信実のこととして伝えています。『吾妻問答』の話が実際あったかどうかはともかく、阿仏尼が鎌倉にいたとき、連歌の指導者として仰がれていたことは、確かなことと言って良いのではないでしょうか。

阿仏の歌論書『夜の鶴』も元来はある貴顕の懇請により執筆されたもので、それを改めて我が子為相への和歌指導書として授与した、とされています。このように阿仏尼が鎌倉にいたとき、恐らく持参した歌書を見せたり、和歌・連歌や古典注釈の指導をしていただろうということが、このような断片的な資料からかすかに浮かび上がります。また、永正十一年（一五一四）成立の関東の『雲玉和歌抄』にもいくつか阿仏尼に関する伝承がみえます。阿仏尼の関東での活動を語るものはもっとあるでしょうが、都に比べると関東は、鎌倉幕府が滅亡した後近世が始まるまで文化的な求心力・保存力を保ちにくく、文学・文化資料の多くが散逸・消滅してしまいました。

訴訟のゆくえと阿仏の死

訴訟について、阿仏はどのような見通しを持っていたのでしょうか。多分、阿仏はやや楽観視していたのではないかと思われます。これについては、森井信子氏の指摘があって（「安嘉門院四条五百首について」、『鶴見日本文学』第二号、平一〇・三）、

かりそめと思ひしかども別路のほどはるかなる月日へにけり

（えがらの宮の百首・別・一九九）

から、「鎌倉幕府に直訴すればすぐに決着の付くものであると考えていたようである」と述べていますが、その通りだと思います。

『十六夜日記』松平本等では、巻末に長歌が載せられていますが、その中に「残る蓬と　かこてし　人の情も　かかりける　同じ播磨の　さかひとて　一つ流れを　汲みしかば」と詠んでいて、俊成卿女の訴訟の例を挙げ、同じ播磨の国内であることや俊成卿女と同じ御子左家であることを強調しています。その後に、もとは長歌の裏書（巻子本で、裏に記された注や補記などを言う）であった文章が付載されていて、この俊成卿女の訴訟の例を説明しています。かつて俊成卿女が、俊成から伝領した播磨国越部庄に地頭の妨害が多かったため、北条泰時に、泰時の歌を引歌にして詠んだ歌「君ひとりあとなき麻の数知らば残る蓬が数をことはれ」で直訴し、泰時は直ちに二十一箇条に及ぶ地頭の非法を停止させた、という逸話を述べているのです。この裏書の後に「永仁六年三月一日書之」とあって、この裏書自体は誰が書いたものか不明ですが、阿仏尼は当然この俊成卿女

の訴訟の例を知っていたことがこの長歌から知られます。更に遡れば、定家もかつて将軍実朝に相伝の秘蔵の『万葉集』を献上し、所領伊勢国小河射賀御厨の長年の地頭の非法を、実朝の力を以て解決することを得ています（『吾妻鏡』建保元年十一月二十三日条）。阿仏が鎌倉に多数の歌書を携行したことの背景には、こうした過去の例もあったでしょう。

五味文彦氏は、鎌倉下向して訴訟を行う費用について、安嘉門院が後援したのではないかという、興味深い推定を行っています（前掲『武士と文士の中世史』）。そうだとすれば、政治的には無力でも莫大な経済力をもつ安嘉門院が背後にいる、ということも、かなり楽観材料のひとつであったかもしれません。阿仏が関東へ下向する日の前日に、阿仏は安嘉門院のところへ暇乞いの挨拶に赴いていることは前回も申し上げましたが、それが書かれている『十六夜日記』には、続けて式乾門院御匣との親しい贈答があって、御匣はこの時安嘉門院に仕えていますし、当然阿仏は、御匣だけではなくて、長年にわたる主人の安嘉門院にも連絡を絶やさなかったでしょう。

所領をめぐる相論（訴訟で争うこと）としては、阿仏のごく身近な人々でも、先程述べたように俊成卿女が執権北条泰時に直訴していますし、為家の先妻（蓮生女）も為家・源承と相論しましたし、更に為家自身も、建長五年（一二五三）に鎌倉に下向しています。佐藤恒雄氏は、「藤原為家の鎌倉往還」（『中世文学研究』二三号、平九・八）で、「先にみた日吉社への心願をあわせみる時、為家の東下の旅は、あるいは相伝の所領何れかの、地頭職などに関わる紛争解決のためであった可能性が大きいと、あえて立言しておきたい」と推測しています。こうして見ると、阿仏が相論で鎌倉に下向するのは、彼女にとっても周囲の人々にとってもそれほど特異なことではなくて、むしろ亡夫の遺言を守るために自分が当然なすべきことをする、という義務感であったのではないでしょうか。佐藤氏はこの論でこの時の為家（当時阿仏と恋愛中でした）の下向と上洛の旅中詠を類聚していますが、もしかしたら阿仏の東下の旅も、かつて亡夫が辿り多くの歌を詠じた空間と時間とを、歌と共に追体験していくような側面が少しはあったのかもしれませんし、そうなると『十六夜日記』をそういう観点で見直してみる必要もあるでしょう。更に佐藤氏は、為家はこの時亀が谷の飛鳥井教定《のりさだ》邸に滞在し、後年阿仏が滞在していた「亀が谷の宿」も雅有が相続していた同じ教定旧邸ではないかと推測していますが、この指摘も重要であると思われます。話が少々それてしまいましたが、『乳母のふみ』や『嵯峨のかよひ』などを読むと、阿仏は才気があってひたむきな、物事を正面から捉えようとする生真面目な人柄で、大胆なところもあるにせよ、ものごとをやり遂げようとする義務感の強い人であったように私は思うのですが、皆さんはどう思われるでしょうか。

阿仏は定家や俊成卿女の時のようなすみやかな裁断を期待していたのかもしれませんが、今回は地頭との争いではなく、相続する男子の間での、つまりは歌道家の間での争いですので、簡単には決着しませんでした。阿仏だけではなく、為氏もこの訴訟のためでしょう、鎌倉に下向していますが、この訴訟は阿仏尼在世中には決着せず、訴訟は二転三転し、その間阿仏も亡くなり、為氏も鎌倉で没し（『沙石集』）、為氏の子為世に引き継がれ、為相側の勝訴が確定するまでには阿仏下向からなんと三十四年もかかったのです。

阿仏が没したのは弘安六年（一二八三）四月八日であることがわかっていますが、鎌倉で没したのか京で没したのかはわかっていません。しかし福田秀一氏（⑱）がいくつかの論拠を挙げて鎌倉で没したのではないかということを推定していて、首肯すべきと思われます。ちなみに安嘉門院もこの弘安六年九月に亡くなっています。阿仏の墓と伝えられる墓が、京の大通寺と、鎌倉、英勝寺近くのいわゆるやぐら（洞窟）の中に

鎌倉の阿仏尼墓と伝えられる石塔

ありますが、鎌倉の墓は石塔で、福田氏は江戸時代の供養塔であるとしています。

『乳母のふみ』

さて、阿仏の作品として、最後に是非とも触れておかねばならないのが、第二講でも引用した『乳母のふみ』です。これは『庭《にわ》の訓《おしえ》』『阿仏のふみ』とも言われますが、広本（叙述内容が多い本）と略本（抜粋される等で叙述内容が少ない本）とあって、これまで広本・略本ともに阿仏真作とも、偽作とも言われてきました。そうした中で、松本寧至氏は『中世女流日記文学の研究』（明治書院、昭五八）で、阿仏尼の人間性や見識や教養などが窺われるものとして、広本略本ともに阿仏作とし、さらに広本と『とはずがたり』雅忠の遺戒との類似を指摘し、「大胆に言えば、二条はこの『庭の訓』によって書いていたのではなかろうかとすら思うのである」と指摘しています。そして岩佐美代子氏（前掲書）によって広本は阿仏の真作、略本は後人の改作本であることが示されたという事は、第二講で述べた通りです。

広本は『群書類従』に収められていますが、伝本は少なく、内閣文庫所蔵坊城家旧蔵本（天明元年の書写奥書あり）がこれまで知られていましたけれども、これに加えて陽明文庫本があります。この陽明文庫本は、『国書総目録』や陽明文庫の目録に載せられていなかったことから、これまで全く紹介されなかった伝本のようです。国文学研究資料館の同文庫での調査の成果によって、今回その存在を知ることができました。外題「阿ふつの文」、袋綴一冊、奥書はなく、江戸のごく初期の書写です。群書類従本とはかなりの異文があり、恐らくそれよりも古態を示すものではないかと思われ、このセミナーではこの本文に拠りましたが、まだ精査していませんので、今後の検討が必要です。なおこの陽明文庫本については、陽明文庫の名和修氏のご教示・ご高配を受けました。

略本は『扶桑拾葉集』にあるのでその写しは多数あり、それ以外にいくつかの伝本がありますが、その中で古いものとして、室町末の書写とされる今井源衛氏所蔵本が『在九州国文資料影印叢書』四（熊本大学文学部、昭五四）で紹介されています。今井氏蔵本は女房奉書の書式で書かれた珍しい本ですが、この時点で「現存諸本中最も古い写しである」（同叢書解題）とされました。今井氏蔵本の本文は『扶桑拾葉集』に近く、中でも享保八年書写の桂宮本『扶桑拾葉集』と同一の流れをくむものと推定されています。私はまだ諸伝本を全部調査し終えていませんが、いまのところ国文学研究資料館所蔵の『阿仏のふみ』（略本）が、恐らく現在では古い方の伝本かと思います。これは今年（平成十一年）購入したもので、これもこれまで知られていなかった伝本ですが、書写はかなり古く、室町初期前後辺りかと推定されます。外題は「為家乃御前阿仏のふみ」、扉題「阿仏のふみ」。枡型列帖装、表紙共紙、墨付本文十六丁で、本文は『扶桑拾葉集』とはかなりの異文

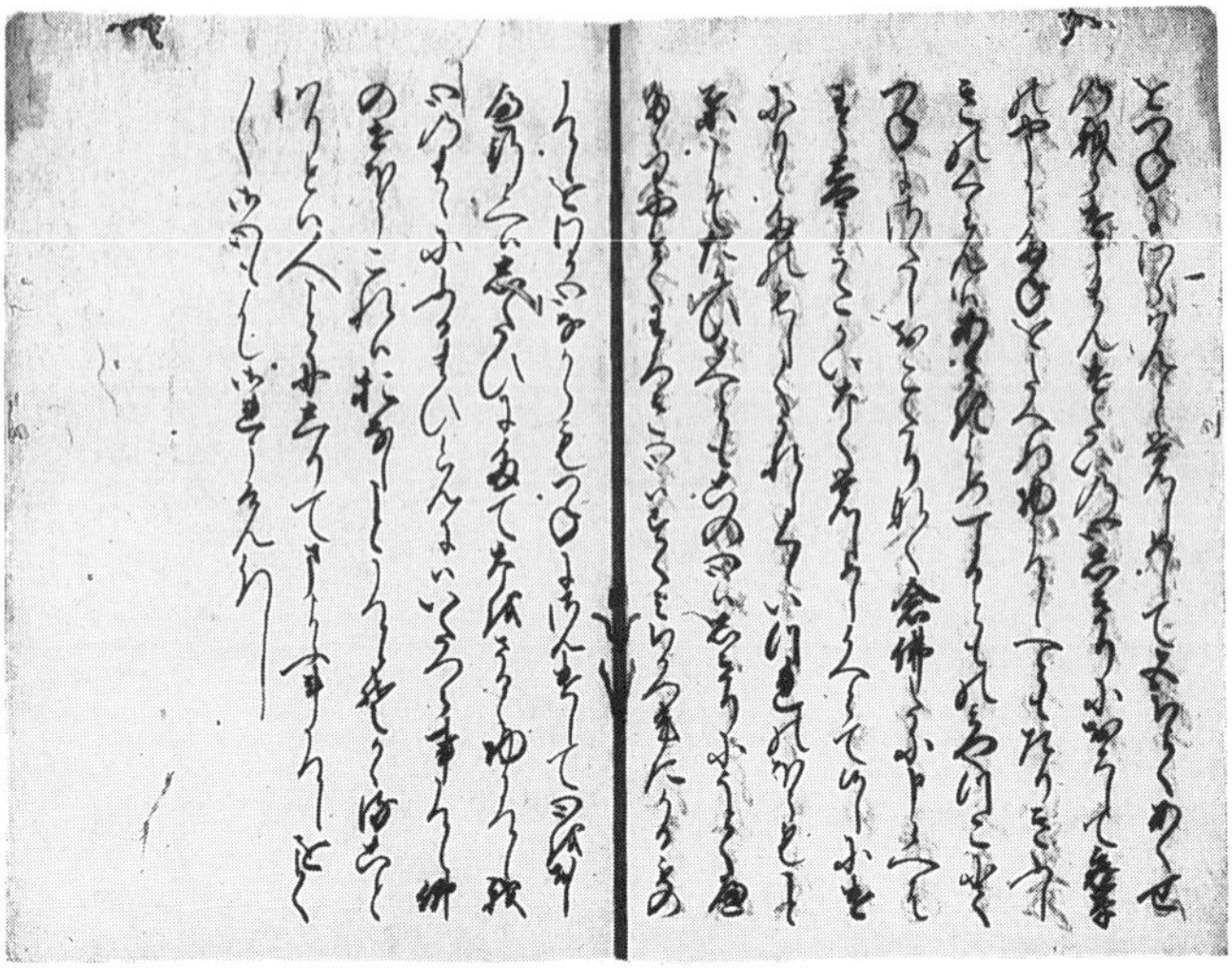

『阿ふつの文』（陽明文庫蔵）
『乳母のふみ』広本。巻末部分。

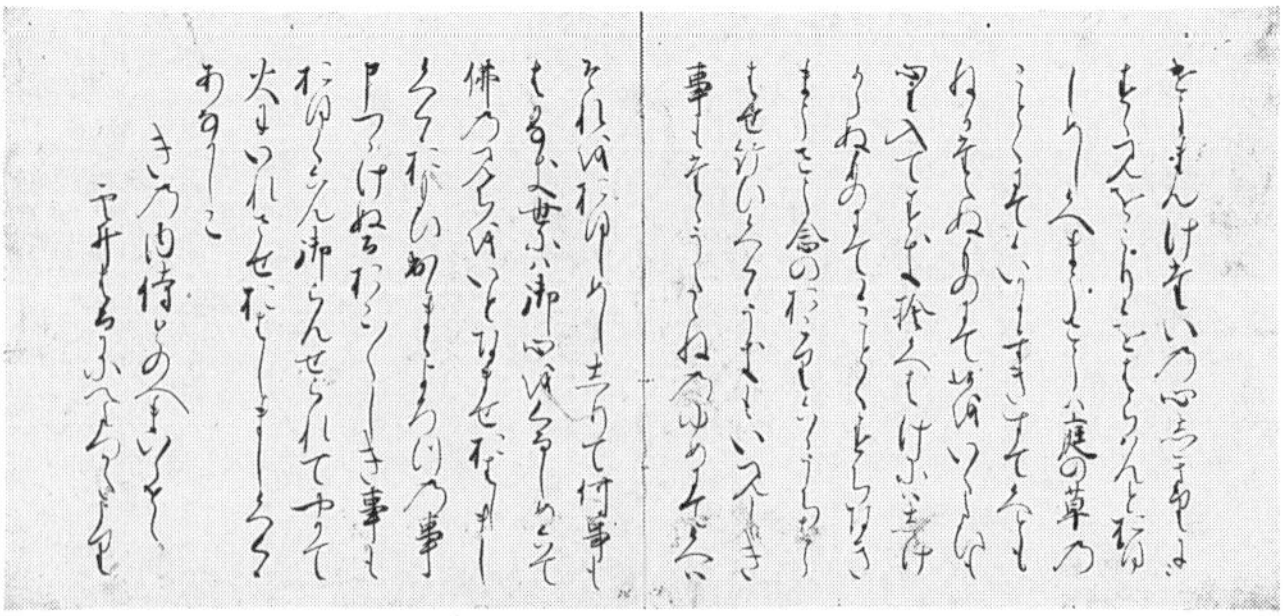

『阿仏のふみ』（国文学研究資料館蔵）
『乳母のふみ』略本。巻末部分。

があります。略本自体の成立年代は未詳であって、今後、略本の諸伝本と本文、広本から略本への改作の方法、他の女訓書《じょくんしょ》（女性の教養や生き方についての教訓書）との関係など、いろいろ慎重に検討しなければなりませんけれども、その上でもし他の女訓書と同様に南北朝期前後辺りと想定するのならば、これはかなり成立に近づく頃の伝本ということになりますので、いずれにしても注意すべき伝本であることは間違いありません。また、室町期のものとしてはもう一点、国文学研究資料館の落合博志氏所蔵の略本と思われる断簡があります。この本文も国文研蔵本にやや近い本文です。なお、陽明文庫本も国文研本も書名を「阿仏の文」としていますので、本来そう呼ぶべきであろうと思われますが、ここでは便宜上『乳母のふみ』と呼んでおきます。

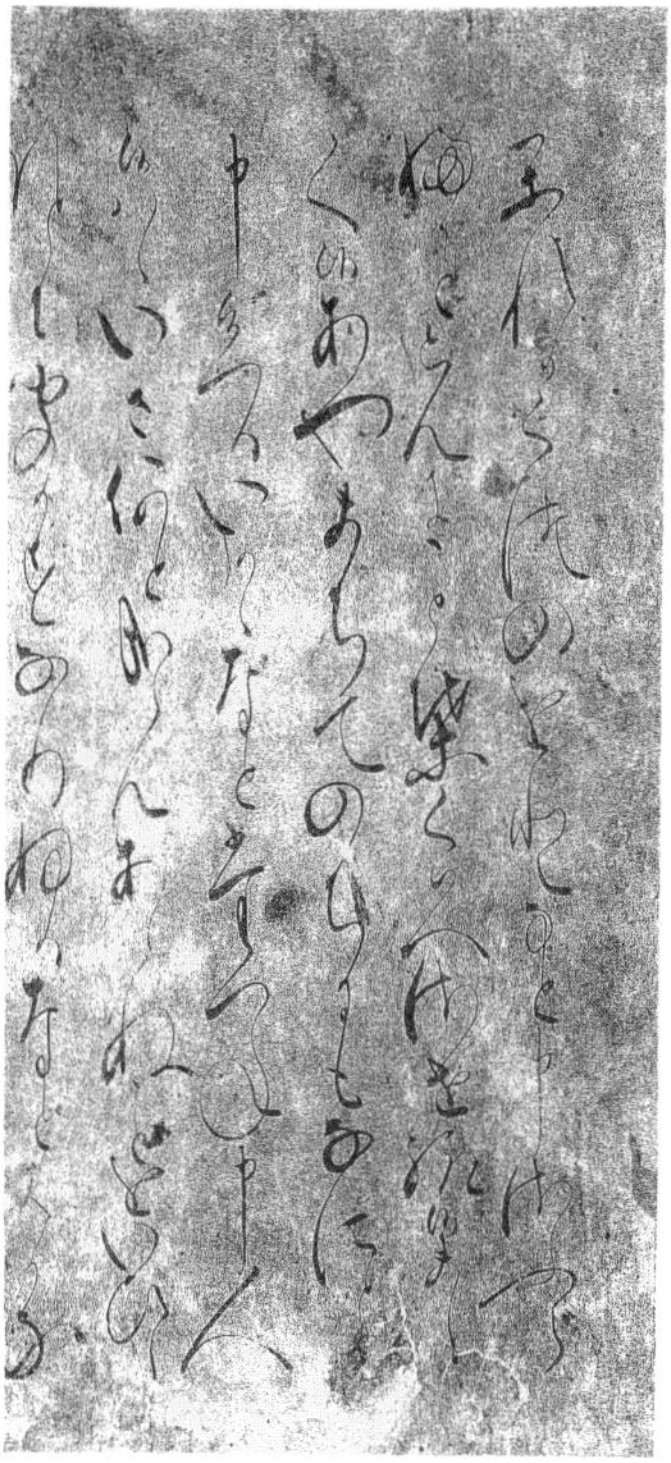

落合博志氏蔵断簡
『乳母のふみ』略本の本文。

この『乳母のふみ』は、南北朝期前後の成立かとされる『身のかたみ』などの女訓書の先蹤《せんしょう》となり、室町物語で女訓書的な滑稽談『乳母の草紙』には略本が大幅に採られ、近世には伴高蹊《ばんこうけい》による略本の注釈書『庭の訓抄』が書かれ、近世盛んに書かれた仮名草子の女訓物に大きな影響を与えるというように、それぞれの時代の女性観・女子教育観を反映しつつ変容していきました。

こうした歴史をもつことから、この『乳母のふみ』は、これまで女性史の観点からは多くの言及がなされてきました。しかし、阿仏尼に直接結びつけて論じられることは少なかったようです。『乳母のふみ』広本は阿仏尼真作という可能性が非常に高くなった現在、これまで伝記資料として用いられてきた『うたたね』よりも、むしろ『乳母のふみ』広本から、私達は阿仏尼の輪郭を想像することができそうです。『乳母のふみ』も、古典や『源氏物語』によって高度な文飾が凝らされているのですが、『うたたね』とは違って『乳母のふみ』広本には創作的虚構性は窺われません。この母から娘への体験的教えは文学的虚構がないだけに、阿仏尼のこれまでの人生の軌跡や有能な女房としての長いキャリア、そして当時の女房生活の機微を、大変リアルに伝えています。

この書は、女性の嗜みを述べたものと言うより、内侍として公的職掌につくまだ年若い娘に、職場での人間関係の注意や、女房の職務や態度、あるべき容姿・教養や身につけるべき諸芸、女房勤めから退く時の心構え・身の処し方などについて、大変具体的に懇切に述べたものです。今回は

『乳母のふみ』をご一緒に読む時間はありませんが、少しだけ触れておきましょう。前半は宮仕えにおける細々とした心得・諸注意なのですが、例えばこのようなことです。心のままに感情的に行動しない。落ち着いて、喜怒哀楽を直接出さず、冷静に穏和に対処する。公私ともに急ぐことは早く、人に頼まれたこと、自分が関わったことは最後まできちんとする。事の善悪を見極め、良い人材を育て、人が悪口を言っているのには加わらない、召使いに軽々しく接しない、新人の女房や、廷臣たちの品定めなどはしない、人にニックネームを付けたり仲間内だけでわかることで笑ったりしない、物事をおおげさに言ったりせず誠実に正確に言う。衣装・薫物、態度はひかえめにする。和歌や物語、書、絵、音楽などをよく学ぶこと、などなど。

このような女房勤めに関する懇切な教えは、阿仏だけではなく、当時の女房勤めをする女性達、阿仏周辺の御子左家の女性達の女房としての意識とも、当然共通するものがあるでしょう。また女性だけではなく、恐らく男性の廷臣・官人にも、また時代・国・性別を越えて、現代のビジネス社会でも当然の基本的心得が見られるのは面白いことではないでしょうか。山科言継《ときつぐ》の『言継卿記』永禄九年（一五六六）十一月二十八日条で、「西明寺《さいみょうじ》の教訓、阿仏房の乳母の文などにも」と、並んで言及されていますが、この『最（西）明寺殿教訓』は北条時頼の家訓と称せられて室町期以降流布したもので、これはもともと北条重時の家訓の一つ『極楽寺殿御消息』の異本だということです。確かに、北条重時が子の長時に与えた『六波羅殿《ろくはらどの》御家訓』と、長時も含めて子孫を対象とした『極楽寺殿御消息』とは、上級武家の職務や生活、人間関係における細々した諸注意であり、『乳母のふみ』とよく似ていて、自己抑制を説く点でもかなりの類似性を持っています。

しかし、「愚なる心のおこがましさは、上を極めたる位にも備はり、日の本の親とも仰がれさせ給ひ候はむこそ、仮の此の世にも慰む方にて候べきを」と、帝の寵愛を受けて皇子を生み国母となるのをひそかに期待する辺りは、現代の私達の価値観とは大きな隔たりがあるでしょう。また、「人の心ほど、とけにくう恐ろしきものは候はぬぞ」「人の心の際はたはぶれ事、なほざりのことばに見ゆる物にて候ぞ」「人にはこからず、親しからず、いつもけじめ見えぬ様にふるまはせおはしませ」と言ったり、それから後半で、幼少より宮仕えに出した意図、将来人生の岐路に立った時の進退、例え貧窮零落しても誇り高く身を処すること、仏道帰依や僧尼との関わりについての心得等々について説き、阿仏自身の軌跡をも語りつつ、娘への愛情を語る辺りなど、阿仏自身の人間観・人生観や感懐がまざまざと感じられるようです。

冷泉家及び大通寺

さて、阿仏の功績として今日私達にとって多大な意味を持つのは、為家と為相のために、和歌の家を守るべく冷泉家の礎を作り、そこに数々の典籍を伝えたことです。これについては改めて述べるまでもありませんが、阿仏尼の存在があったからこそ冷泉家の典籍が現在に伝えられたとも言えるわけで、冷泉家の冷泉貴実子さんは、「こうして成立した冷泉家であるから、家祖は本当は為相卿ではなく、その母阿仏さんである」とおっしゃっているほどです（「阿仏さん」、『冷泉家時雨亭叢書』月報八、朝日新聞社、平六・二）。ご存じのように現在刊行中の『冷泉家時雨亭叢書』は、国文学研究の基盤を、かつてないほどに一新しつつあります。

この冷泉貴実子さんの文によりますと、冷泉家歴代に加え、阿仏尼は女性では唯一人遠忌が営まれていて、平成五年には大通寺で阿仏禅尼七百回忌法要が行われました（『しくれてい』四七号、平六・一）。

この大通寺というのは、かつては遍照心院と言い、京都の西八条にあったのですが、明治に移転して現在は西九条、東寺に近い大宮通九条下ル東側にあります。その大通寺境内にいまもある石塔が、阿仏尼の墓であると伝えられています。その傍らに建つ円柱の石碑に、北林阿仏尼公霊塔が荒廃し、すでに四六七年を経ていて、寛延二年（一七四九）冷泉為村卿が修復し塔婆を建立した旨が記され、そのあと更に、これは初め木に記されていたが、銘文蝕滅により石に再刻して建立した、という宝暦七年（一七五七）の大通寺衆等による記があります。ちなみに寺の移動と共にこの墓も

京都の大通寺境内にある阿仏尼墓

数度移されたようです。大通寺、すなわち遍照心院は、もとは頼朝から実朝へと伝領された西八条第であり、実朝暗殺後、その未亡人本覚尼（坊門信清女）が住んでやがて寺院とし、寛喜三年（一二三一）堂供養が行われました。室町初頭の指図によると遍照心院は十二町に及ぶ広大な寺域を持ち、足利氏、徳川氏代々にも崇敬されましたが、江戸幕府滅亡により衰微しました。伝阿仏尼とされる消息が所蔵されています。

歴代の冷泉家当主の中で冷泉家中興の祖とも言われる第十五代当主の冷泉為村は、阿仏尼の法要を営むとともに、寛延二年（一七四九）阿仏の御影を大通寺に寄進し、現在でも大通寺ではこの御影の前で法要を営むということです。

冷泉貴実子さんによれば阿仏は「西八条殿」とも称されていたそうですが、ひょっとしたら阿仏が晩年ここにいたことを示唆するものかもしれませんけれども、これはよくわかりません。為家は本覚尼に親近していたらしいことを角田文衛氏「右府将軍実朝の妻」（『王朝の残映』東京堂出版、平四）が指摘していて、『京都坊目誌』等に阿仏がここに止住したという伝承が記されています。小川寿一氏がこの所伝について『阿仏尼と大通寺』（大通寺、昭一〇）を刊行しましたが、角田氏が言うように、この本によっても阿仏尼が大通寺に住したという確証はいまのところないようです。先ほどお話ししたように鎌倉にも阿仏尼の墓と伝えられる墓があります。

阿仏尼像（個人蔵）
（至文堂『日本の美術』5より）
上げ畳に座り、念珠を持った尼形像。

阿仏尼像

これに関連して、阿仏尼の画像についても申し上げておきましょう。現在重要美術品になっている阿仏尼像（個人蔵）があります。没後やや時を経た、鎌倉末から南北朝の制作と考えられていて、現在最も古い単独の女性画像とされています（宮島新一『肖像画』

吉川弘文館、平六。田沢裕賀『女性の肖像』日本の美術五、至文堂、平一〇）。もちろん阿仏尼の絵の中でもこれが一番古いものです。尼姿の絵像で、写真で見るとおり、大変美しく古雅な趣の絵ではないでしょうか。冷泉為紀氏旧蔵で、かつては冷泉家に所蔵されていたものと推定されています。冷泉家には俊成図、定家図、為家図、為相図以下、歴代御影がたくさんあり、阿仏尼も歴代の一人として尊崇されていたことを示していると思われます。なお、この明治期の模本が東京国立博物館にあります。

阿仏尼図（冷泉家蔵）

もう一点、冷泉家に別の阿仏尼の画像があって、これは平成九年から十一年にかけて行われた冷泉家の至宝展でも公開されました。図録の解説によりますと、江戸時代、寛延四年（一七五一）高槻重起筆「阿仏尼図」（紙本着色）です。髪は肩までの尼削ぎの姿で、右手に巻紙を持っています。

上部の和歌の賛は、以下の三首です。

とまるみはありてかひなきわかれ路になどさきだたぬいのちなりけむ

和歌の浦にかきとどめたる藻塩草これを昔の形見ともみよ

つくづくとそらながめそこひしくはみちとをくともはやかへり来む

一首目はさっきご紹介した『阿仏仮名諷誦』『玉葉集』所載歌、二・三首目は『十六夜日記』にある歌です。

更に一点、大通寺に阿仏尼の画像があります。先程申し上げた、冷泉為村が寛延二年に大通寺に寄進した阿仏尼像です。重起画「北林禅尼公御影」（絹本著色）で、普段私達が見ることはできませんが、『阿仏尼と大通寺』及び『芸術新潮』（一九九七年九月号）に載せられた写真によれば、大通寺蔵の阿仏尼も髪は肩までの尼削ぎ姿で、手に数珠を持ち、前の経机には巻子本（経巻でしょうか）が八巻置かれています。冷泉家現蔵の阿仏尼像と同じ作者なので、よく似た絵像です。これらの阿仏尼像については『阿仏真影之記』にも「かの御影を造立したまひて、家に安置し、大通寺にも安置せらる」という記述があります。

第二節　阿仏尼を映し出す書物群

阿仏の死後、阿仏について語る書物は少なくありません。それには二条家対冷泉家（及びそれに近い京極家）の抗争が深く絡んでいます。歌道家の周辺の人々には、どのように評されているのでしょうか。歌道家にとって、阿仏とはどのような存在だったのでしょうか。そして更に下った南北朝以降、阿仏尼はどのように享受されたのでしょうか。阿仏尼の人物像を把握するためには、このことは少なからぬ意味を有すると思いますので、いくつか取り上げたいと思います。阿仏尼に関する書物すべてを網羅的に取り上げるのはちょっと無理ですが、主なものだけを概観していきます。阿仏尼を語る、あるいは阿仏尼を映し出す書物の多くは歌学書・歌論書です。なおこの時代の歌壇史については、井上宗雄氏『中世歌壇史の研究　南北朝期』（明治書院、昭四〇、改訂新版昭六二）が必読の文献です。

『源承和歌口伝』

阿仏尼に関する同時代人の書いた記事でよく知られているのは、前掲『源承和歌口伝』です。これは第二講で（九三頁）挙げましたので、もう一度ご覧ください。前に言い忘れましたが、源承という人物は、為家二男で母は蓮生女、十二歳の頃出家していて、歌人なのですが、二条家の一人として反二条派の人々を攻撃する、いわば二条家の番犬的な人物でした。源承及び『源承和歌口伝』については、福田秀一氏『中世和歌史の研究』（前掲）が詳細に論じています。『源承和歌口伝』で阿仏に関わる記述は長いので、ここに掲げるのはその一部ですが、読んでみましょう。

其比北林へまかりて侍りしかば山僧有海百首歌をおくれり。亜相（＝為氏）点二首あり。先人（＝為家）彼点をしらず一遍よみあげ侍りしかば、彼点にいたりて、是ぞよろしきとておなじ歌二首にさだめ侍りしを、阿房（＝阿仏尼）とりて、余りおなじ様ならむ念なしとて、其外両首に点をそへて合点四首としるされにき。北林にかへりて後は人々の歌の点までも心ならぬ事おほく侍りき。さてしづかに経よみてきかせよと侍りしかばとどまりて侍し夜、阿房は一条殿へまゐるとていでぬ。妹の美のは為相に付きてみえず。いふがひなき青侍二人の外は病をかへりみる者なし。慶融を尋侍りしかば何事にやらん、腹立て二十日ばかりみえきたらずとぞ侍りし。あか月に経よみはてたりしかば、煎物すゝむる者もなくて、いかにてきなしやとぞ中侍りし。阿房朝にかへりきたる。其程の振舞心にたがふ事多かりき。（中略）阿房、前中納言（＝定家）自筆にしるしおきたりし折紙の目六を取りかくして、要書あまたかすめとゞめてよろづの人に見せ侍りし比、二度夢の告ありて、阿房姉妹三人打つゞきかくれにき。歌席には住吉の御神も照鑒給へるよし書きおける、おそるべきにや。

有海という僧の百首歌に点を付す（良い歌にしるしを付けること）時、為家と為氏が偶然同じ歌二首に付けたのに、阿仏が勝手に二首加えて計四首にしてしまったとか、源承が為家に経を読み聞かせるために為家宅に泊まった夜、阿仏は一条殿へ参上して朝まで帰らず、阿仏の妹の美濃も為相に付き添っていておらず、青侍のほか病気の為家の面倒を見る者もいなかった、あるいは阿仏は御子左家の蔵書を示す定家自筆の折紙の目録を隠してしまい、大事な典籍をかすめ取って、いろいろな人に見せていたけれども、阿仏三姉妹は次々に亡くなったとか、何とも品のない、手厳しい非難の連続です。非難と言うより、罵倒という方が近いかもしれません。ですが、この『源承和歌口伝』が成立したのは、阿仏が没してから約十年以上後の永仁年間であり、この書で源承が阿仏だけではなく御子左家（二条家）に反した真観や知家をも誹謗するのは、この永仁頃の歌壇情勢と深く絡むということを押さえておく必要があります。即ち京極派が隆盛し、勅撰集撰進などをめぐって二条家対京極家（及び冷泉家）の対抗が激化していた時期で、二条家はいろいろな形で自家の正統性を内外に示す必要があったのです。

これほどの悪口を書き付けている源承と阿仏とは、もちろん仲が良かったとは言えないでしょうが、在世中に終始とげとげしい関係にあったわけではなく、その草庵での小歌会でしょうか、次のような歌があります。これは『閑月和歌集』二九八にあるものです。この『閑月和歌集』は源承撰かと言われています。

法眼源承が草庵にて人人うたよみ侍りしとき　　安嘉門院四条

やまはみなあらしをぐらも見えわかずしぐれにうづむゆふぐれのくも

『源承和歌口伝』にも、「先人此太秦のいほりにたちよりて、たびたび歌連歌など侍りし中に秋十五首に」とあって、その後に、「先人」即ち為家の歌三首と、

秋恋　　安嘉門院四条

色かはる秋をば人のつらさともわがいねがてのなみだにぞしる

の歌一首が挙げられています。この歌は他集にありませんから、源承が直接この時の阿仏の詠を記しおいて撰入したものでしょう。このように阿仏は、為家に同道してしばしば源承の庵を訪れていたわけです。そしてこの後に、源承の釈教百首について「内々状阿房執筆又御歌に点あひてまゐらせ候。これほどの御歌よみにて候けるこそうれしく候へと申せと候」と述べていて、為家からの内々の手紙を阿仏が口述筆記しているのであって、「うれしく候へ」までが為家の言葉、「と申せと候」は阿仏の語です。阿仏尼は為家の批評の場で、書くという形で直接関与していたのでした。

ところで『源承和歌口伝』に次のような一節もあります。

女の歌は是体に侍るべきにや。小町がふりによむべしとぞ申侍りし。阿房にも其様を教へ侍れど、廉《かど》のありとてむつかしきとぞ語り侍りし。

これは俊成卿女の歌の後にある記述なのですが、女歌はこのような風体であるべきだ、小野小町のように詠むべきである、阿仏にも教えたけれど、阿仏は「廉のあり」なので、このような歌を詠むのは難しい、と為家の評を語っています。この「廉のあり」とは具体的にどのようなことを指すのか、訳しにくい語ですけれども、立教大学のメンバーによる注釈（『立教大学日本文学』五六号、昭六一・七）では、「意味不詳。ここでは、「廉」の語義からかどかどしいの意ととる」としています。「かど」は鋭敏、利発、才気というようなニュアンスの語ですから、「かどかどしい」と言ってしまうとちょっと強いような気がします。これは『源氏物語』にたくさん例がありますが、岩佐美代子氏は、宇治十帖の中君が「らうらうじくかどある」性格として周到な人物造型がなされていることを細かに読み解いています（『伊勢と源氏—物語本文の受容—』臨川書店、平一二）。

為氏と阿仏尼

二条家の当の為氏が阿仏をどう思っていたのか、直接に語るものはないのですが、『井蛙抄』巻第六・雑談に、為氏と阿仏尼の逸話があります。

或人物語云、中院禅門と阿仏とゐられたる所へ、為氏まかりて、えんにてこわづくりて、あかり障子をあけて入らむとせられけるを、阿仏房障子の尻おさへて、あかり障子をかくし題にて一首あそばし候へ、あけ候はんと被申ければ、とりあへず、

いにしへのいぬきがかひしすゞめの子立あがりしやうしとみるらん

とよまれければ、あけてわらひて入られけり。たはむれながらに、しにくき心にてや有けん。

源承法眼の説とてかたりき。

為家と阿仏がいる所へ為氏が来て入ろうとしたところ、阿仏が障子をおさえて、「あかり障子」を隠し題に一首お詠みになったら開けますよと言い、為氏がこの歌を詠んだ、と言うのですが、為氏の歌は言うまでもなく『源氏物語』若紫巻を下敷きにしています。いつ頃のことかわかりませんが、ここでは為氏も源承も、特に悪意をもって語った様子はありませんし、作者の頓阿《とんな》もこれを風流譚として語っているに過ぎません。

また、さきに述べたように、文永六年の『嵯峨のかよひ』では、為氏も為世もしばしば嵯峨の為家宅を訪れて、ともに連歌、蹴鞠、酒宴などを楽しんでいます。すでに為家は、文永五年十一月十九日の譲状で伊勢国小阿射賀御厨の預所職と地頭職の代官職を阿仏に与え、文永六年十一月十八日

の譲状で播磨国越部下荘を為氏から返却させ為相に与えました。しかし、文永六年時点では為家・阿仏と為氏は別に仲は悪くはないようです。また、『為氏卿記』文永七年十一月十七日条の、

十七日、晴、早旦参嵯峨、亀、法眼同車、晩頭帰路、阿仏房付此車、持明院へ出也、

はすでに前に挙げましたけれども、この「阿仏房付此車、持明院へ出也」だけでは、為氏の感情はなんとも読みとれませんが、とにかく為家らの住む嵯峨の山荘から、別の車で一緒に出発しているわけです。この『為氏卿記』は文永七年十月から十二月だけしか残っていないのですが、『冷泉家時雨亭叢書』で今年（平成十一年）為氏自筆本の影印が刊行されました。もし『為氏卿記』が全部残っていれば、当時の歌壇史も、また為家と阿仏のことも、詳しく書かれていたでしょうから、残念なことです。とにかく、為家と為氏との関係が悪化するのは、文永九年冬頃からのことです。それでも、為家は最後の譲状を認めたまさに文永十年から十一年頃、為氏の勅撰集撰者拝命のために画策奔走していたことを、佐藤恒雄氏（前掲論文）が指摘していますが、興味深いことです。

『冷泉家古文書』137「融覚書状案」（文永十年七月十三日為氏宛の書状）は、吉富荘を悔い返すことを伝えた書状の案文ですが、その中で「そのついてにつゐにまいらすへき文書ともをさへ、たゝとくまいらせをけと、阿房も御ためよき事をのみ申候しかは、ゆつり状こまかにかきてまいらせ候き」という記述があり、かつて阿仏は、吉富荘と共に為氏に文書類を早く進上なさいと為家に勧め

たので、譲状を書いたのだと記しています。為家は、為氏と険悪になってからこう言っているのですから、脚色はあるかもしれませんが、このようなことはあったのでしょう。

阿仏尼の関与と書写

先程『源承和歌口伝』に見える阿仏の執筆という行為について触れましたが、『延慶両卿訴陳状』に「かつ勅答に就いて畏まり申す状阿仏自筆に云ふ」とあって、為氏が勅撰集撰者に内定したことを亀山院へ感謝する為家の書状を、阿仏尼が代筆したことを述べています。これが書かれた文永十一年は為家没の前年であり、すでに病床にあったとは言え、阿仏が勅答に代筆していることは、阿仏の公的な地位を示しているでしょう。

もちろん歌書の書写にも携わっていました。例えば、『為兼卿記』嘉元元年八月二十八日条、為兼所持の『古今集』の一本が「典侍本、為相朝臣母儀自筆、民部卿入道殿令加奥書給本」とあり、『古今集』を阿仏が書写し為家が奥書を加えたのです。この本については、大島雅太郎氏蔵釈良季筆本がその転写本であり、その奥書「建長七年三月誂或能書令書写之」の右傍に朱で「侍従為相母儀号阿仏房」とあることを、小川剛生氏が指摘しています（歌論歌学集成第一〇巻『延慶両卿訴陳状』補注二七）。

もうひとつ例を挙げましょう。『越部禅尼消息』は、越部禅尼、すなわち晩年の俊成卿女が書いたもので、『続後撰集』成立後にその撰者であり従兄弟にあたる為家に書き送った書状で、『続後撰集』を賞讃する内容のものです。その伝本の中に、

写本云、阿仏房自筆本にて書写了　文字等如本書之畢云々

という奥書を持つ本があります。これは福田秀一氏が紹介した本ですが（「中世勅撰集関係ニ資料」、『国文学未翻刻資料集』桜楓社、昭五六）、現在国文学研究資料館所蔵となっています。上の図（次頁）をご覧ください。この奥書を信ずるならば、建長四年（一二五二）頃に俊成卿女が為家に書き送った個人的な消息を、阿仏尼が書写したわけで、その阿仏自筆本を書写したことを示す奥書です。福田氏の指摘のように、現在流布する頓阿奥書本系統の多数の諸本、及び異系統の谷山茂蔵本のどちらにも、この奥書の記述はありません。

この他にも、阿仏書写の本として、国会本永正十五年写『拾遺集』奥書に為家が阿仏尼に定家筆本を書写させたことが見え、また『類聚万葉』の奥書に「相伝秘本祖母筆」（祖母は為秀の祖母阿仏尼）を含んでいることを、井上宗雄氏『中世歌壇史の研究　南北朝期』（前掲）が指摘しています。

これらの例で、阿仏尼が単に書写したという事実だけではなく、わざわざ奥書に「阿仏房自筆本」云々と記されるに至った点に注意しておきたいと思います。ちなみに『夜の鶴』は阿仏自身が

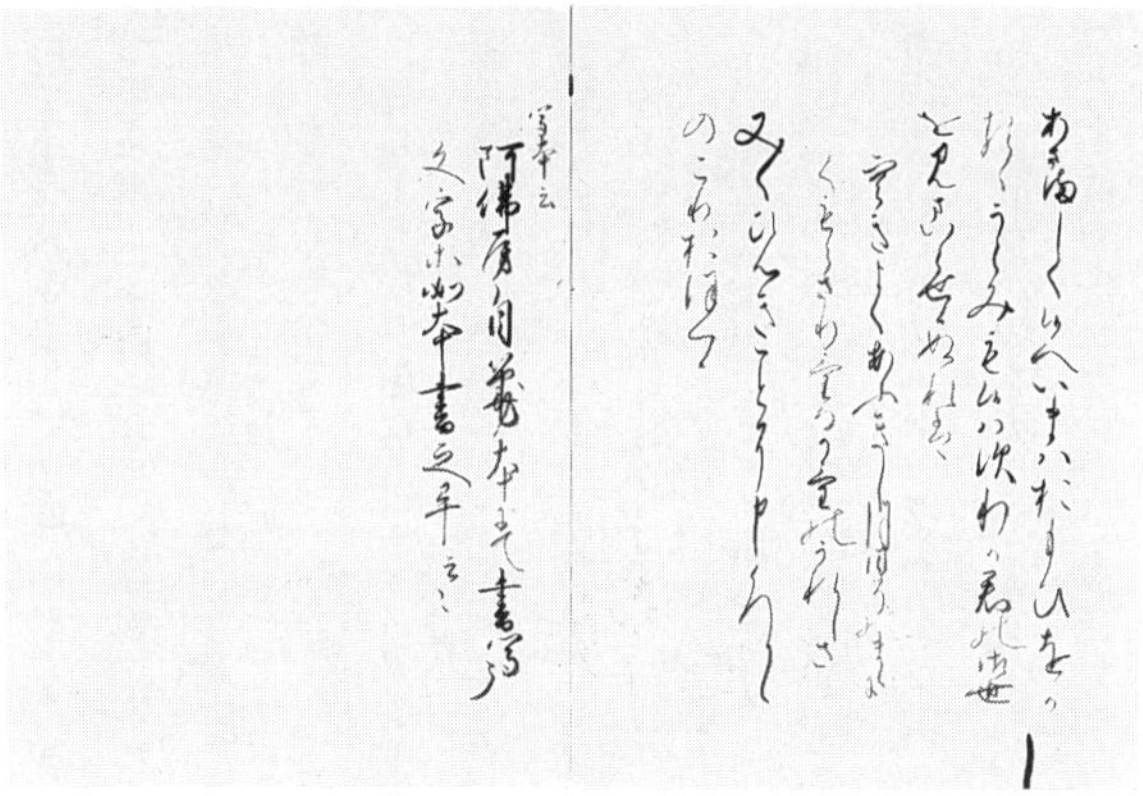

『越部禅尼消息』奥書の部分（国文学研究資料館蔵）

端作り題「さかのあまこせんとしなりの女　中院とのへの御ふみ」。江戸初中期写。

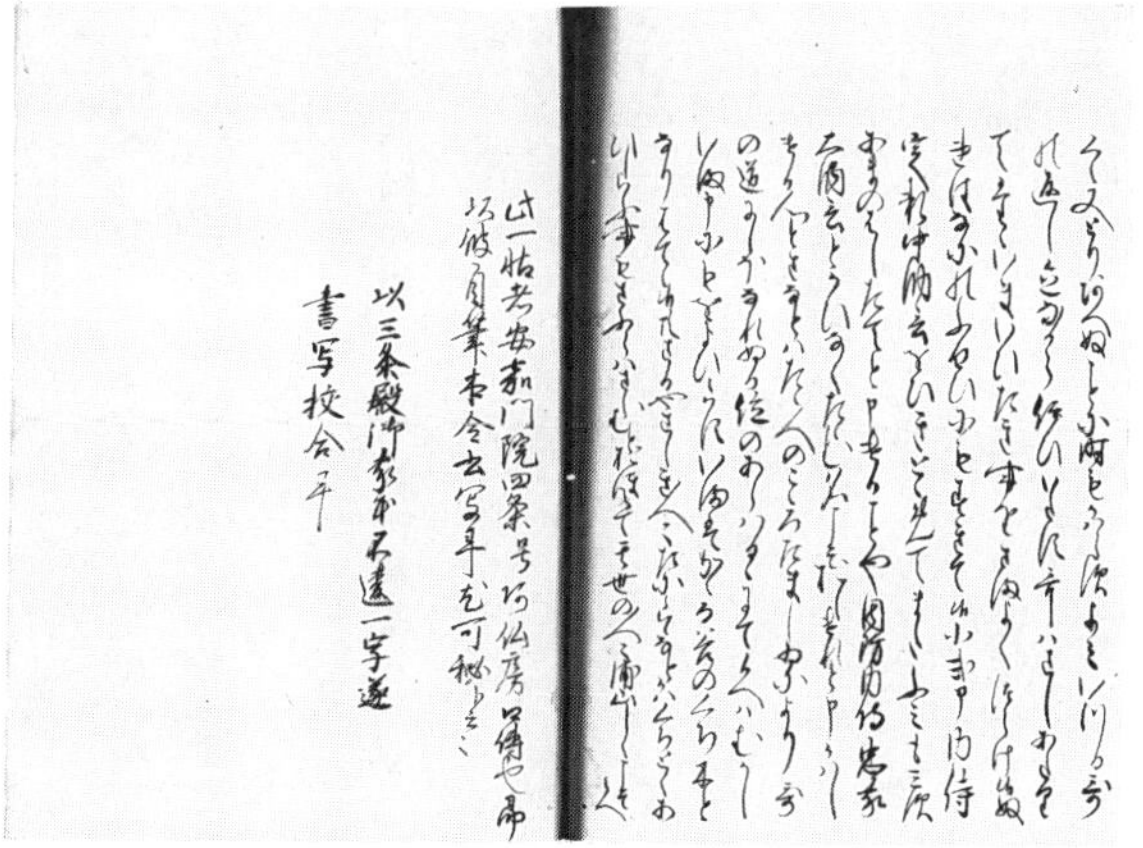

『夜の鶴』奥書の部分（国文学研究資料館蔵、久松家寄託本）

いわゆる『和歌六部抄』で、外題『和歌秘伝抄』。『近代秀歌』以下の六書を収める。江戸初中期写。

書いた歌論書ですので、これらの例とはちょっと意味が違いますが、為相の子為秀は、祖母阿仏の自筆本を親本として数度にわたり書写しており、その為秀自筆本のひとつを忠実に為尹が書写した冷泉家本（『冷泉家時雨亭叢書』六）をはじめ、多くの伝本の奥書が「安嘉門院四条号阿仏房口伝也則以彼自筆本令書写」というような類の文言を含んでいます。ここに掲げた『夜の鶴』（前頁下の図）もその一つです。

このような、単なるアシスタント、あるいは妻という位置を越えて、勅撰集撰者為家の活動の内実に深く入り込み、次第に阿仏尼自身が権威性を帯びてくる部分こそが、後でお話しするような偽書群を発生させる源にもなっていると言えましょう。

話はややそれますが、近年新出資料として紹介された、現在大阪青山短期大学に所蔵されている『十七番詩歌合』という歌合があります。そこに阿仏尼の二首の新出歌があり、『詞林』第一九号（平八・四）に翻刻・注釈が出され、そこで建治元年（一二七五）秋の成立と推定されています。この詩歌合では、一・二番左が女房（主催者の一条実経）に対して右が安嘉門院右衛門佐であり、二首とも彼女が勝を得ています。この同じ年、少し前の九月十三夜、やはり実経家で行われた『摂政家月十首歌合』でも、一番左が女房（実経）、右が安嘉門院右衛門佐（この時は負）で、ただしこの時は判者が真観だったこともあるのか、一勝六負二持でした。摂関家の内々の歌合とは言え、ふたつともこの一番右に阿仏尼が置かれ、しかも『十七番詩歌合』では二首とも勝ちを得ている（判者不明）というのは、少し注意しておきたいと思います。というのは、歌合では、一番左には貴顕や歌合の主催者、歌壇の大御所・指導者などが置かれ、負けることはほとんどありません。勝が普通で、左が遠慮するなど何かの理由で勝にならなくとも、せいぜい持《じ》（引き分け）に留める、というのが、歌合の暗黙のルールです。阿仏尼は一条家とは深い関わりがあり、為相は一条家に出仕したとも伝えられますが（『古今秘聴抄』曼殊院古今伝授資料二）、それだけではこれほど厚遇されていることの説明がつきにくいように思われます。この年五月一日、為家が没していることを勘案すると、これは阿仏尼が、亡き為家の影のような存在というのか、そこまでは言えないとしても、阿仏尼の出詠には、亡き為家の影がちらちらしていたのかもしれません。

御子左家の女性達が、歌道家の存続に有形無形の関与をしていることは後で述べたいと思いますが、勅撰集の撰者の妻に関してだけ言えば、俊成室（美福門院加賀）、定家室（実宗女）、為家室（蓮生女）が、撰者の妻として、このような歌道家の公的な部分に関わる仕事をすることはありませんでしたし、この後も、勅撰集の歴史が閉じるまで、撰者の妻がこのような仕事に携わることはなかったように思われます。しかし阿仏尼は、自身で述べるように、「歌の道を助け仕へしこと、廿年余り三年ばかりにもやなりにけむ」（『阿仏仮名諷誦』）というパートナーシップだったのではないでしょうか。ここには夫を助け、共に歌道家の重責を担ったのだという自負が強く表明されているのです。

眼に見えぬ形で御子左家に累積されていった口伝《くでん》・庭訓《ていきん》・歌学の総体に比べれば、我々が眼にしているのはごく一部分でしかなく、この他にもいったいどれほど多くのものがあったのか、いまとなってはわかりませんが、阿仏は晩年の為家の傍らにあって、その和歌と歌学と批評の場を具さに見聞きし、代筆や書写によって直接間接に関与し、御子左家の口伝や庭訓の数々を直接他者に語り伝えることができた者として扱われたのであり、単に歌書を所有していることだけではなくて、歌書に付随する眼に見えないこのような部分こそが、二条家の人々を脅かしたのではないでしょうか。阿仏尼が著した歌論書である『夜の鶴』も、直接間接に定家・為家の言説を伝えるものにほかならないのです。なお御子左家の庭訓・歌論については、佐藤恒雄氏「歌学と庭訓と歌論」(『歌論の展開』風間書房、平七)がまず第一に拠るべき論文と言えましょう。

『古今集』伝授の場

よく論及されているものですが、ある『古今集』伝授の場を見てみましょう。伊達家旧蔵無年号本『古今和歌集』(定家自筆・安藤積産合資会社現蔵)の京極為兼の識語の中に、「(前略)斯　後高

倉院御本　異于他為古本之由年来所聞及也　件御本一説貫之自筆云々繁高相伝之　以此次可尋試云々即以為相朝臣母儀　可免一見之由　被示遣之処　此御本於身所預置　非無其恐　早可進置也云々（後略）」という一節があります。長いので全部引用しませんが、この前後の文も含めて意味や状況を説明しますと、為兼は文永九年秋頃、姉の為子とともに祖父為家と「数ケ月連々同宿」し、為家から三代集の伝授を受けました。『古今集』の仮名序には、語句の原歌や説明を示す古注が古くから付されているのですが、仮名序の一節「安積山《あさかやま》の言葉は采女《うねめ》のたはぶれよりよみて」の典拠として「安積山かげさへ見ゆる山の井の浅くは人をおもふものかは」（万葉集）がそこに書かれていないのを為兼が不審に思い、相伝の証本二、三点にもなかったが、平繁高《たいらのしげたか》が所持していた後高倉院本（一説には貫之自筆本）を為相母の阿仏を通じて一見させてほしいと申し入れたところ、繁高は自分がこの本を預かっているのは恐れ無きにしもあらずなので進上すると言ってきたので、それを皆で閲覧したところ、為兼の言う通りであったので、為家は感懐の余り為兼にこの本（恐らく後高倉院本）を譲与しました。更に続く為相識語によれば、嘉禄二年定家自筆本（定家から為家へ、為家から文永二年に為相に譲っていたもの）に為家が自ら「安積山……」の歌を書き加えたのです。これは『冷泉家時雨亭叢書』の嘉禄二年本『古今集』仮名序の影印を見ると、為家が実際に「あさか山」の歌を行間に書き入れているのを確認することができます。この後高倉院本の持ち主平繁高は度繁の子、つまり阿仏尼の兄弟です。この文永九年、嵯峨で為家が為兼・為子に数ケ月に渡り同宿して三代集の伝授をした、つまり三代集の集中講義が、合宿形式で数ケ月続いたわけです。そのような場に、阿仏ももちろん同席していたでしょう。この為子と阿仏は親しく、『十六夜日記』にその深い友情が語られています。

ところで、この後高倉院本『古今集』などについては、『為兼卿記』にも関連した記事がありますす。さっき阿仏筆本として少し申し上げたところですが、『為兼卿記』嘉元元年八月二十八日条、為兼が伏見院・後伏見院に古今序の伝授をした時、為兼所持の『古今集』証本は三本あり、「証本三本随身、其内一本京極中納言入道御自筆、一本後高倉院御本、一本典侍本、為相朝臣母儀自筆、民部卿入道殿令加奥書給本也、……藤大納言、典侍殿被祗候、両人同時ニ文永之比令伝受之趣被申之」と書いています。この三本は即ち先程の定家自筆伊達家旧蔵無年号本、後高倉院旧蔵本、それから典侍本（阿仏自筆為家奥書本）です。「文永之比……」はこの文永の伝授を指しています。

ところが、この出来事は、『源承和歌口伝』にもあって、次のように書かれています。

……末弟あつめて阿房みづから文字よみして心のまゝなる事ども申しけるを、先人はそらねぶりして彼の申すまゝにて侍りけるほどに、古今序に、

あさか山かげさへ見ゆるやまの井のあさくは人をおもふものかは

此歌かきおとせりとて、ふるき本にはかにかきのせられけり。か様事も慶融法眼其座に
侍りて、後に語侍りしにこそきゝ侍りしか。

阿仏が『古今集』の注釈をして勝手な説を言い、為家はそら眠りしながらそのままにさせていて、阿仏は序に「あさか山……」の歌がないのを書き落としていると言って古い本に書き加えた、というのです。この伊達家旧蔵無年号本『古今和歌集』為兼の識語と『源承和歌口伝』とが、同じ時のことを言っているのか、確証はありませんが、「ふるき本にはかにかきのせられけり」とありますから、同じ時のことかもしれません。為兼、為子（彼らのことを「末弟」と言っているわけです）だけではなく、慶融（源承の弟。二条派で重きをなす人物）もこの歌学の場にいたと書かれています。『為氏卿記』によれば為氏がよく慶融を同道して為家宅へ行っていることは先に述べましたので、これは納得できます。それにしても、どちらが事実に近いのかわかりませんけれども、このふたつの捉え方、伝えられ方の違いには驚きます。

このように、この頃の阿仏尼の姿を伝える歌学書・歌論書は、二条家対冷泉家（及びそれに近い京極家）の対抗をそのまま反映していて、それぞれ自分の側に都合が良いように書いたものなのですから、同時代に近い資料であっても、阿仏尼の真実の姿を伝えるものとは必ずしも言えないのです。そして実は、この「あさか山……」のことは、『延慶両卿訴陳状』でも問題になっています。

為兼は識語と同様のことを第二度陳状で述べているのですが、為世は第三度訴状で、為兼の説には阿仏尼の邪説が混入していると猛烈に反撃しています。

『延慶両卿訴陳状』

阿仏尼についての源承らの評言は、あくまでも二条家の立場から発せられたものですから、我々はそれを相当割り引いて聞く必要があるわけです。もちろん二条家の立場からすれば、冷泉家・京極家に対抗して勅撰集の家を守るためには極めて当然のことと言えます。それを更に鮮明に示しているのが、この『延慶両卿訴陳状』です。これは『玉葉集』撰者をめぐって、もちろん阿仏の死後ですが、二条為世と京極為兼が論争し、室町期にそれを抄出したもので、当時の歌道家の生々しい実態がよく窺われる資料です。その中で、為世は繰り返し二十七年前に没している阿仏への激しい非難を述べています。『歌論歌学集成』第十巻（三弥井書店、平一一）所収の、小川剛生氏による訓読本文から少し引用しますと、例えば「為世第三度訴状」では、「没後に至りては、亡父と継母阿仏と違背の後、かの卿父子阿仏に追従して僅かに当道の事を習ふか。よって祖父の正説にあらざるの間、風体と云ひ訓説と云ひ、ひとへに当家の説に違ふ者なり。この条については、世の知る所なり。人の哥ふ所なり」「為兼卿尼公の説をもって正説と称するの条、委細先条に載せをはんぬ。奸曲謀計等、これらの次をもって尋ね究めらるるの条、もっとも庶幾する所なり」「すべてもって存知せず。もしくは阿仏の謀作か。たとひ継母の讒言により、一旦遺恨の事ありといへども、病床に於いて撰者に挙し申すの条、何ぞ疑殆を貽さんや」のように言及されているのです。

このように見てくると、この『延慶両卿訴陳状』が示すごとく、二条家による言説では、阿仏尼への悪口はすさまじいものですが、それはむしろ、阿仏がなぜかくも批判にさらされ忌避されたかということを鮮明に示しているとも言えます。つまり所領の問題を越えて、勅撰集の家の存立に関わる歌書の所有、それに付随する歌の家の権威性そのものが問題であり、阿仏は歌の家の批評の現場・言説に為家を通して直結していたがために、御子左家に集積される口伝・庭訓・歌学の伝承の中枢に深く入り込んでいて、次第に為家の権威を帯びていった面があるようです。その権威を背にした冷泉家、京極家の存在は二条家の根幹を脅かすものであり、二条家は当然自派の立場を正当化するために、自家の弱点を阿仏の存在に転嫁して弁明し、同時に相手側の家説は為家ではなく阿仏尼の説が混入していて正説ではないと攻撃するのであって、阿仏は必然的に二条家の具体的な標的になったのです。

阿仏尼の享受

こうした様々な言説は、真偽とりまぜて語られ伝えられ書き留められ、現在残る『古今集』の注釈書でも、阿仏の名がしばしば見られます。特に鎌倉末から南北朝にかけては、歌道宗匠家たる二条家と大覚寺統（後嵯峨院の子亀山院に始まる皇統）、京極・冷泉家と持明院統（後嵯峨院の子後深草院に始まる皇統）がそれぞれ連携して対立拮抗し合った時期ですから、基本的には歌道宗匠家の家説を基点とし、その正統性、あるいはそれと対立する異説の主張という構図になります。例えば『古今秘聴抄《こきんひちょうしょう》』（曼殊院蔵古今伝授資料一）。元徳三年〈一三三一〉成立）という本がありますが、奥書に見える元盛は二条派歌人で、これは二条派側からの記述です。先程の安積山の件も含めて阿仏・為相が頻出していて、例えば、「(為相は）其時十三歳なれば何事をかはかばかしくつたふべき。又母の阿仏さるさかさかしかりける人なれば……為氏の細川庄とらむとて、為相をば後一条殿（実経）に奉公せさせて、わが身は関東にくだりて十余年へてかまくらにて死去」などとあります。為相が一条家に出仕していたというのは、先の『源承和歌口伝』で阿仏が一条家へ参上したとか、鎌倉下向時に一条家に典籍を預けた等という記述と符合します。ですが「十余年」というのは、実際は四年足らずですから、事実ではありません。でも鎌倉で没したというのは、正しい可能性もあります。このように史料としては信憑できないが、なにがしかの真実の側面を含んでいる可能性がある、というものが多いのですが、他にも『親房卿古今集序註』をはじめとする様々な『古今集』注釈書に、阿仏の行動や言説が伝えられています。こうした注釈書は、正確にそのまま伝えられていくというよりも、むしろその注釈者がおかれている時代・状況・立場をより純粋に鮮明に反映して変容していきます。ですから、京極派が壊滅し、南北朝末には二条家すらも断絶すると、歌道宗匠家とそれに対立する歌道家の記事は多く削られていくのです。

こうした注釈書と併行して、鎌倉後期以降、反御子左派や御子左家庶流・冷泉流・二条派末流の人々などによって多くの偽書・仮託書・秘伝書が製作されました。特に歌道家の権威から距離的に離れた鎌倉には、九条流・家隆流・為顕流・為実流、そして為相流などが形成されて、互いに錯綜し合っていますが、それぞれその流派の祖に仮託した偽書がたくさん作られました。ここに深く入り込んでいくときりがありませんが、ひとつだけ触れておきますと、定家に仮託された偽書であるいわゆる鵜鷺《うさぎ》系歌学書は、『愚秘抄』『三五記』『愚見抄』『桐火桶』、これらの書の元になったかと言われている『毎月抄』などで、更には『定家十体』『未来記』『雨中吟』なども一連のものとして扱われることもあります。これらのうちのいくつかについては、何らかの形で冷泉家周辺、阿仏尼・為相らの製作・関与を考えることがなされています。例えば『未来記』には、阿仏の添状が付載され、さらに奥書に「順教房先日来臨語云、阿仏房在国之時、和歌文書中有京極未来記五十首云々、仍後日書送之」で始まる長い奥書があり、この書が阿仏作か、他の人の作か、よくわからないのですが、とにかく阿仏が鎌倉で順教房にこの『未来記』を見せたことを述べていて、こうした仮託書・偽書で阿仏の名が掲げられることがあることだけ注意しておきます。こうした偽書は都よりもむしろ多く関東で増殖しました。

こうした偽書群ではない書物では、南北朝以降はどのようになるでしょうか。『夜の鶴』は『近来風体』（二条良基）によって初めて他家の人に引用されています。そして『聞書全集《ききがき》』（細川幽斎）や『梨本集《なしのもとしゅう》』（戸田茂睡）にも類似の記述があります。近世以降、阿仏尼への二条家の非難を受け継いだような記述は特に見られず、『夜の鶴』が引用されたり、あるいは『十六夜日記』の著者という捉え方が一般的であると言えるのではないでしょうか。『初学一葉』（三条西実枝が著し幽斎に与えたもの）では、後半『藤川百首』題によって例歌を掲げているので、阿仏作と伝えられている「安嘉門院四条局」の歌は、為家・実隆・定家・為定と共におびただしく引用されていますし、『歌のしるべ』（宣長門の藤井高尚）では、「歌詠むしるべの書、古くは定家卿の和歌庭訓、為家卿の詠歌一体、阿仏房の和歌口伝などいふ書のたぐひ見え、近き世にも書ける人数々あり」と、御子左家の歌学を継承する一人として捉えているものもみられます。

先程の注釈の類と全く同じように、時代が下ると二条家の血統は絶えてしまい、同時に冷泉家が二条家の蔵書までも吸収していきますので、阿仏が新たに批判される理由もなくなって、そうした部分は捨象され、むしろ阿仏尼自身が鎌倉期を代表する女性文学者として、また『乳母のふみ』（庭の訓）という女訓書の作者としても、あるいは古筆における女筆の能書としても享受される、というように、姿を変えていくのです。

阿仏尼が御子左家で書物の書写に関わったこと、阿仏自筆という奥書を含む本については先に触れましたが、実は「伝阿仏尼」と伝えられる書物や古筆切れは現在多くあります。最も古い古態を示すとも言われる静嘉堂文庫蔵『西行物語』（重要文化財）は伝阿仏尼筆ですし、紀州徳川家旧蔵『源氏物語』も伝阿仏尼筆です。東京国立博物館蔵『土御門内大臣日記』は鎌倉中期頃の写本で、金沢文庫旧蔵、重要文化財ですが、これも伝阿仏尼筆です。古筆切では有名な鯉切・秋田切・角倉切、その他、あちこちの手鑑等にあり、書状類もいくつかあって、宮内庁

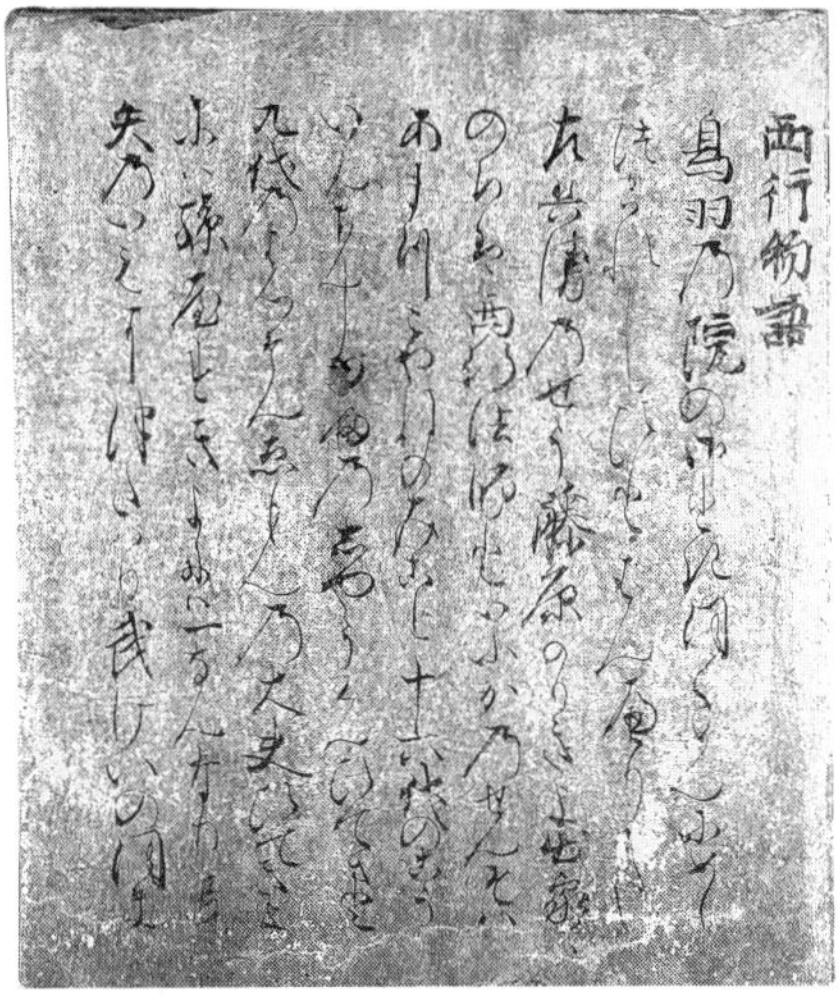

伝阿仏尼筆『西行物語』（静嘉堂文庫蔵）

三の丸尚蔵館所蔵の五月四日の日付のある伝阿仏尼書状、大通寺所蔵の書状その他、伝阿仏尼筆と言うところの書物・古筆切は大変多いのですが、実は真筆と確定しているものはないのが現状です。それらをいくつか見比べてみると、共通の手跡と思われるものもありますが、それらすべてが同一の筆とは言えないことが一目瞭然です。要するに、鎌倉中後期あたりの女筆を伝阿仏尼とするのが古筆鑑定の定石である面があって、「伝阿仏尼筆」は中世・近世における阿仏尼の享受の一側面、阿仏尼の存在性を示すものと言えるでしょう。

第三節　阿仏尼再考のために

近代以降の評価の変容

先程『乳母のふみ』の近世までの享受について少し申し上げましたけれども、女性用の往来物（教科書の類）は、近世から明治初年にかけて盛行し、一千種以上もあるそうですが、そのうち教訓型の最も古い女訓書として、『乳母のふみ』（庭の訓）はよく読まれ、阿仏尼は明治時代も国定の女子修身の教科書で取り上げられています。『うたたね』は明治三十四年の続帝国文庫（①）に収められていますが、その解題で阿仏について「為家の薨後その為相に与へたりし播磨国細川の庄を、為氏奪ひたりしかば、阿仏尼鎌倉へ訴へて勝を得。以て冷泉家を起されし人なり」とあるのも、この時代の阿仏尼観の一端を示すものでしょう。『十六夜日記』も多くの女学校の教科書に載せられています。

『源承和歌口伝』が明治末に佐佐木信綱氏によって発見され、それによっていままで『十六夜日記』により良妻賢母の代表のように言われてきた阿仏尼が、国文学においてはかなり批判的な評価をされるようになりました。研究書においてさえ、特に古いものでは「為家の老後その傍にあって、名望を得ようが為に種々策動し、でたらめに歌書を筆削」「為家に近づき和歌文書を掠め取った」「譲状を為家に書かせたのが、彼女の策謀である」のような類の記述を時折見かけます。近年は見直しの機運がありますけれども、現在でもこのような傾向が全くないとは言えないかもしれません。私自身も、阿仏のことを調べ始める前はそのようなイメージを抱いていなかったとは申せません。

しかし考えてみれば、天皇家・摂関家やその他の家々で、遅く生まれた子を鍾愛したため、それが紛争の種になることは古今東西よくあることで、現に阿仏尼が生きた後嵯峨院時代も、後嵯峨院が後深草の弟亀山を愛し帝位につけたことから、両統迭立の長い時代が始まったのでした。しかし、この両統迭立の抗争こそが、勅撰集の時代と言えるほどの活況、陸続たる勅撰集の撰進を促したとも言えるのです。

更に言えば、直接には為家と阿仏尼が冷泉家分立の因を成したとも言えますが、ある面では、鎌倉期の歌壇史において、分裂と抗争は不可避的な出来事でした。これは為家の時代に限らず、また皇統や歌道家に限らず、また京に限らず、必然的波及的に起こっていた事象であると思われます。御子左家に関して言えば、為家以後、二条（為氏）・京極（為教）・冷泉（為相）の三家に分かれただけではなくて、もう少し細かく言えば、為家と内侍女との間に生まれた為顕《ためあき》は関東へ下って一つの権威となり、また二条家の為氏の四男為実《ためざね》も、父為氏に鍾愛され、二条家を継いだ兄為世とは別の一派を立てようとして関東で活動する、というように、そしてこれ以後も、絶えず分裂していく要因をはらんでいるのです。また、京歌壇の文化はこのような様々な人々によって鎌倉へ移植され、鎌倉中期には鎌倉にも歌壇と言えるものが形成されますが、それと併行していわゆる宇都宮歌壇が宇都宮及び笠間周辺に形成され、それもまた宇都宮宗家と笠間家というふたつの円を考え得るというように、分裂・拮抗は、あらゆる場面で起こっています。これらはそれぞれに何らかの権力・権威と結びついていきます。

為家との結婚以後の阿仏尼の評価については、家・派の分裂とその熾烈な対抗という史的位相とそこからの照射がまず第一に考えるべき要因であり、良妻賢母・母性愛という個の資質に帰するのではなく、あるいは逆に、烈女、悪女とかいうようなフィルターを通さずに、つまり女性とか母親とかの枠組みから離れて、ジェンダーフリーな眼で見ていく必要があるのでしょう。

とは言え、女性史研究においてこそ阿仏尼が正当に評価されているかというと、それもなお今後への課題を含んでいるかもしれません。脇田晴子氏は『中世に生きる女たち』（岩波新書、平七）などで、彼女は『十六夜日記』で模範的な母親像を演出して訴訟を有利に運び、文学作品にも感動を呼び起こそうとしたのであり、女性の自己実現が母親の姿をとらざるを得ない時代であったと述べています。また田中貴子氏は「中世の皇室と女性と文学」（『岩波講座日本文学史』五、平七）で、阿仏尼を「伝統的な「家」の奥底に入り込み、「家」の女主人の役割を全うすることで自己実現を計ろうとする」「「家」の一員となりながら内部で自らの才能を開花させる方法をとった」と位置付けました。このような見方も一面を捉えている部分もありますが、阿仏尼の実像がその枠組の中に封じ込められてしまうかもしれないのをおそれます。むしろ現在に至るまでの長い時代の波、特に家父長制の価値観に洗われて、模範的な母親像・家の女像を示すものが多く残って現在まで伝えられたと考える方が良いのではないでしょうか。

このように様々にゆらめく阿仏尼像は、逆にその時代の価値観を反映しているものでしょうから、このような女性史研究における阿仏尼像もまた、現代の価値観を如実に示すものかもしれません。いまこうしてお話ししていることも、むろんその規制から逃れられるものではありません。

家の意識

阿仏尼の文学の大きなキーワードとして、古くから「母性愛の文学」ということばが多く使われてきました。これを否定するのではありませんが、しかし子への愛ということで言えば、男女にそれほど大きな違いがあるでしょうか。少なくとも、文学において、父性愛・母性愛と分けて考えねばならないほどの違いがあると意識されていたでしょうか。これは大変大きな問題で、簡単には論じられませんが、ひとつだけ例を挙げておきます。

平安期以降、和歌や物語において、子への愛情を表現するのに常套句のように使われた「子を思ふ闇」「子を思ふ道」「心の闇」等の表現は、『後撰集』雑一、藤原兼輔《かねすけ》の有名な歌「人の親の心は闇にあらねども子を思ふ道にまどひぬるかな」に拠っています。これについては、以前『ポラーノ』（第三号、帝国女子大学児童学科、平四・三）という小さな雑誌に書いたことがあるのですが、種々の徴証から、これは『大和物語』四十五段が伝えるような、兼輔の娘桑子が醍醐帝に寵愛されることを願う歌ではなく、『後撰集』の長い詞書の方に信憑性があって、むしろ子息達の叙爵の訴えなどに絡むのではないか、という推定をしました。また、この歌を享受しこの表現を詠み込む和歌・物語に男女の別はなく、父親と母親、息子と娘を問わず使われています。『十六夜日記』にも、「子を思ふ心の闇は、なほしのびがたく、道をかへりみる恨はやらむ方なくて」と書かれています。

御子左家周辺ではどうだったのでしょうか。為家の父である定家の日記『明月記』に見える定家の子煩悩ぶりは、本当に大変なものです。『明月記』には、為家の行動や様子、定家から為家への愛情や心配、嘆きなどが長年にわたり細々と書き付けられていて、定家が為家の官途や歌人としての将来に、どれほど心を砕いていたかを窺わせます。いえ、子煩悩という言葉はちょっと違うかもしれません。為家への愛情は、為家が御子左家を嗣ぐ存在であるからこそ、定家は為家の幼少時は病気ひとつに大騒ぎし、長じては昇進や結婚や、孫たちの行く末にもあれこれ配慮を重ねているのです。対照的に定家は為家の兄光家（浄照房）には実に冷淡で手厳しく、彼の母が前妻の藤原季能女ということもあるのでしょうが、為家を嗣子とし、「光家の歌太だ尾籠、赦面極まりなし」（『明月記』、建保三年八月十五日）、光家の歌はひどく見苦しいと言い、見放したような態度です。そして『新古今集』はおろか、定家単独撰の『新勅撰集』にも一首も入れていません。『新勅撰集』では、定家は知り合いの歌好きな好士の詠を、一、二首ぐらいは入れてやっているのですが。しかし、嫡子が和歌の才も含めてこの家を継承できる器かどうかは、家の存亡に関わる問題ですから、感情の次元の問題ではありません。定家の父俊成も、定家と同腹の七歳年上の兄、長男である成家ではなく、定家を嗣子としています。俊成・定家がそれぞれ成家・光家を嗣子としなかったことは『延慶両卿訴陳状』でも述べられています。まだ年若い我が子に将来家を託せる器量があるかどうかという見極めについては、この時代の人々は大変に峻烈であったのではないでしょうか。男子だけではなく女子についても、定家は孫娘である「鍾愛の孫姫」のちの後嵯峨院大納言典侍に、生まれてまもない頃、見えぬ目で自ら書写した『拾遺集』『伊勢物語』『後撰集』を次々に与えています。これはお祝いの意味でしょうが、更に『古今集』を書写して贈与したのは、彼女がわずか五歳の時でした。定家の期待通り、彼女は若き女房歌人として後嵯峨院歌壇にデビューします。

為家も、晩年に阿仏尼との間にもうけた為相を鍾愛したと言われますが、嫡子為氏の不孝を理由に為相への譲状を書く一方、同じ頃に為氏を勅撰集の撰者にするべく奔走したというバランス感覚を持っていました。それに、為家が遅く生まれた為相を溺愛したのは、年老いてから生まれた子が可愛いということや、為氏との感情的な対立など、人間臭い部分ももちろんあるでしょうが、幼い為相の器量・才能を見抜いたからこそ歌道家を継ぐ財産と権利とを部分的に与えた、という面をあわせ考えるべきではないでしょうか。決して盲愛ということではないと私は思います。為相のその後を見れば、その見通しははずれてはいなかったと思われます。為相は冷泉家を興し、壮年以後関東を拠点に活躍し、和歌のみならず鎌倉文化全般の興隆に多大な功績を残し、また都でも一時は勅撰集撰者を競望するほどの位置にあり、結果的には撰者にはなりませんでしたが、晩年従二位権中納言に至りました。伝為相筆『新古今和歌集』など為相筆と伝えられる本や奥書は少なくなく、更に古筆切はおびただしくあります。為相については、井上宗雄氏『中世歌壇史の研究　南北朝期』（前掲）・福田秀一氏の『中世和歌史の研究』（前掲）に詳しいのですが、今後更に研究されても良い歌人であろうと思われます。

話がややそれましたが、このような子への愛情の表現は、家の意識と分かち難く結びついているのであって、だからこそ阿仏尼も、為相のために東国へ下向し、歌枕の手本でもある『十六夜日記』を書き、和歌の庭訓『夜の鶴』を執筆するのです。今関敏子氏は、早くこの点を問題とし、『十六夜日記』が母性愛の文学とされてきたことには「現代の読み方として母性の美化がある」ことを指摘して、「亡夫の代行としての家の後継者となるべき子どもを育成する、現代からみれば、〝父性〟と呼ぶべき阿仏尼の母としての姿勢は、単に個人の資質に拠るものではなく、彼女の生きた中世という時代にも深く根ざすものである」と述べています（『中世女流日記文学論考』和泉書院、昭六二）。首肯すべき見解です。定家の日記『明月記』などは、為家や子孫に向けて庭訓として書かれた側面も強いと思われますし、日記も歌論書も多くがそのような性格を持つものであり、他にもそのような例はおびただしくあるわけですが、そのようなものを「父性愛の文学」と言うことはありません。父性という人間性に帰するべきものではないからです。阿仏尼の場合も母性愛云々というよりも、ストレートにその時代的背景や和歌の家の確立と継承という史的側面から捉えていくべきではないでしょうか。

御子左家の女性たち、女房たち

先程後嵯峨院大納言典侍のことを申しましたが、御子左家の女性達は、才女揃いと言うのか、恐らく幼い頃から英才教育を受けたと思われます。俊成、定家、為家いずれも、その娘達の軌跡をある程度辿ることができます。もちろん御子左家には歌人が多いのでそのいちいちは申し上げませんが、他の歌人の家と比較してみると、他の家でも歌人の娘がまた勅撰集の作者や歌人になっている例はもちろん多いのですけれども、特筆すべきことは、御子左家は女房の家と言っても良いほど、彼女達が代々女房として出仕していることです。美福門院・後白河院・建春門院・式子内親王・八条院・高松院・上西門院・後鳥羽院・承明門院・春華門院・後堀河院・藻璧門院・安嘉門院・後嵯峨院・大宮院・和徳門院などの女房として、長年仕える女性が多いのです。この院・女院については巻末の系図をご覧ください。長年仕えているということは、それだけ信頼される有能な女房だったということでしょう。もちろん女房を代々輩出する家は御子左家に限ったことではありませんが、御子左家の女房の数の多さ、それから文芸との関わりの深さには驚かされます。

　全部述べている時間はないのですが、主な例を挙げておきましょう。まず俊成の妻、美福門院加賀（藤原親忠女）は、文学史ではほとんど目立たない存在ですが、夫や子女に多くの文学的影響を与え、かつこの女房の家を形作るのに大きく寄与したと思われます。彼女は『源氏物語』を愛好し、一族の歌人・女房たちを動員して源氏供養（紫式部のための一品経供養）を行っています（久保田淳氏『藤原定家とその時代』岩波書店、平六）。文学への深い理解を有する人だったのでしょう。前夫為経との間に似絵（肖像画）の大家として著名な藤原隆信を産んでいます。俊成との間の娘として、八条院三条・八条院按察《あぜち》・建春門院中納言（八条院中納言・健御前とも。『たまきはる』作者として知られる）・高松院新大納言（祇王御前）・上西門院五条・前斎院大納言（竜寿御前。前斎院は式子内親王）・承明門院中納言（愛寿御前）らがいて、八条院権中納言（延寿御前）も恐らく同母でしょう。これだけの娘たちを教育し、女房として出仕させているのは、並々ならぬ才学と器量の持ち主だったと思われます。建久四年（一一九三）彼女が亡くなった時の俊成と定家の哀傷歌は、まことに心打たれるものです。

美福門院加賀以外の女性から生まれた娘としては、俊成と前妻藤原為忠女との間に生まれた後白河院京極がいて、夫成親と共に後白河院に重用されました。建春門院中納言（健御前）が建春門院に初参した時に世話をしていることが『たまきはる』にあります。八条院坊門局は俊成と藤原顕良女（六条院宣旨）との間に生まれた娘で、建春門院中納言（健御前）を養女としました（『砂厳』）。数々の典籍を書写したことが知られていて、俊成周辺の書写活動において、坊門局が果たした役割の大きさについては、田中登氏が述べています（「坊門局の書写活動」『王朝和歌と史的展開』笠間書院、平九）。他に、俊成と家女房忠子との間に生まれた前斎院女別当は、前斎院大納言と同様に、式子内親王に仕えていました。定家は姉妹がこれだけ宮仕えをし禁色《きんじき》を賜っていることを、誇らしげに『明月記』嘉禄二年十二月十八日条に書き付けています。

俊成卿女は、ご存じの通り著名な歌人ですが、俊成の養女で、実は俊成の孫娘に当たり、八条院三条の娘です。『千載集』撰集の手伝いをしたとも伝えられ（『自讃歌注』）、後鳥羽院に出仕、新古今歌壇の新進歌人として活躍しました。この少し前に夫の源通具《みちとも》が新しい妻と結婚したので、俊成卿女は離婚後二児をかかえて未経験の女房勤めを始めた、というような表現をされることもあるようですが、正式に通具と離別したわけではないようで、むしろ女房の家の伝統を継承しつつ名誉ある院の女房に出仕し、かつ御子左家の和歌を代表する歌人として登場した、と捉えるべきでしょう。後年勅撰集の論評をした『越部禅尼消息』があり、『無名草子』の作者かとも言われています。

　定家の妻は内大臣西園寺実宗女で、太政大臣に至った公経の姉にあたります。和歌など文学的な事跡は見あたりません。ですが政治的・社会的に、この女性と結婚しなかったら御子左家はこれほどの繁栄をしなかったかもしれないと思われるほど、御子左家にとって権門西園寺家との連携は重要で、その意味で彼女の存在は御子左家の将来を左右しました。『明月記』にもよく出てきて、家《いえ》刀自《とうじ》として一家を支えていて、定家は意外に愛妻家であったように思われます。

　為家の妻は、これもまた鎌倉幕府の武士の名族である宇都宮頼綱（蓮生）の娘で、父蓮生は富裕で大変に権勢のある人物でした。蓮生は歌人としても知られていますが、この為家室である蓮生女には文学的事跡はないようです。為家と離別した後、為家と源承を相手に相論を起こしたことは先程述べましたが、これは為家の勝訴となったようで、その後彼女は八十歳まで生きて、弘安二年（一二七九）に没しました。孫娘の九条左大臣女がその死を悼む歌が残っています。

　余計なことですけれども、俊成・定家・為家いずれも前妻と離別もしくは死別した後に、それぞれ妻としてこの美福門院加賀・実宗女・阿仏を迎え、それぞれ幾人かの子をなし、長く添い遂げているのはちょっと面白いところです。

さて、民部卿典侍は定家の娘因子で、為家の同母の姉です。定家はこの娘を深く信頼していたようです。彼女は後鳥羽院・安嘉門院・後堀河天皇とその中宮（藻璧門院）に仕え、妹の香はこの姉典侍のもとに仕えていました。天福元年（一二三三）藻璧門院急逝に伴い姉妹ともに出家し、定家もまもなく典侍のあとに続くように出家しています。父を助けて古典書写にも関わっています。この因子が元久二年（一二〇五）はじめて後鳥羽院に出仕する時、定家妻（実宗女）の母にあたる女性（つまり因子の祖母。藤原教良女）が、近衛院・高倉院に女房として仕えた経験を生かして、こまごまと世話をしていることが『明月記』によって知られます（土谷恵氏「定家妻の母の尼公」『明月記研究』第一号、平八・一一）。また、和徳門院新中納言も定家の娘で、民部卿典侍の姉妹です。『十六夜日記』に阿仏との交友が見えています。

後嵯峨院大納言典侍為子は、すでに何度か出てきていますが、阿仏を父為家に紹介した人です。為家第一女で、定家の「鍾愛之孫姫」であり、先程述べたように定家は『伊勢物語』『古今集』などの典籍を授与し、為家も深く鍾愛しました。為子という名が付けられているのも、それと無関係ではないと思われます。為家の『続後撰集』撰集の手伝いをしたとも言われています。十歳余で後嵯峨院宮廷に出仕し、九条左大臣道良と結婚しますが、若くして夫と死に別れ、その後再出仕しますが彼女もまもなく早世しました。冷泉家から『秋思歌』という、為家が彼女の死を悼む家集が発見されたことも、先程申し上げました。九条左大臣女は、この後嵯峨院大納言典侍と九条左大臣道良との娘で、為家の孫にあたります。彼女も一時ですが上臈女房として出仕、また定家自筆の『新古今集』を与えられ、京極派歌人としても知られています。為子と九条左大臣女については岩佐美代子氏『京極派歌人の研究』（笠間書院、昭四九）に詳しく論じられています。

京極為教女の為子は、為兼の姉で、大宮院権中納言とも呼ばれます。さっき申し上げたように祖父為家から為兼と共に三代集の伝授を受けていて、阿仏と極めて親しく『十六夜日記』に五回も贈答が見えています。京極派の歌人として著名であり、京極家の代表として為兼と並ぶほどの権威性をもっていたかと思われます。

このように、御子左家の女性たちは、代々、内裏・院・女院の女房として仕え、そこで得た貴重なリアルタイムの情報を家にもたらし、家の人々の出仕や昇進や人間関係作りに寄与し、また近親の女性が女房として初参するのを世話するなど協力し合い、あるいは養女として関係を結び合っています。一方では歌道家の女性として和歌を学び、そのために幼いうちから歌書を書写して与えられ、才能ある者は歌人として活躍し、勅撰集の撰集の手伝いをし、典籍を書写し、『源氏物語』のような長編は家中の女性達が協力して数ケ月かけて書写し（『明月記』嘉禄元年二月十六日条）、あるいは一族を動員して源氏供養のような文芸行事を主催するなど、歌の家の一員としての役割を与えられ、その義務と責任を果たしているのです。

阿仏尼は、現在残る中では女性としてはじめての歌論書『夜の鶴』を書き、女房の教訓書『乳母のふみ』を書き、また『源氏物語』を講じたり、訴訟のため鎌倉に下向し文化の伝播に寄与するなど、この時代の女性として多くのめざましい業績を残しました。それはもちろん高く評価するべきものですが、阿仏一人だけが突出してなし得たものではないように思われます。この御子左家の女性たちのありようを見れば、いま残っているものやいま判明することだけではなくて、和歌はもちろんのこと、その他に様々な文芸的営み、批評、創作があったと想像しても良いのではないでしょうか。もちろんそれは女性に限らないのですが、ここでは女性に関して言えば、『越部禅尼消息』『無名草子』だけではなくて、他にも勅撰集・和歌・物語の批評はなされたでしょう。また、このような女房の家では、『たまきはる』のような女房日記、あるいは女房勤めの記録、『乳母のふみ』のような教訓書・手引きなどが、必要性もあって書き伝えられた可能性も高いのではないでしょうか。『源氏物語』も、家の女性達・女房達の間で頻繁に読まれ講じられたことでしょう。阿仏の源氏読みは、その反映であったかもしれません。この時代の院の御所、とりわけ女院の御所、あるいは歌道家などの文化的拠点の家々において、高度に洗練された文芸的営みがあり、文化の生成があったことは他の日記からも知られます。それらの具体相は日記以外の記録には残りにくい性格のものであったかもしれませんし、またこの時代の女性の個々の軌跡は、ほとんどの場合断片的にしか知ることができないのですが、阿仏尼の場合、勅撰集の中枢に接触し、歌道家同士の対抗の材料にされたこともあって、幸いにもその伝や著作が（伝承も含めて）比較的多く私達に知られることになりました。阿仏尼の足跡と作品は、もちろん阿仏という女性の個性を具現するものでもありますけれども、一方ではこの同時代の文化圏に生きた多くの女性達の価値観や行動を象徴するものでもあったと捉えたいと思います。

おわりに

これまでは、阿仏尼というと、為家の後室となって、我が子のために所領等を得ようとし、遠い鎌倉に下向した強い母親という側面が強調されすぎていたように思われます。もちろんこれも重要な視点ではありますが、この訴訟のため鎌倉にいたのは、彼女の六十年余りの人生のうち、四年足らずに過ぎません。むしろそれよりも、安嘉門院の女房として長年仕え、後嵯峨院時代の女房文化・物語文化の一端を担い、また主人たる女院の文化圏を代表するような歌人として活躍し、更には御子左家の一員として、また為家の家のサロンの女主人としてその文化活動を支え、為家の没後にはその為家の権威を帯びるような存在として扱われるほどの才知と権威を持ち、短い鎌倉滞在の間にも、鎌倉文化の形成に大きな役割を果たす、というように、阿仏尼の軌跡はとてもこの短い本では述べきれないほど、多岐にわたっています。これまでにも多くの研究の蓄積がありますが、今後もなおひとつひとつを慎重に検討し、その多様な側面について評価を加えていかねばならないでしょう。

いずれにしても、阿仏尼という女性はやはり、中世の中で極めて大きなインパクトを与える鮮烈な存在であると思えます。彼女は、勅撰集を軸とする和歌の家の外側から内側に入り込み、そこで権威化されると共にそこから排斥されようともする過程で、この頃ちょうど固定されつつあったシステムとしての和歌の世界、歌道家の権威に対して、それをまさに形作る存在、もしくはその対極の脅かす存在にたまたま役づけられたために、その世界の内と外を映し出す鏡のような存在であったと言えましょう。同時に、その生き方は結果的にはいろいろな意味で新しい時代を切り開きました。そして阿仏の時代には、阿仏のように知性と教養に富み、和歌や散文を詠み、著し、書写し、批評し、この時代の文化圏・文化的拠点を支え、女房としても有能な、おびただしい女性達の存在があり、阿仏の存在は、彼女達が実際にどのような価値観を持ち、どのように生き、どのように書いたかを、私達に如実に教えてくれるのではないでしょうか。

『うたたね』から出発して、ようやくここまで辿り着きました。中世のある一女性の軌跡と文学の形成を、そして彼女の生きた時代の文化・文化史の脈動を、そこにほの見える人々の営みを、いささかなりともお伝えすることができたでしょうか。

『うたたね』参考文献

〈影印・翻刻・注釈〉

①岸上操『続々紀行文集』（続帝国文庫、博文館、明34）
②比留間喬介『十六夜日記』（新註国文学叢書、講談社、昭26）
③簗瀬一雄『校註阿仏尼全集』（風間書房、昭33、増補版昭56）
④福田秀一・塚本康彦『校注中世女流日記』（武蔵野書院、昭48）
⑤次田香澄・渡辺静子『うたゝね・竹むきが記』（笠間書院、昭50）
⑥次田香澄・酒井憲二『うたゝね本文および索引』（笠間影印叢刊、昭51）
⑦次田香澄『うたたね全訳注』（講談社学術文庫、昭53）
⑧永井義憲『うたゝね』（影印校注古典叢書、新典社、昭55）
⑨福田秀一『うたたね』（新日本古典文学大系『中世日記紀行集』、岩波書店、平2）

〈研究書・研究論文〉

⑩吉川秀雄『新譯十六夜日記精解』（精文館、大6）

⑪池田亀鑑「うたゝねの記と十六夜日記」（『宮廷女流日記文学』至文堂、昭2）
⑫谷山茂『十六夜日記』（新註日本短篇文学叢書、河原書店、昭24）
⑬玉井幸助「阿仏尼雑考」（『松井博士古稀記念論文集』目黒書店、昭7、復刻版昭40）
⑭玉井幸助「「うたたね」の検討」（『学苑』301、昭40・1）
⑮玉井幸助「阿仏尼の日記」（『日記文学の研究』塙書房、昭40）
⑯市村軍平「阿仏尼私記序」（『古典と現代』25、昭41・9）
⑰三角洋一「阿仏尼の日記作品」（『ミメーシス』1、昭46・6）
⑱福田秀一「阿仏尼論」（『中世和歌史の研究』角川書店、昭47）
⑲末広和子「『うたたねの記』にみえる阿仏尼の出家についての感想」（名古屋大学『国文研究』1、昭47・3）
⑳次田香澄「『うたゝね』考—付・東山御文庫本（翻刻）」（『二松学舎大学論集』昭48・3）
㉑渡辺静子「『うたゝね』と『十六夜日記』」（『大東文化大学紀要』昭51・3）、のちに『中世日記文学論序説』（新典社、昭64）に収録
㉒三角洋一「『うたゝね』の本文」（『中世文学研究』3、昭52・7）
㉓重松裕己「「うたたね」引歌考」（『熊本女子大学国文研究』26、昭55・10）

㉔松本寧至「『うたたね』論」（『中世女流日記文学の研究』明治書院、昭58）
㉕今関敏子「『うたゝね』の主題をめぐって―古代物語世界の享受―」（『古代文化』36・2、昭59・2）、のちに『中世女流日記文学論考』（和泉書院、昭62）に収録
㉖菊地寿美「阿仏尼作『うたたね』の表現・用語の特色」（『国語国文研究と教育』13、昭59・10）
㉗山口智子「『うたたね』にみる阿仏―人物描写を中心に―」（『国文鶴見』19、昭59・12）
㉘大塚敏久「『うたたね』本文研究―桂女との出会いをめぐって―」（『解釈』昭60・7）
㉙長崎健「『うたたね』―心情の表現―」（『日本文学』昭61・1）
㉚長崎健「阿仏尼『うたたね』考」（『中央大学文学部紀要（文学科）』57、昭61・3）、のちに『行動する女性 阿仏尼』（新典社、平8）に収録
㉛松尾葦江「歌文融合―中世文学における和歌と散文とのかかわり―」（『論集 和歌とレトリック』笠間書院、昭61）、のちに『軍記物語論究』（若草書房、平8）に収録
㉜安藤淑江「『うたたね』の主題―「うちつけにあやにく」な心のありかた―」（『名古屋大学国語国文学』59、昭61・12）
㉝祐野隆三「『うたゝね』試論―心情語を中心として―」（『山梨英和短期大学紀要』20、昭62・1）、のちに『中世自照文藝研究序説』（和泉書院、平6）に収録

㉞標ゼミ「阿仏尼と『うたたね』」(『緑聖文芸』昭62・3)
㉟千本英史『うたたね』における色彩」(大阪教育大学『国語と教育』13、昭62・3)
㊱渡辺仁作「心の色」(『解釈』昭62・9)
㊲大倉比呂志「『うたたね』論―冒頭部における先行文学の引用をめぐって―」(『解釈』昭63・2)
㊳永井義憲「『うたゝね』西山の尼寺は善妙寺か」(『大妻国文』昭63・3)
㊴植木典子「源氏物語とうたたね」(『解釈』平1・6)
㊵久保貴子「『うたたね』論―「うたたねの夢」をめぐって―」(『実践国文学』平1・10)
㊶劉小俊「『うたたね』と浮舟」(『岡大国文論稿』平2・3)
㊷今関敏子「女流日記文学における『うたたね』の位置」(『女流日記文学講座』6、勉誠社、平2)
㊸長崎健「『うたたね』の構想と執筆意図」(『女流日記文学講座』6、勉誠社、平2)、のちに『行動する女性 阿仏尼』(新典社、平8)に収録
㊹渡辺静子「『うたたね』における古典摂取の方法」(『女流日記文学講座』6、勉誠社、平2)
㊺安藤淑江「『うたたね』に現れた恋―恋人を見る眼差しについて―」(『女流日記文学講座』6、勉誠社、平2)
㊻大塚敏久「『うたたね』の世界への窓」(『女流日記文学講座』6、勉誠社、平2)

㊼渡辺典子「中世女流日記文学の語彙について」(『国文』72、平2・1)
㊽位藤邦生「中世女流日記文学の技法—源氏式場面転換法について—」(『国文学攷』126、平2・6)
㊾佐藤茂樹「『うたゝね』における虚構の問題—月の描写と恋心—」(『広島女学院大学日本文学』平3・7)
㊿劉小俊「『うたたね』の夢」(『岡大国文論稿』平4・3)
51寺島恒世「『うたたね』の試み」(『国語と国文学』平4・5)
52柏原知子「『うたゝね』の方法」(『香川大学国文研究』17、平4・9)
53村田紀子「『うたたね』の『源氏物語』摂取—「浮舟物語」を中心として—」(『中世和歌 資料と論考』明治書院、平4)
54今関敏子「虚構としての女流日記—『うたゝね』をめぐって—」(『日記文学研究第一集』新典社、平5)
55三角洋一「『うたたね』追考」(『日記文学研究第一集』新典社、平5)
56村田紀子「『うたたね』の古典摂取の方法—巻末の述懐を読み解く—」(『国文学研究』112、平6・3)
57島内景二「『うたたね』の表現形式—中世に蘇った『源氏物語』—」(『電気通信大学紀要』平6・6)、のちに『源氏物語の影響史』(笠間書院、平12)に収録

(58)宮永佳美「〈こころみ〉考―『うたゝね』を中心に―」（帝塚山学院大学『日本文学研究』26、平7・2）
(59)竹本幸恵「『うたたね』論」（北海道教育大学札幌校国文学第二研究室『国文学研究叢書』平7・3）
(60)井上宗雄「阿仏尼伝の一考察」（『鎌倉時代歌人伝の研究』風間書房、平9）
(61)島内景二「『うたたね』―感動的な少女の日記―」（『国文学解釈と鑑賞』平9・5）、のちに『源氏物語の影響史』（笠間書院、平12）に収録
(62)井出敦子「『うたたね』成立期問題の整理―作品内の「執筆の現在」を基に―」（『文学研究』85、平9・7）
(63)今関敏子「『うたゝね』に於ける和歌」（『日記文学研究第二集』新典社、平9・12）
(64)今関敏子「鎌倉期の女の旅と表現―『うたたね』と『とはずがたり』に見る類型と逸脱―」（帝塚山学院大学『日本文学研究』29、平10・2）
(65)若林俊英「『うたたね』の語彙」（『城西大学女子短期大学部紀要』15-1、平10・3）
(66)田渕句美子「『うたたね』の虚構性」（『国文』89、平10・7）、のちに『中世日記・随筆』（日本文学研究論文集成13、若草書房、平11）に収録
(67)中島泰貴「物語引用と回想表現―『うたたね』における作り物語引用の位相―」（『名古屋大学国

語国文学』82、平10・7）
⑱戸田史乃『『うたたね』の和歌から」（『瞿麦』8、平10・9）
⑲中島泰貴「「なり行かん果て」への眼差し―『うたたね』における語り手と物語」（『名古屋大学国語国文学』、平11・7）

阿仏尼及び阿仏尼の作品一般に関しては、簗瀬一雄・武井和人『十六夜日記・夜の鶴注釈』（和泉書院、昭61）、『女流日記文学講座』5・6（勉誠社、平2）、『行動する女性 阿仏尼』（新典社、平8）、及び『国文学解釈と鑑賞』第62巻5号（平9・5）が載せる参考文献などをご参照ください。

これらの『うたたね』及び阿仏尼についての先行研究、また本書の中で随時ご紹介してきたこの時代と文学に関する諸論から、多くのご教示・示唆を受けながら、本書を成すことができました。また、今回熊本大学の小川剛生氏からは特に種々のご教示を得ました。先学諸氏の学恩に厚くお礼申し上げます。

【御子左家と勅撰集】（数字は勅撰集代数を示す）

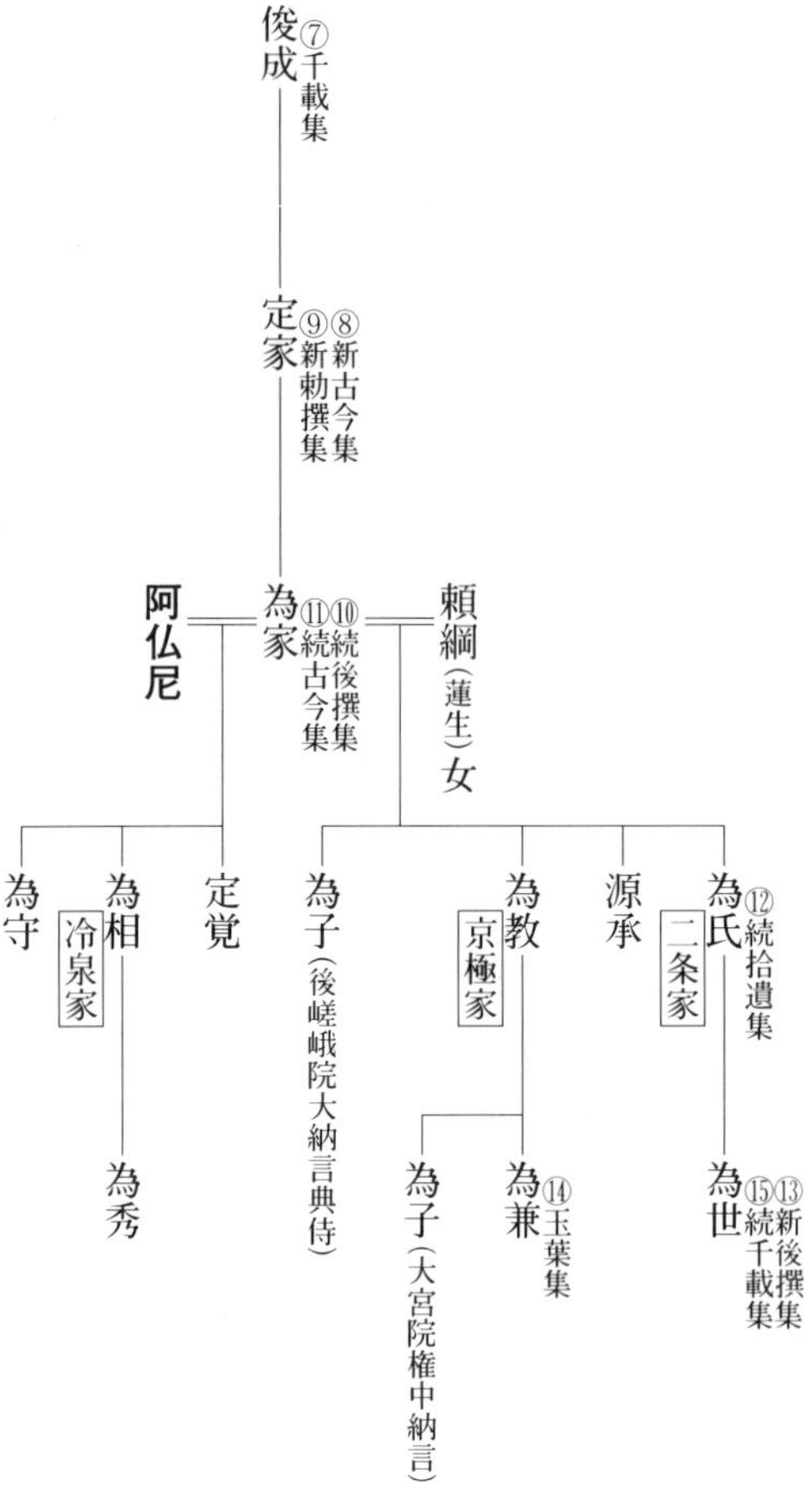

【皇室略系図】（数字は天皇歴代を示す）

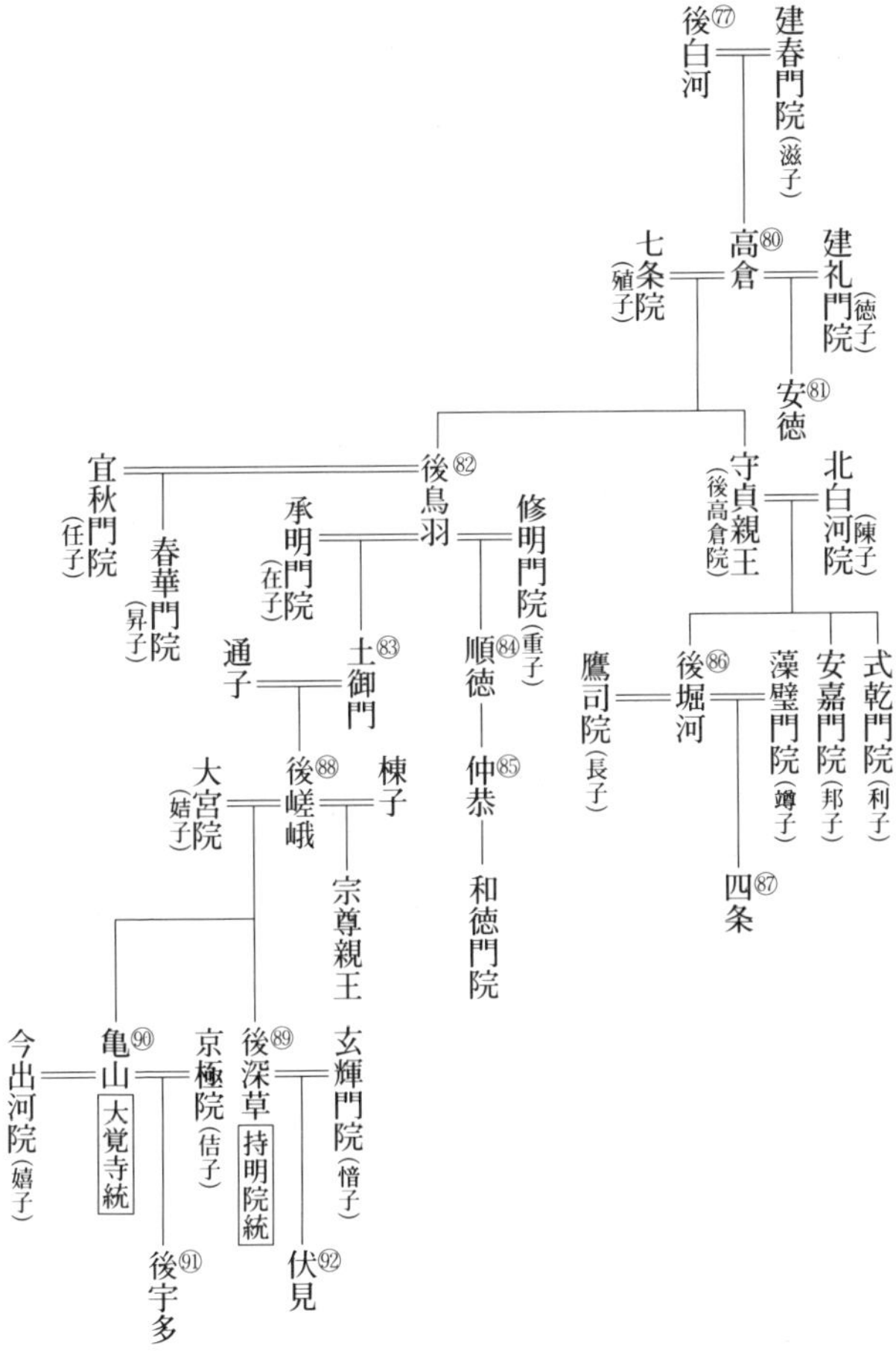

阿仏尼関連略年譜

西暦	和暦	天皇	院政	阿仏尼関係事項	一般事項
一二二一	承久三	仲恭	後鳥羽		承久の乱　後鳥羽院ら配流
二	貞応一	後堀河	後高倉	貞応元年～嘉禄二年頃阿仏尼生。	二条為氏生
三	二				
四	元仁一				源承生
五	嘉禄一				
六	二				
七	安貞一			父平度繁、検非違使として見える。	京極為教生
八	二				
九	寛喜一				
一二三〇	二				
一	三				
二	貞永一	四条	後堀河	平度繁、任佐渡守。	
三	天福一				
四	文暦一				この頃「建礼門院右京大夫集」成立
五	嘉禎一				「新勅撰和歌集」成立
六	二				
七	三			嘉禎末～仁治頃安嘉門院に出仕か。	

八	暦仁一				北白河院没（六十六歳）
九	延応一				後鳥羽院没（六十歳）
一二四〇	仁治一				
一	二				定家没（八十歳）
二	三	後嵯峨			
三	寛元一				
四	二				
五	三				
六	四	後深草	後嵯峨		「弁内侍日記」記事始まる
七	宝治一				
八	二				
九	建長一				
一二五〇	二				
一	三			この頃紀内侍を生む。松尾に止住。	「続後撰和歌集」成立
二	四				宗尊親王、将軍となる
三	五			為家の助手となる。為家鎌倉下向。	
四	六				京極為兼生
五	七				
六	康元一			為家出家（五十九歳）、法名融覚。	
七	正嘉一			この頃紀内侍初出仕（七歳）。	
八	二			この頃定覚を生む。	
九	正元一	亀山			
一二六〇	文応一			「宗尊親王三百首」に合点か。	

一	弘長一				
二	二				
三	三			為相を生む。住吉・玉津嶋歌合に出詠。	後嵯峨院大納言典侍没（三十一歳）
四	文永一			この頃「乳母のふみ」成立か。	
五	二			為守を生む。	「続古今和歌集」成立
六	三				
七	四				
八	五			為家譲状（文永十一年まで五通あり）。	
九	六			「嵯峨のかよひ」の講義等あり。	
一二七〇	七				
一	八			白河殿百首に出詠。	「風葉和歌集」成立
二	九			為家、嵯峨で為兼らに三代集伝授。	後嵯峨院没（五十三歳）
三	一〇				
四	一一	後宇多	亀山		文永の役。宗尊親王没（三十三歳）
五	建治一			「仮名諷誦」成立。十七番詩歌合他に出詠。	藤原為家没（七十八歳）
六	二			「現存三十六人詩歌」成立。	
七	三				
八	弘安一			「弘安百首」に詠進。	「続拾遺和歌集」成立
九	二			十月、鎌倉に下向。	京極為教没（五十三歳）
一二八〇	三				「弘安源氏論議」成立
一	四			「安嘉門院四条五百首」成立。	弘安の役
二	五				
三	六			四月八日没。姉妹も前後して没。	安嘉門院邦子没（七十五歳）

田渕　句美子（たぶち・くみこ）

1957年生まれ。現在国文学研究資料館整理閲覧部助教授。中世初期の和歌文学・日記文学・歌人に関する研究を専門にする。主な論文に「藤原長綱について」（『国語と国文学』69－2、1992年）、「定家と好士たち」（『明月記研究』1、1996年）、「『信生法師日記』の基盤と表現」（『日記文学研究』第2集、新典社、1997年）、「隠岐の後鳥羽院―都との交差―」（『明月記研究』3、1998年）などがある。

阿《あ》仏《ぶつ》尼《に》とその時代『うたたね』が語る中世

平成十二年八月二十日　初版発行

編　者　国文学研究資料館
　　　　代表　松野陽一
著　者　田渕句美子
発行者　片岡英三
印刷　製本　亜細亜印刷株式会社

606-8204　京都市左京区今出川通川端東入
発行所　株式会社　臨川書店
電話(〇七五)七二一-七一一一
郵便振替　〇一〇七〇-二-八〇〇

落丁本・乱丁本はお取替え致します
定価はカバーに表示してあります

ISBN 4-653-03723-X C0393